死に髪の棲む家

織部泰助

角川ホラー文庫
24383

目次

◆『死に髪の棲む家』登場人物

匳金蔵（くしげきんぞう）　匳家当主
匳蔵子（くらこ）　金蔵の長女
匳幹久（みきひさ）　蔵子の夫
匳雪（せつ）　蔵子と幹久の養子
匳翠子（みどりこ）　蔵子と幹久の娘
匳金代（かなよ）　金蔵の次女
匳千代（ちよ）　金代の娘
桂木直治（かつらぎなおはる）　匳家の専属医
桂木直継（なおつぐ）　直治の息子、医師
小山田多恵（おやまだたえ）　匳家の使用人
下田心愛（しもだここあ）　ハウスキーパー

紈川正（ただすがわただし）　福岡県警捜査一課の警部
渡部誠一（わたべせいいち）　紈川の部下
無妙（むみょう）　怪談師
出雲秋泰（いずもあきやす）　小説家

＊

小松（こまつ）　金蔵が戦後行動を共にした男性

匳屋敷敷地

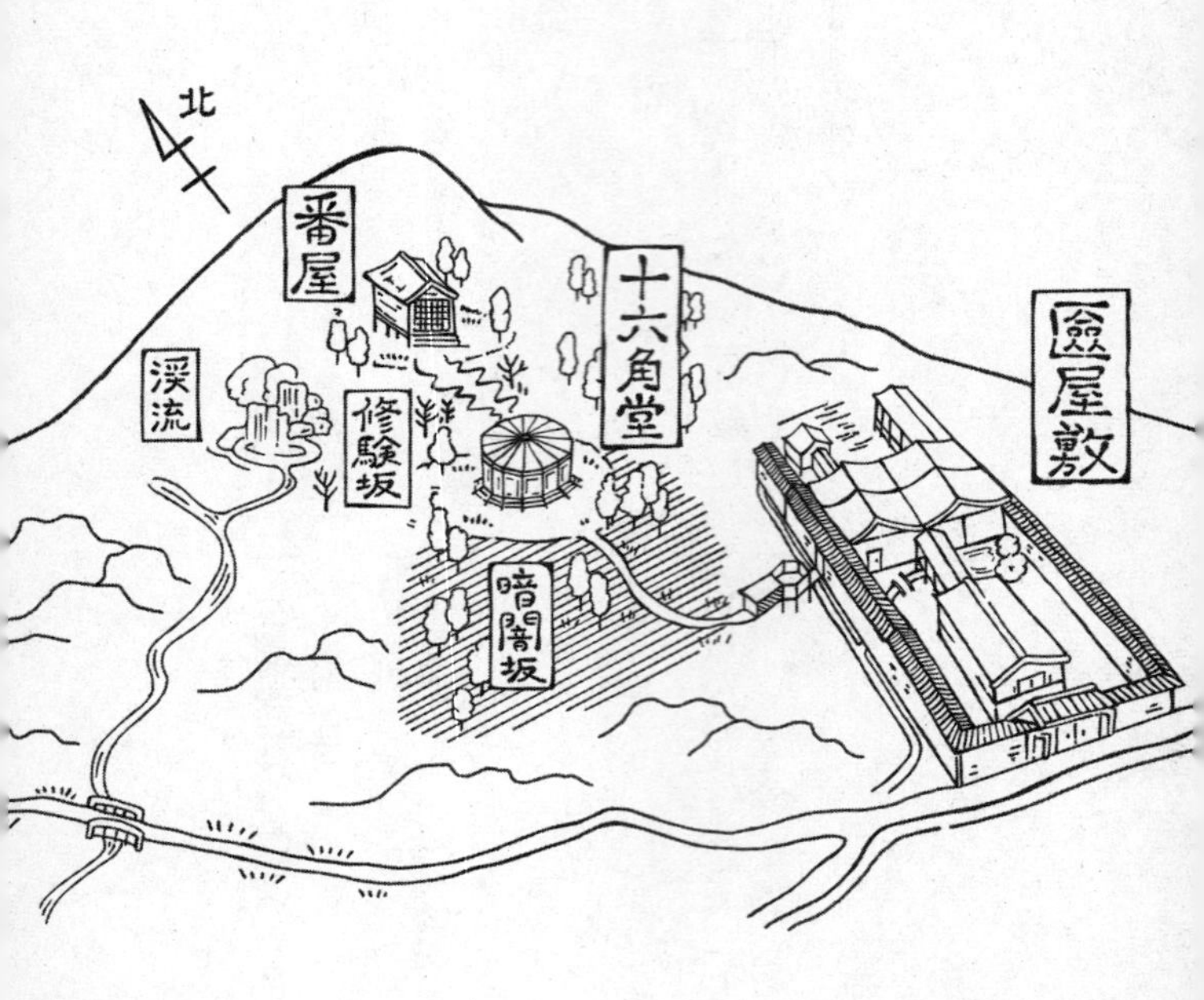

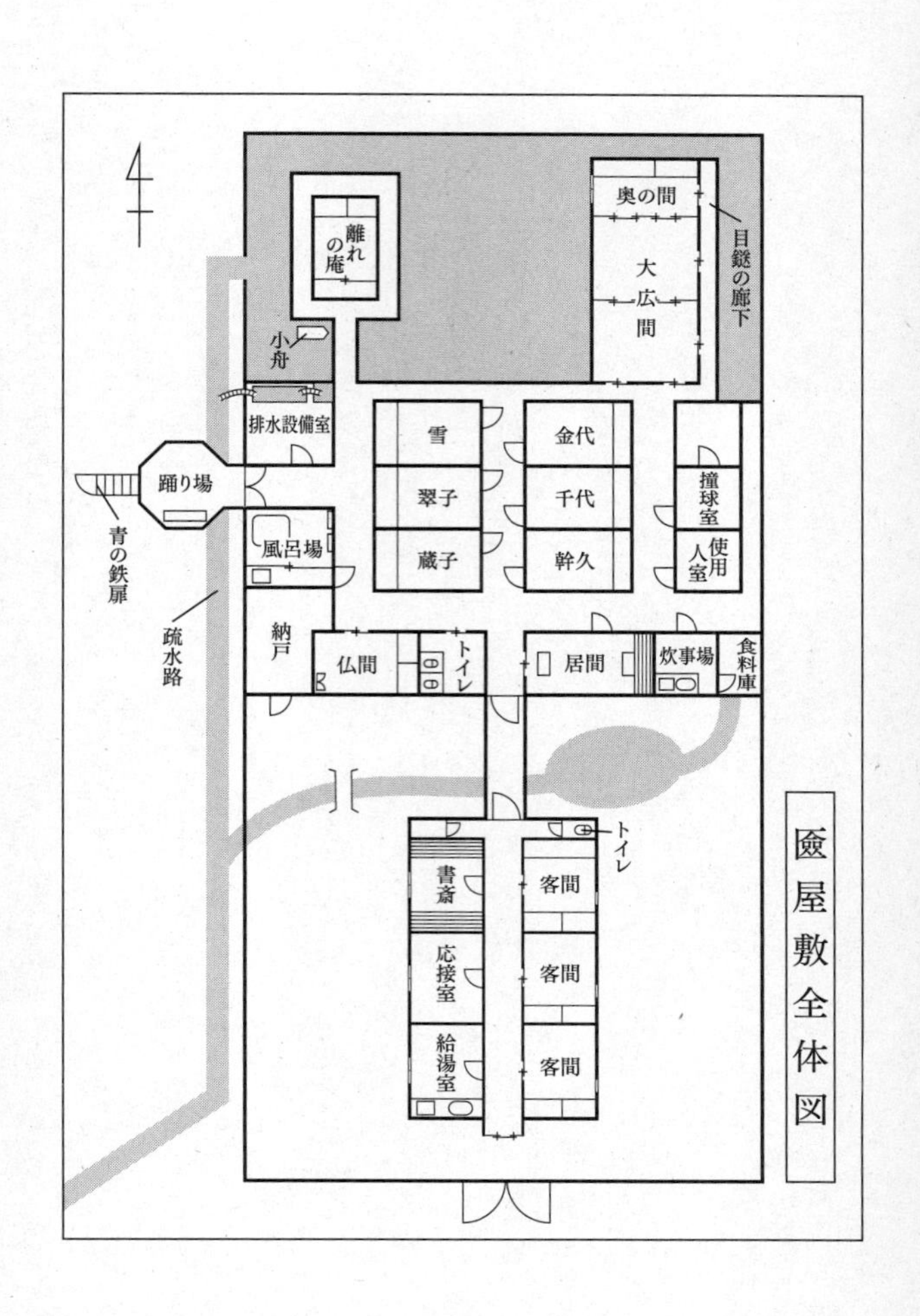

匳屋敷全体図
奥の間
大広間
目鎹の廊下
離れの庵
小舟
排水設備室
踊り場
青の鉄扉
風呂場
疏水路
納戸
仏間
トイレ
雪
翠子
蔵子
金代
千代
幹久
撞球室
使用人室
居間
炊事場
食料庫
トイレ
書斎
応接室
給湯室
客間
客間
客間

死に髪

その老人は明らかに死んでいた。

顔を左にねじむけて、うつ伏せに倒れており、その首には執念深い蛇のように、ぐるりと黒い縄が絡みついている。

しかも恐ろしいことに。

その縄は、ひとの毛髪で出来ていた。

——彼女だ、彼女に違いない。

禍々しい死体を囲うようにして、青ざめた人々が密めきあっている。

——しかし、これが本当に、彼女の仕業だとしたら。

怪しい囲いのなかで、ひとりの青年がいう。

——しなければ、ならないことがあります。

皆、はっと息を呑むと、悍ましい死体を見下ろして、誰もが口々に囁く。

まるで念仏のように。

——死に番を、しなければ。

と。

幽霊作家

——そもそも、始まりから可怪しかった。

ある日の昼時のことである。

いまだ残暑の厳しい九月の中頃、アパートの近くにあるうどんやから出た私は、ふと胸ポケットに入れている携帯が、着信を拾っているのに気づいた。

タイミングわるく、ポケットからつまみあげたとき、すでに着信は切れていたが、私は画面の通知をタップした途端、ギョッとした。

画面が瞬く間に不在着信の履歴で埋め尽くされたのだ。

ざっと三〇件以上。うどんを食べはじめて勘定を支払うあいだの、ほんの十分ほどで、この件数である。親の訃報でもこの量はあるまい。

着信者はすべて神田宏一とあった。

（げ、神田さんかぁ……）

私は頭をかいた。

彼は八年前、K社主催のミステリ&ホラーの公募作から、私の『奉眼』という怪奇探偵小説を拾い上げた編集者で、それ以来の付き合いであった。

それゆえに作家として恩義を感じているが、反面、作品に対する考え方の違いで反目することも多く、『奉眼』を出して以降、小説家として一作も刊行できていないこともあって憤懣やるかたなく、ごくごく偶に安いカップ酒で深酒をした日など、ＳＮＳで彼に対する不満や暴言を書き立てることがあった。

昨夜もまた、そんな日であった。

しばらく私は顎を撫でながら、態の良い言い訳を考えてみたが、それも面倒になって、掌の釣り銭と一緒に携帯をポケットに突っ込んだ。

が、それを咎めるように、また震える。

おそるおそる抓みあげると、やはり神田宏一である。

「……はい。出雲です」

『ようやくですか！』

観念して電話に出ると、勢いのある声が飛びだした。

『先生、いまどこ！』

「はあ」私は後ろを振り返った。「うどんやの前ですけど」

『どこの⁉』

「西区の、姪浜駅南口にある――」

『福岡ですね！』

私はうどんで膨れた腹を撫でながら、どうやら叱責ではないらしいぞと察した。

それというのも、普段の彼のまくしたてるような話し方とは違って、どこか舌がもつれているような、動揺めいたものが伝わってくるのだ。

なにかありましたか、そう私に問われると、神田は打って変わって静かな語調でいう。

『先生、今すぐ祝部村に向かって下さい』

「しゅくべむら?」

一瞬、彼の口から発せられた地名が般若心経のように聞こえた。やがて不確かな音が、福岡県みやま市にある『祝部村』の形をとると、私はすぐに彼と同じ動揺を共有した。

「まさか、許可が下りたんですか!?」

『ええ、ええ!』

電話口だというのに、神田がビリケンさんのように微笑むのが分かった。

『匳金蔵の自叙伝のオファー、正式にまとまりました』

快挙とも呼べる報告に、私はひゅうっと口笛を吹いてみせる。

匳金蔵。

その名前は、いつも畏怖と共に呼ばれた。

特徴的な鷲鼻に、落ち窪んだ眼窩からのぞく三白眼。

目に映るものすべてをうっすらと軽蔑しているかのようなその男は、高度経済期の始まりと共に現れるや否や、瞬く間に九州の造船業を席巻した。ずば抜けた経営手腕は、石炭採掘事業に始まり、製紙業、不動産業や情報・ソフトウェア事業にまで及び、一代のうちに九州一円でその名を知らぬ者は居ないと言わしめる匳グループを作り上げた。

いわば戦後経済史の生き証人であり、数々の経営者が手本とする大人物。

多くのひとが成功の秘訣をもとめ、その人となりを知りたがった。

しかし、本人は成功の秘訣はおろか、出自や経歴に至るまで一切語らず、そればかりか、壮年といえる歳から福岡県の祝部村という辺鄙な土地に引きこもった厭人家としても有名であった。

それだけに、待望の自叙伝である。

私も二つ返事で依頼を引き受けた。

だが、嬉嬉として承諾する一方で、当然のことながら、

――彼が、いまさら自叙伝を？

という疑念は尽きない。数年前、書店で斜め読みした経済誌の記事の隅に掲載されていた、あの睨みつけるような狷介な顔貌には、余生を愁うその一端すら窺えなかったというのに――

『あと自叙伝っていう態ですが、文章は先生にお願いします』

「ということは、幽霊作家としての依頼ですね」

『ええ、言わずもがな、この件は内密に』

神田はささやくように言う。

神田氏がしきりに私に連絡したのも、つまりはこのためだった。

流石の金蔵老も齢九十を超えて、自ら執筆するのは酷らしい。

誰か代筆者を、あけすけにいえば幽霊作家を寄越せという注文に、金蔵老の気が変わらない内に祝部村に急行できる物書きを血眼でさがしていた編集部は、代筆者の実績があり、また日夜暇を持て余している福岡在住の私に白羽の矢を立てたというのがことの次第であった。

私はすぐさま荷物をまとめると、九州新幹線に飛びのった。

金蔵が居を構える祝部村は、みやま市のひどく奥まったところにある。筑後船小屋駅と新大牟田駅のあいだ、唯一みやま市で停車する触戸駅で下車すると、そこからさらに市営バスに揺られること一時間、猿吼という峡谷をぬけて雉森隧道をくぐって、犬尾という村落に着いた。祝部村はここから、さらに車で三十分かかる。出版社はこの犬尾に、宿泊地として蓬荘という旅館をおさえていた。

「……また、なんとも」

とうに日の暮れた午後七時。

ようやく見つけた蓬荘は、どこをどうみても只の民家だった。

「ごめんください」

建て付けの悪い玄関戸をひいて、廊下の奥に呼びかける。

もう一度、ごめんください、と声を投げてみるが、やはり返答はない。

(本当にここか?)

波打つような土間に、歴史を滲ませるように黒光りする柱。突き当たりに見える古箪笥にいたっては取っ手がふたつほどない。だが、胸ほどの高さのある古箪笥の上には、太宰府の民芸品である木うそや黒電話にまじって、筆で『蓬荘』と記された和綴じの宿帳が置かれている。

まず間違いなく、ここは旅館蓬荘なのだろう。

とりあえず宿帳の脇に置かれたボールペンを手に取って、数行しか埋まっていない真新しい紙面に自分の名前を書き加えようとした。

そのときだ。

――じりりりりん、と。

目の前の黒電話が鳴った。

ひっそりとした旅館に、ベルの凄まじい音がひびく。

これだけひびいているのに、旅館の従業員は影すら見せない。

一方、黒電話を鳴らす人物は、私がいることを見越しているかのように、執拗に鳴らし続ける。――無視をするな。お前はそこに居るのだろう。鼓膜を破るような音で、延々と叫きたてる。

そのあまりの脅迫的な五月蠅さに、私は耐えきれず受話器をとってしまった。

「……もしもし？」

『もしもし出雲さんですか？　ほんにお迎えできず、相すいません』

「もしかして、蓬荘の方ですか？」

恐ろしい妄想に反して、電話口から聞こえてきたのは拍子抜けするほど明るい女性の声だった。どうやら隣町に住んでいる母親がぎっくり腰になったらしく、急遽車で駆けつけたため、旅館を空けてしまい申し訳ないという謝罪の連絡だった。

私は胸をなで下ろした。まるで黒電話から恐ろしい運命を告げられるのではないかと、ひとりドキドキしていただけに、むしろ平凡な女将の声を聞けただけでホッとした。

近々匳家から迎えが来ることを伝えていたので、先んじて私の泊まる客間を教えてもらうと、通話を終えた。

「客間は二階か」

私は持って来ていたキャリーケースをかかえ、玄関近くにある階段をのぼろうとした。

すると、ふたたび黒電話が鳴る。

女将が何か言い忘れたのだろう。そうおもって受話器をあげた。

「はい、出雲ですけど」

『……出雲、秋泰先生ですか？』

私はすぐに受話器を摑み直した。

電話口の相手は女将ではなかった。

彼女は匳家の使用人の小山田であると名乗った。何でも自叙伝の代筆者が祝部村に滞在するなら、村はずれの蓬荘を拠点にするだろうと当たりをつけて、電話をしたという。

そして彼女はまた、

『急ではありますが、本日は屋敷にはお越しにはならず、蓬荘に逗留して戴きたく』

と、いう。

「へえ」

『ありがとうございます。――それでは』

それだけ言うと、小山田は電話を切ろうとした。

私が慌てたのは言うまでもない。「へえ」とこたえたのは「へ？」という驚きと「え？」という戸惑いが渾然一体となって出たゲップのようなもので、唐突に申しつけられた急な逗留を承諾した訳じゃなかった。

「なにかあったんですか？」

『それは――』

言い淀む声色で察した。彼女はすぐに通話を終えたかったのだ。

今にも受話器を下ろしかねない彼女を必死にとどめて、強いて説明を乞う。

すると観念したのか、やや要領を得ないながらも、つい一時間前におきた不審な首吊り自殺について、おずおずと話してくれた。

軒先では、陰気な雨が降り始めたところだった。

胡乱な老客

昨晩の訃報から一晩明けた昼過ぎ――。

私は匳家からの迎えを待つため、蓬荘の軒先に出ていた。

空はいまだ陰雨の名残をとどめて、辺りからむっと土の匂いがする。新しい取材先に出向くときは、いつも微熱のような興奮が宿るというのに、今回ばかりは、風邪の引き始めのような悪寒が、たえず全身を這っていた。

ほどなくして、山向こうから一台の車がやってきた。

昨晩から降りつづいた雨のせいで、足の踏み場もないほど泥濘んでいる道路に、ミントグリーンのビートルが停まる。そして面長の学者然とした青年が運転席の窓を開け、気さくに手を振った。

「辺境の地へようこそ。どうぞ後ろへ」

見たところ三十歳ぐらいだろうか。さっぱりと切った短髪に彫りの深い顔立ちで、黒いVネックのシャツに皺のよった白衣を羽織っている。

「僕は桂木直継。祝部村のはずれで、父と一緒に医者をやっている」

後部座席に乗り込むと、彼は運転席から身を捻って、握手をもとめた。

「まさかこんな片田舎にミステリ作家が来るとは」

「私のことをご存じで？」

「すまない。噂を耳にした程度で、作品を読んだ訳じゃないんだが」彼は申し訳なさそうに肩をすくめた。「ただ僕はミステリ小説が好きでね。診察の合間によく読むんだ。だから一度、ミステリを書くひとに会って、話してみたかったんだよ」

それからミステリ談義に花を咲かせるまで時間はかからなかった。私は古今東西の探偵小説を読み漁り、その関心は刑事捜査や法医学まで及ぶ好事家だが、直継も話題に出したそのすべての作品に彼なりの論評を加え、それが一々、ミステリマニアの私を唸らせた。――だからだろう。ミステリ好きの私たちが揃っていながら、直近に起きた不可解な自殺について等閑な態度を取り続けることは苦痛でしかなかった。

「変に思われるでしょう？」

ゆったりとハンドルを切りながら、直継が口火を切った。

車は緩やかにUターンして、ほの暗い竹林の奥に進んでいく。

「え？」

「昨日、自殺者が出たっていうのに、翌日には何事もなく自叙伝の続行だ」

「ええ。まあ」

正直なところ、自叙伝の企画は頓挫するだろうと思っていた。

しかし朝方になって、ふたたび小山田から昼過ぎに迎えをよこすという連絡が届いたのである。

「自殺した人物について聞いているかい?」

「簡単にですが」私はいう。「匳家になんら関係のない、身元不明の老人だとか」

昨晩、小山田を怯えさせたのは、まさにこの不可解な自殺だった。

直継は、僕も聞いた話だがと前置きして、奇妙な事件を話し始めた。

「昨日の朝方だそうだ。灰色のハンチング帽を目深にかぶって、薄手な青のカーディガンを羽織った老人が、屋敷の門の前で亡霊のように突っ立っていたらしい」

彼に気づいたのは匳屋敷の嘱託医として、毎朝匳金蔵の診察のために屋敷に訪れる桂木直継の父、桂木直治だったという。

彼の父は、不審者にしか思えないその男を怪しんだが、そのまま放置する訳にもいかず、用向きを尋ねた。

すると男はあろうことか、匳金蔵に取り次げとのたまったのである。

「よく招き入れましたね」

「まさか! 当然門前払いだ。それでも男は居座った」

「ですが、名無しの老人は――」

「そう、屋敷のなかで死んだ」

「誰が、彼を屋敷に?」

「他でもない匳金蔵だ」

「え!?」

到底信じられない話だった。厭人家として知れ渡る彼が、こころよく胡乱な老客を招き入れるなど、冗談にしても笑えない。

直継もよせた眉に共感を示した。だが実際、直治を介して来客を知った金蔵は、特に気分を害した風もなく、不審な客人を招き入れたという。

「金蔵さんの古い友人でしょうか」

「分からない。理由は一切明かさなかったらしい」

「なら、その客人が自殺した理由も？」

「そうだな」直継は唇をひん曲げた。「心当たりというほどじゃないんだが……」

「何か気になることでも？」

「その不審な老人だが、客間に通されてしばらくすると、悲鳴をあげたらしい」

「悲鳴？」

「滅多にない金蔵の来客とあって、屋敷の人々は口々に詫びつつ、何があったのか尋ねたそうだ。だが老人は口を緘したまま、ひどく怯えた目つきで、駆けつけた面々を睨んだらしい」

「何があったんでしょう」

「わからない。ただ、その場に居た翠子ちゃん——金蔵さんのお孫さんがいうには、茶菓子として出した饅頭の咀嚼物が床に吐き捨ててあったそうなんだが、何でもその吐き捨てられたもののなかに、ながい黒髪がまじっていたらしい」

「……髪の毛、ですか」

食べ物に髪の毛が入る、それだけなら不潔なだけで、他愛のない話ではあるが、それを聞いていた私は、全身に鳥肌がたつのを感じた。

というのも昨晩、偶然にもまったく別の方面から、口に毛髪が入りこむという怪異の話を耳にしていたのである。

『そういえば、祝部村について、ひとつ、面白い話がありますよ』

使用人の小山田から胡乱な老人の首吊り事件を聞いたあと、私はすぐにスマホで、神田に電話を掛けていた。

むろん内容は、匳金蔵宅で起きた怪しげな自殺について。

それにより自叙伝の企画が頓挫するかもしれないという一報だった。

神田以下、K社編集部は蜂の巣を突いたような大騒ぎになったが、さしあたって彼等に出来ることはなく、結局「費用はこちらが出すから、粘り強く蓬荘に逗留して、匳家からお呼びがかかるのを待て」という命令が、私に下されていた。

その時は、まさか昨日の今日でお呼びがかかるなどと思っても居なかったので、神田氏に、この辺りで暇を潰せそうなものがないかと訊いたところ、そのような興味深い返答が返ってきたのである――。

「面白い話？」

『七、八年前だったかなぁ。実話怪談のアンソロジーを組んだときに、とある方に話を聞いたんです。陰陽図の描かれたベール付きの黒子頭巾に、男とも女ともつかない声の、奇妙な雰囲気のおひとで。なのに名前はムミョウ。ほんと人を喰ったような方でして』

字面を聞くと、妙で無しと書いて無妙。

怪談蒐集家で自らを怪談師と称したという。

『要はホラー系の体験談を蒐集して、記事やイベントで披露するタレントです。随分と話のうまい人で、探偵めいた物言いをしてるのが、よく印象に残ってます。それで、ちょっと話し込んだとき、その無妙先生が、ちょうど祝部村の話をしてたんです』

「ほうほう。それで」

『なんでもその村のとある家では、死者の口に妙なものを詰めるらしい、と』

「妙なもの？」

『死者本人や家族の毛髪を一束』

「それは」私は唾を呑んだ。「なんのために？」

「それがね、わからないんです』

「なんだそりゃ」

私は呆れたが、神田氏は剣呑な雰囲気をくずさない。

『おれも最初は呆れました。が、違う。これはそんな虚仮威しじゃない』

私はふたたび前のめりになった。

大の大人ふたりが電話越しに、こそこそと怪しげな話をつづけていく。

『というのも、この因習、どうやらここ数十年で作られたそうなんです』

「作られた？　誰が。何のために？」

『それが分からないから恐ろしいんじゃないですか。みやま市の民話や祝部村の口伝にも残ってない。祝部村の、その家だけがおこなっている奇怪な因習なんです』

「まるで行き過ぎた家族ルールみたいだ」

『同感です。ただ怪談師の無妙先生は、魔除けじゃないかって、言ってましたね』

「魔除け？」

『無妙先生曰く、悪鬼の類いを退ける方法は二通りだそうで』神田はいう。『ひとつは偉い神仏の力を借りることです。これが一般的ですね。御守りとか、真言とか、あれもようは神様の力を借りるための霊媒や所作みたいなもんでしょう。それとは別に、ひどく珍妙な方法ですけど、悪鬼の目を欺くというやり方があるようで』

「あざむく？」

『たとえば、子供の名前に、変な名前をつけるとか』

「ははん」私はうなずいた。「幼名に不浄である『くそ』の字をあてるような奴か」

『流石、怪奇探偵作家。そういう気色のわるい知識には精通してますね』

気色わるいは余計である。――話をもどせば、その様な名付けは過去に多くの例があって、有名どころでいえば、平安時代の歌人、紀貫之の幼名は『阿古屎』だったという。

このように鬼さえ厭う不浄の名前をつけることで、病魔の歓心を買わないようにした。これは名前ばかりでなく、創作物であるが、『南総里見八犬伝』の犬塚信乃は、厄から逃れて、丈夫に育つようにと元服まで女装で通している描写がある。これもまた悪鬼や病魔から大事な長子だと気づかれないように誤魔化した一例だろう。

事ほど左様に、病をはこんでくる鬼の目を欺く魔除けは数あった。

しかしながら、口に髪を詰めることが、どう欺くことになるのだろうか。

この疑問について、無妙はひとつ示唆に富んだ発見をしたという。

『実は無妙先生も同じ疑問をおぼえたようで、一度、祝部村を訪ねたようなんです。そこで二週間ほどフィールドワークをした結果、とあることに気づいたようで』

「とあること？」

『村人はみんな、外で口に物が入ることを極端に嫌がるんです。だから外で弁当を食べたり、水を飲んだりもしない。外では極力喋らない。それでも、ときおりユスリカのような飛来虫、落ち葉、埃なんかが入ることがある。すると決して家に入らず、その場で唾を吐いたうえで、かならず踏みつけるそうで』

「ほうほう」

『ただ、面白いのは髪の毛が入った場合です。こうなると話が変わってくる。口に髪の毛が入った人は、すぐに村はずれにある不浄小屋に入らないといけない』

「不浄小屋？」

『物忌みする小屋とか、言ってました』神田はいう。『小屋といっても枝木を三角に組んで稲穂で葺いた粗末な犬小屋のような大きさで、冬になれば凍死しかねない代物だそうです。そこで一昼夜すごしたあと、翌朝、その不浄小屋を燃やして、口をすすいで、ようやく家に戻る。常軌を逸した畏れようだ。――でね、ここからが面白いんですが、どうもこの髪の毛に対する物忌み、必ずやるわけじゃないんです』

「どういうことです？」

『自分や知人の髪なら物忌みはしないんです。つまり祝部村では、口に毛髪が入ることが禁忌なわけじゃない。どうやら誰か、特定の毛髪が口に入ることが禁忌らしいんです』

「誰かって、誰です？」

『分かりません。ただ、無妙先生がどうにか聞き出したところによると、村人は何者かに呪い殺されると怯えているようだったと』

「でも某家の魔除けは死者に行われるはず。もう死んでいるのなら手遅れでしょう」

『呪い殺すのが手段だったらどうです？　口に髪を入れて殺した後、殺した相手に憑依するためだとしたら？』

「死者の体を乗っ取られないよう、本人や家族の毛髪をあらかじめ詰めておく、と」

『そうすることで、祝部村の怪異を騙す』

「なるほど」私は納得しつつも、新たにひとつ疑問が浮かんでいた。「だとしたら、詳しすぎやしませんか？」

『え？』

「祝部村の人は呪い殺されることだけを恐れている。でも魔除けを行う家は、取り憑かれることも恐れているんですよね？　つまりその家だけは祝部村の怪異について、村人より多くのことを知っている。……もしくは」

『も、もしくは？』

「その家こそ、村の怪異を生んだ元凶なのでは？」

神田は『ううむ』と唸ったきり、返事をしなかった。

神田氏自身、自分が吹き込んだ怪談に鳥肌が立ったのか、そのあと、いつもなら延々と無駄話に興じる彼には珍しく『じゃ、頑張って下さい』と言い残すと、そそくさと受話器を下ろしたのだった。

昨晩、そのような戦慄すべき解釈がもちあがっただけに、私は名無しの老人の自死に対して、穏やかではない気持ちで聞いていたのである。

そして気づけば、その老人が死んだ首縊りの家は、すぐそこまで近づいていた。

車は広壮な武家屋敷の前でゆっくり減速すると、門のそばで停まった。

車を降りた私は、防犯意識の希薄な田舎にあって、高さ五メートル余りある外壁とその上に張り巡らされた鉄条網に圧倒された。門も古刹の楼門と見まがうほど荘厳な四脚門ながら、電子制御を窺わせる配線があり、頭上には防犯カメラがたえずこちらを睨んでいる。

眼前の屋敷に棲まう人物が一廉の人物であることを雄弁に示す外観に、たえず気圧されながらも、やはり改めて思わざるを得ないのは、この屋敷を訪れて、わざわざ自殺した老人の心中だった。

なぜ名無しの老人は、この屋敷で自殺したのか。

毛髪は何かの呪いだったのか。

そしてこの怪奇な謎たちが、はたして一つの妄執として織り込まれるとするならば、それはどのような正体をしているだろうかと、ひとり唸りながら、ちょうど屋敷の境を跨ぎこしたとき、まるで透明な壁に阻まれたように、びたっと身体が強張った。

私は咄嗟に直継に背をむけると、恐る恐る口内に指をいれる。

ぞろりと。

唾液にまみれたそれが、ぬるりとでた。

ゆうに五十センチを超すだろうか。

私や直継のものとは比較にならないほどながく、一本が絡みあっているそれは――。

見知らぬ毛髪だった。

匳屋敷

匳屋敷の門前で、私は取り憑かれたように嘔吐いた。

もたれかかった柱の下には嘔吐物が小さな水溜まりをつくり、そこに見えるか見えないかの大きさで、ほどけた毛髪が浮かんでいた。

息を整えるまで、しばらくかかった。

「僕がかけあって、今日は中止にしましょうか？」

彼の申し出に、一も二もなくすがりつきたかった。

だが、すぐさま私の現代的な、物分かりのいい理性が反駁する。

これは偶然だ。まったくもって偶然なのだ、と。

「いいえ。もう大丈夫です。車酔いですから」

結局、車酔いだと誤魔化した。直継の医師としての目は決して私の主訴を信じているようには思えなかったが、こちらの意思を汲んでくれたのか、それ以上問い質すことはなく、一緒に門をくぐった。

（……これが、あの匳金蔵の屋敷か）

先の体験が尾をひいてか、眼前の屋敷から黴菌のような近づきがたい不快感を覚えた。かといってその古屋敷の外観には、恐ろしい物語をほのめかすようなものは何ひとつなかった。荒れ果てた空き家でも、零落した社殿でもなかった。村はずれの丘にある、広い土地を有している小金持ちの屋敷でしかない。格式ある入母屋造りで青い甍が整然と並び、掃き清められた玉砂利の庭には、雪見灯籠と、紅い寒椿の蕾が冬を待っている。

しかし、得体の知れない悪寒は絶えず爪先からのぼってくるのだ。

私の恐怖を知ってか知らずか、長くのびた、我々の影の上を烏が嘲笑うように掠め飛ぶ。玄関には、割烹着すがたの女性がひとり、ぽつねんと待っていた。

「出雲秋泰先生、お待ちしておりました」

女性が頭をさげる。

「匳家で使用人をさせていただいております小山田多恵です」

(小山田……、電話の)

年齢は五十代半ばだろうか。電話口の対応から、線の細い、神経質そうな人物を思い描いていたが、実際に会ってみれば、小太りの女性で、太い眉に力があり、頑固な意思のつよさがうかがえた。

「ではこちらへ」

小山田に促されて、私は屋敷に足を踏み入れた。

磨き上げられた桜の無垢材が、靴下の下から、ひんやりとした感触を与える。廊下は塵ひとつなく、玄関から屋敷の突き当たりの扉まで、まっすぐ廊下が延びていた。

私はふと隣に直継がいないことに気づいた。ふり返ると彼は玄関に立ったままだった。

「僕は夕方の診療があるから。ここでサヨナラだ」

直継は身体をいたわるようにと言い残すと、踵を返して去っていく。

なんら不思議のない立ち振る舞いだが、彼の歩き姿は、どこか急きたてられているように見えた。まるで一刻も早く屋敷から距離をとりたがるようでもあり、危惧すべきことがまだ多く廏屋敷に残っているのだと、暗に仄めかすようでもあった。

私は玄関から最も近い、右手の客間に通された。

部屋は八畳の和室で、右手に袋戸棚を備えた床脇と床の間がならび、秋を感じさせる芒や女郎花が、古めいた大笊に活けてある。

あとは時代のついた一人用の座卓と四隅に房のある菫色の座布団。そして向かいの壁に開けられた小さな丸窓——まるで風情のある独房といった感じである。

「それでは私はこれで」

小山田は引き留められることを嫌がるように、さっと頭をさげて、母屋のほうに去っていった。

あとは不気味な静けさだけが残る。

「……厄介なところに来てしまった」

荷物をおいて、剃り残しのある顎をポリポリと掻く。

幽霊作家業の片手間に祝部村の奇習を調べに来てみれば、こちらから探し回るまでもなく、あちらから奇怪な出来事が矢継ぎ早にやってくる。さらに屋敷の人々はよそよそしく、何かに怯えているように振る舞っているのだ。

「極めつけは髪の毛だ」

いまだ口腔には、誰ともしれない毛髪の舌触りが消えない。

——呪われたのではないか。

今はまだ、偶然だろうと笑い飛ばせるが、それもいつまで続くか分からない。胡乱な客の自殺が生じたこの家には、どこか真っ当な思考を乱す怪しい雰囲気がただよっているように思えてならないのだ。

一瞬、無妙の仮説がよぎった。

まるでそう。底無しの沼に手招くような——。

こっち、こっち。

私はギョッとして周囲を見回した。

幻聴は妄想の友人であるが、それにしても声が鮮明すぎる。あるいは幻聴というのは、これ程までハッキリとしたものなのだろうか。私はみっともなく狼狽えたが、その若々しい女性の声が近づくにつれ、それが生きている人間の声で、窓から漏れていることに気づいた。

「やめたほうがいい。お客さんに失礼だ」

別の涼しげな声もする。私はひそかに窓のほうに近づいた。

「嘘。そんなことを言って、ついてくるじゃない」

「翠子が粗相を働かないか、心配で」

「それも嘘ね。本当はあたしと同じで、覗きたくてウズウズしている癖に。いいわ。折角だから最初は譲ってあげる」

そういって声のボリュームを下げるが、残念ながら遅すぎる。

恐ろしかった妄想が煙のように消えると、かわりに悪戯心が湧いてきた。——よし、ひとつ驚かしてやろう。私を散々おびえさせた廏家に対する意趣返しに、窓から覗き込もうとする不埒者にむけて、わっと大声をあびせてやろう。

そう思い立って、窓のほうに身をのりだした瞬間、私は声を失った。

丸窓には、ひとりの青年が一枚の絵画のように収まっていたのだ。

穏やかな顔立ちで、柳眉の下におさまる涼やかな二重の瞳。

鼠色のタートルネックに白いシャツを羽織っているだけなのに、それだけでずっと見ていられるのは、青年のもつ両性を併せ持ったような神秘的な気品だろう。肌も雪花石膏と見紛うほどきめ細やかで、うすく青い血管が走っている。

しかし、もっとも目を引くは、その嫋やかな髪だ。

黒髪の癖のないシャギーボブは、どんな天鵞絨も凌駕し、美の代名詞たる絹がその身を恥じて隠れうるほど艶めいている。頰にたれる髪を摘まむだけで紙幣を積み上げるに足りる価値があるだろう。

どれだけ堪能しただろう。私は陶然として彼を鑑賞していたが、彼をおしやって現れた、もうひとりの可憐な乙女の登場によって、この感激は強制的に幕をおろした。

「うわ！」

驚く乙女は明るい髪色の丸顔で、人好きのする面立ちだった。

年齢は少女と称するには歳を重ねているが、いまだ抜けきれないあどけなさが愛嬌となる若々しさがある。

「君が翠子さん？」

「あら。あたしのことをご存じで？」

「そりゃあもう。会話が丸聞こえだったからね」

「それは自己紹介の手間が省けました。ですが改めて――あたしは匳翠子。どうぞ、お見知りおきを」

彼女の辞書に『物怖じ』という語彙はないようだ。驚いてもすぐに立ち直って弱味を見せまいとするその肝の太さは、若いながら感心してしまう。

事前に読み込んだ資料によれば、たしか十九歳を迎えたばかりだ。

「私は出雲秋泰。君のお爺様の自叙伝を担当することになった者だ」

「出雲、秋泰」

翠子の後ろに佇んでいた青年が名前を反芻する。

彼は私の視線に気づくと、すっと姿勢を正した。

「申し遅れました。セツです」青年は眼差しを柔らかくしていう。「セツは雪とかいて雪です」

「ああ、たしか君は……」

「ええ、十三年前に養子としてこの家に来ました」

　彼は気負うことなく言う。

　金蔵には蔵子と金代という二人の娘がいるが、どちらも長い間男子を産まず、古い格式に囚われていた匳家は、長女蔵子の子供として、親類筋からひとり養子を取った。この突然の出来事に、世間は匳グループの後継者となった十歳のシンデレラボーイに注目し、金蔵の隠し子であるという噂がまことしやかに囁かれていた。

　だが雪をみるかぎり、匳家の跡取りとしての自負は感じられず、増上慢になるどころか痛々しいほど謙虚だった。

　またいじらしいのが翠子の反応で、彼が『養子』というや、ひどく顔をしかめた。彼らは年が近いこともあって互いを「雪」「翠子」と親しげに呼び合い、家族としての親愛が垣間見える。そこに大人の利害関係の影は見えてこない。

　私はすっかりこの二人が好きになっていた。

　どうやら二人とも普段は大学生として村外に出ており、翠子は福岡市の私立大学の日本史学科に、雪は東京の有名国立大学の西洋哲学科に籍をおく秀才でもあった。

　だが、必ずしも椋鳥として都会にあそぶ訳でもなく、長期休暇中は祝部村という鳥籠に収まることを義務づけられているという。

　今季の夏季休暇も修行僧のごとく俗世と切り離された山村に逗留して、若い身空で漫然と時間を空費するのかと来てみれば、奇怪な老爺の自殺が出来して、恐怖を覚える一方で、探偵小説的な興味が湧いているらしい。

「なるほど。それで覗きに来たのか」

私は合点がいった。

「遅れてきた客人ほど、怪しい人物もいないからな」

「あら違います」翠子は妖しく微笑む。「あたしたちは幽霊の痕跡を探しにきたのです」

「幽霊の痕跡？」

「食事は運ばれまして？」

「いや、まだだ」

私はそういって首を振ったあと、はたと思い出した。

名無しの老人の咀嚼物に異物がまじっていたという目撃談は、もとは翠子からの伝聞ではなかったか。私はあらためてそのことを尋ねると、彼女は神妙な顔つきで頷いた。

「ちらりと見ただけで、すぐに小山田さんが片付けてしまったから自信はないのだけど、あれは、たしかに女の人の、ながい黒髪でした」

「……それが幽霊の痕跡だと？」

「だってこの家には、髪のながい幽霊が居るのですもの」

「なんだって？」

私は咄嗟に雪をみた。これが翠子の冗談なら、雪が自重をもとめる言葉のひとつやふたつ掛けるものだと思った。だが、彼の雪のように白い顔は、幽霊譚の信憑性を裏付けるように、うっすらと青く、怯えた色をうかべる。

　青ざめた兄のとなりで、翠子は囁くように語った。

「あの日は、去年のこれくらいの時季でした。お爺様の体調が思わしくなく、それでいて主治医の老先生が腰を痛めて、かわりに直継先生が急遽駆けつけてきた日でした。お爺様の診察がおわり、用心のため、直継先生はこの客間屋敷にお泊まりになったの。――それで、その、あたし、ちょっと暇になって、直継先生のところに遊びにいこうと思ったんです。あの方はほら、博識でいらっしゃるし、よく学会に出席するために市内に出掛けて、様々なことを学ばれているから」

「なるほど」

　私はこの微笑ましい感情をあえて言葉にしなかった。

　彼女は直継に好意を抱いているのだ。恋する乙女の、ちょっとしたイベント。

　それが母屋屋敷と客間屋敷をつなぐ渡り廊下に差し掛かったとき、まったく別の物語に差し替えられたという。

「時刻は夜の八時ぐらいでした。母屋から渡り廊下に出た途端、中庭の池泉の上に、ぼんやりと人が立っている気配がしたんです。この辺りは街とくらべて、夜はぐっと暗くなりますから、目をこらしても、輪郭ぐらいしか分かりません。でも確かに誰か居る。池の上に立っている。そう思って、渡り廊下の電灯を点けました。ですが渡り廊下の電灯は随分古くて、柱の陰にあるスイッチをつけて十秒ぐらいしないと完全に点灯しないから、完全に灯りきるまで、あたし、じっと目をこらして、その影を捉えつづけていたんです。

黒い影は段々と明るくなる渡り廊下から遠ざかるように、池に身を寝そべらせるとゆっくりと足から母屋のほうに潜り込んでいきました。そして完全に電灯が灯ったとき、その影は、もう顔が床下に潜り込む寸前で、ほんの一瞬しか見えませんでしたが――」

彼女はその貌を見たという。

「ながい、ながい髪の女でした。貌を髪の毛で隠していましたけど、その僅かな隙間から見えた額は、古い油紙のように黄ばんで、覗いていた目は、じっとこちらを睨んでいました。そしてその髪は明かりに反射して」

翠子は長い睫毛を震わせる。

「紫に艶めいていました。ちょうど客人が吐きだした髪のように」

荒唐無稽だと揶揄する声は、私の身体のどこからも生じなかった。

むしろ全身の産毛が逆立つほど戦慄した。

――私の口に入った毛髪は、その怪異のものなのか？

――もしそうなら、私も名無しの老人と同じく、自殺してしまうのではないか。

ふたたび妄想が呼びかける。

段々と息がほそくなり、重苦しい感覚に取り憑かれそうになっていると、母屋のほうからすたすたと誰かがやってくる。その人物は私のいる客間の戸口にたつと、「失礼」

と一言のべて、遠慮なくがらりと襖をあけた。

戸口に立っていたのは、初老を越えた白髪の老人であった。

老人は、白いシャツにカーディガンの装いで、物珍しそうにこちらを覗いていた。金蔵が一介の物書きのもとに出向くはずもなく、匳屋敷の香盤表から割り出すに、彼は桂木直継の父で、翠子から老先生と呼ばれている匳金蔵の専属医、桂木直治だろう。

「お待たせしましたな。金蔵さんがお会いになるそうだ。……どうされましたかな。窓のほうになにか？」

「いえ。お気になさらず」

私は冷汗をぬぐいつつ、取材用の機材を手に取る。

先程まで窓から覗いていた兄妹は、私の土壌に不安の種を播くだけ播いて、すっかり姿を晦ましていた。

離れの主

「紹介が遅れました。わしは金蔵さんの専属医をしている桂木直治。あなたを屋敷まで案内したのが不肖のひとり息子です」

客間からでると、桂木直治は気軽に握手を求めた。

それを受け、その掌から感じる頑健さに驚いた。医者の不養生という慣用句とは正反対な、矍鑠たる老医師である。

「専属医といっても、ただの村医者だがね」老人は飄々という。「昔はこれでも大学病院でブイブイ言わせとったんだがな。老いてくると、都会の忙しなさに耐えられなくなって、よろこんで村医者の座に収まっている次第だ。まあ、わしも随分働いた。酸いも甘いも味わった。思い残すことはもうない。あとは骸となるだけだ。ならば誰が喧騒の中で死のうや。老境に達すれば存外ここも居心地がいい」

老いの陰りを感じさせないほど、直治は随分とおしゃべりな老人だった。

私は彼の案内のもと、廊下の突き当たりにある扉を開けた。

すると、さっと視界がひらけ、十五メートルほどの長い渡り廊下が、母屋屋敷までまっすぐ延びていた。それがまるで橋のように映ったのは、廊下の下に、池泉が流れていたからだろう。

(ここが、幽霊の出たという池泉か)

流水式の池泉は、広い中庭に涼しげな景観をつくっていた。

むかって右側の庭に、ひろく池泉がその水面を夕陽に輝かせ、左に向かうにつれて小川のように幅が狭まり、そのまま庭の左側をながれ、塀の下の排水口に流れていく。

私はおのずと幽霊が逃げこんだという右側の水面に目がいった。大きな楕円をえがく池は幅一メートルほどの水路に繋がっており、その水路は母屋の右端に接していた。

「ハトバというのです」

直治が気を利かせて、池泉の構造を話してくれた。

「はとば？」

「山上の川の水を家にひいて生活用水にする、古い建築様式です。母屋屋敷の奥に池がありましてな。そこから台所の下に水を引いて、野菜を洗ったり、洗濯に使う。無論、今では水道がありますから、ただの景物のひとつですが」

「なるほど、初めて見ました」

「元々、この家は樋番（といばん）の詰め所でしてな。江戸の頃、この屋敷の奥にある池から取水する水門の管理をしていた、その名残でしょう」

私は改めて、池泉を観察した。

水は笹舟がゆっくりと進むぐらいの速度で流れ込んでいる。もしこの池泉に人が浮かんでいたとして、流れに逆らうように、自然に母屋側の水路に滑り込むことはないだろう。

そうなると、やはり怪異が――。

「怪異？」

心でとなえたつもりが、口に出ていたらしい。いぶかしむ老医師にどう説明しようかと慌てふためいていると、彼は得心が言ったように頷（うなず）いた。

「翠子くんの話だね」

「ご存じなんですか？」

「ご存じもなにも、この家では有名だからなあ。あの髪長幽霊は」

「髪長幽霊？」

「この家は古いですからな。幽霊のひとつやふたつ、柳の陰から現れてもおかしくない」

直治はあっけらかんという。

「それに幽霊といえば、長髪でしょう。番町皿屋敷しかり、お岩さんしかり。わしも長年生きてきたが、短髪の幽霊ってのはちょっと聞いたことがない。ときに家鳴りが幽霊の跫音に、ときに梢の震えが女の声に聞こえても、まあ、こんな夜闇のふかい鄙びた村の古屋敷だ。当然と言えば、当然でしょうなあ」

古老にそう言われてしまえば、私も納得せざるを得ない。

「それで自叙伝の聞き取りのことなんだがね」

幽霊など、先入観と錯覚のマリアージュだと、彼はわらう。

「ああ、すいません」

直治医師に話を向けられ、私は喫緊の問題に立ち返った。

匽金蔵は御年九十の大台である。インタビューで留意すべき事柄はいくつもあった。

我々は取材方法の最終確認を行いながら、母屋屋敷に入った。

母屋屋敷は、江戸時代の遺構を残すように、指定史跡のような純然たる日本家屋であったが、もとが水門の管理屋敷であったからか、住居というより施設の趣きがつよく、角に当たることなくまっすぐ廊下がのびている。

　直治の先導のもと、私は廊下を歩いていたが、途中四つ角にさしかかったとき、不意に私の左半身に冷たい風が吹きつけた。

「あの、こっちには何が？」

「え？」

　まっすぐ廊下を進もうとしていた直治は、虚を突かれたように立ち止まった。

　私が指さしたのは、何の変哲もないL字に折れている廊下である。

　右側はのっぺりとした板の壁で、左手には取っ手のついたスライドドア――おそらくトイレだろう――と、和室がひとつある。冷気はどうやら、その和室から、ひゅうひゅうと洩れ出ているようだった。

「……何もありませんよ。ただの仏間です」

　かすかに狼狽が見えた。

「あの、インタビューとは関係ないんですが」

　私は昼なのに寝静まったような屋敷を見回しながら、かねてより感じた疑問を尋ねた。

「自殺された方の御遺体は、もう警察に引き渡したのですか？」

　自殺とはいえ、死者は身元不明の老人である。

　死因に不明点がなくとも、公僕のひとりやふたり、屋敷にうろついて然るべきなのに、その影はひとつとしてない。

「それは近々」

と、直治は素っ気ない返事をする。

彼の意外な返答に、私は目を丸くした。

(近々だと？　まさか通報もしていないのか？)

前をいく老人の背中が、突如として得体の知れない薄気味悪さをまとう。

「さっきは立ち話が過ぎました。はやく行きましょう」

直治はそういって私を急かした。

彼はあきらかに私をその場から離れさせたがっていた。私はその仏間に誰がいるのか、今の会話でおよそ見当がついたが、尋ねるのも恐ろしく、いずれ見る機会もあるだろうと、自分自身を納得させて、彼の案内に従った。

まっすぐ進んだ廊下には、左右にみっつ、都合六部屋が並んでいた。直治曰く、この六部屋は住人の私室だという。その全てにドアノブがあり、ざっと見る限り、客間より一回り大きい。

匳家の私室を通り過ぎ、T字路に差し掛かると横に延びる縁側から、この村の水源とも呼べる取水用の池が見渡せた。

ひろく澄み渡った池は、家一軒が入るほどの大きさで、水面は清らかにキラキラと夕陽を反射させていた。私たちはその美しい水面を横目に、廊下を左に折れて、屋敷の北西の角にたどりつく。

すると右手に道幅の狭い通路がつづく。

左右をガラス戸に挟まれた通路で、その先には、小さな庵が建っている。

方形屋根に、苔色の土壁が囲う小さな住居。

金蔵が起居する庵は、離れ小島のように屋敷から切り離されていた。

四方を幅のせまい縁側とガラス戸で囲われて、欄干に係留された落葉拾い用の小舟が舳先で柱を小突いている。オールがないところを見るにもう使われていないのだろう。

「金蔵さん。来ましたよ。入っていいかい？」

すると庵の奥から低く、重々しい声がとどいた。

「よい」

直治が庵の板戸をひくと、三和土だけの狭い空間があった。

その空間は、まるで金蔵用の納戸である。痰の吸入器や車椅子、杖をいれておく長細い陶器に、処方された薬が詰めこまれたプラスチック製の収納棚などが、壁際にみっしりと積まれていた。

襖をあけて、さらに奥。

踏み込んだ金蔵の棲み家は、さながら洞穴だった。

池側に開いた採光窓は小さく、唯一の室内灯も笠のある古い電球ひとつ。

左手前の壁には勝手口もあるが、茶室という意匠を整えるだけの飾り戸で、庵全体が翳っている。

立志伝中の人の居室としては、いささか拍子抜けだが、そもそも過疎地に居を構える人物である。物欲とはかけ離れた生活空間なのも納得できた。

「よく来られた」

閑居の主人は、博多織のカバーをつけた文庫本を読んでおり、私が来るとじろりとこちらを見据えた。

「儂が匳金蔵だ」

初めて眼前にまみえた齢九十の財界人は、暗がりの樹にとまる老梟を思わせた。

特徴的な鷲鼻に、落ち窪んだ眼窩。

藍染め絞りの単衣を着た金蔵は、古樹に衣を掛けたように窶れていたが、その眼差しは、戦中戦後の混沌を生き抜いた、したたかな鋭さを失っていなかった。

だが、不思議と経済誌でみせた厭人的な印象も受けない。

古い幽霊画は博物館でみれば一幅の絵に過ぎないが、丑三つ時、寺の講堂で手燭でもって鑑賞すれば、絵の陰翳からおどろおどろしさが滲みだすように、匳金蔵という画も場所によっては、また異なる風采をあらわすのかもしれない。

自己紹介が済むと、金蔵に促され、向かい合うように座った。

金蔵は私の経歴や郷土のことを尋ねたあと、目顔で本題を促した。私は慌ててスケジュール帳をひらき、日程の確認から始めた。

「取材の時間ですが、明日の午前十時から正午までの二時間で宜しいでしょうか」

金蔵は了承したように頷く。老医師も隣で太鼓判をおした。

屋敷で起きた事件に鑑(かんが)みて打ち合わせ通りにいくまいと思っていただけに、思いがけなく仕事が進んでいく。

いや、不気味なほど進んでいる、というべきか。

なにせ彼等は、屋敷内でおきた老人の不審な自殺を警察に通報していないのだ。さらに私の不安をふくらませたのは、打ち合わせの合間合間に、金蔵と直治の見合わした視線の中に、人を謀(たばか)ろうとする冷たい悪意の色が、ちらちらと垣間見(かいまみ)えたことだ。

「では。明日からよろしくお願いします」

無性に居心地がわるくなり、早々とこの場を辞そうとした矢先、まるで逃がさぬとばかりに金蔵が口をひらいた。

「問題はない。だが」

「なにか？」

「折角来たのだ。折しも外は逢魔刻(おうまがとき)」

厭(いや)な予感がした。小さな丸窓から暮色が差し込む。

茜色(あかねいろ)の照射は庵にいる誰かを照らすこともなく、かえって庵の闇を強める。

影にかくれた老人はいう。

「されば古老の怪談をひとつ、どうか聞いてくれるか」

立ち去るべきだという直観が、そっと背筋を撫(な)でた。それにも拘(かか)わらず膝(ひざ)を進めたのは、幽霊作家に留まることを良しとしない三文作家なりの自負だった。

「………お願いします」

怪しげなものからインスピレーションを受け、作品に注ぎ込めば、三流の誹りから脱せるかもしれないという期待もあった。まして怪談と名の付くものに飛びつく習癖が、私にはあるのだ。

金蔵が唇を舐めると、戦後混乱期におきた奇怪な怪談を語り始めた。

銭を生む羅生門

「儂がまだあなたより若く、街に焼夷弾の爪痕が生々しく残っていた頃の話だ。

戦争が終わったとはいえ煤煙の匂いがそこらじゅうにつきまとって、誰もが等しく飢えていた。儂も例にもれず飢えて、闇市の買い出しや米兵の靴磨き、ときにゴロつき染みた荒事など、灼けた福岡で糊口をしのぐために何でもした。

意外に思われるかも知れないが、もっとも稼げたのは募金活動だった。草新会という傷痍軍人団体に加盟して、日がな一日、街角で募金を呼び掛けるのだ。

儂は日劇の主題歌や戦時歌謡をうたって注目をひいてみせた。なかでも『露営の歌』はすこぶる反応がよかった。歌詞は戦意昂揚を謳うものではあるが、悲惨な戦地で奮って戦わんとする兵士の歌は、瓦礫の山で必死に生きようとする人々の心を打った。シャッポを被った紳士も儂の歌を聴いてはらはらと泣き、隣にいた足ひとつの元陸軍大尉もしきりに目頭を拭った。

そんなある日、ひとりの男が奇妙な話を持ち掛けてきた。その男は、背は儂よりやや低く、歳もひとつ下でいつも制帽をかぶっていた。不思議と顔が双子のように似ているから、募金を募るときは儂の弟として振る舞った。

なるほど、戦地から命からがら帰還したが、家は焼夷弾で焼け、家族は死んだ虚しさに、せめて菩提を弔おうと募金をつのる傷痍軍人の兄弟という題目は、金を払う側の同情をすこぶる喚起させた。いつしか私はその男に一目置いていた。

その男の名は小松といった。

『キンさん、今、この日本には金になるものが余りにも多く捨てられていると思うよ。これを拾いあつめて、それを元手に草新会を脱退しようじゃないか』

小松という男は見た目こそ小僧だが、なにかしら学のあるような風韻があった。当時どこからともなく岩波をもってきては黙々と読み、英語も堪能とあって、進駐軍相手に探偵小説を書こうとした男だ。そんな小松がもちだす話だから進駐軍がらみだろうと思っていたが、儂はそれをきいて慄然とした。小松はこういった。

『羅生門だ。死体の髪を盗むのだ』と」

「髪の毛を……」

よからぬものが背中を這い上ってくる。

まるで黒く糾われた毛髪の綱が、なにやら奇態なものを引き寄せるかのごとく。

「あの当時、東宝劇場をはじめ舞台劇が息を吹き返していた。すると舞台カツラ用の毛髪が必要になってくる。小松はそれだけではなく、大社の祭事用カツラや婚礼用のカツラ需要が高まるのも見越していた。

小松はいったよ。疎開地がいい。都会の髪は砂塵にまかれて手入れもしてない。髪油を使っていても大概は豚や赤犬の脂をしぼったもので悪臭がする。対して田舎は昔から様々な美髪剤があった。泔水といって米のとぎ汁で梳いて、髪の栄養補給や癖を直したり、さねかづらの蔦の粘液で髪の艶や養毛効果を促進して、垢落としにしたりもした――とな。小松は大いに語った。髪に大して偏執的な知識があった。そして当時はまだまだ土葬がおおく、死体は焼かれず残っていた」

「墓を、暴いたんですか」

「そこも小松の恐ろしいところだが」金蔵はいう。「やつは納棺前の死体から盗む計画を立てていた。ヤツはいったよ。『野菜は摘み立てがよく、人毛は死にたてがいい』と。そこでやつは九州地方のとある村の古めかしい風習に目をつけた。そこには『死に番』という風習があった」

「死に番？」

「山奥の番屋で死者とふたり、寝ずの番をするという変わった弔いだった。その村はひどく穏やかな山村で、村人は平然と我々を招き入れた。あの頃は都会の人間が、着物と食糧を交換しようと、たびたび農村を訪れていたから、さして物珍しくなかったのだろう。我々は農作業の手伝いとして、その村に厄介になった。一ヶ月ほど経ったころだ。村から死者がひとり出た。お悔やみに向かいながら死体を確認すると、死体は綺麗な長い髪をしていた。美しい人だともおもった。小作りで、目元のすずしく、近所の女学校に勤めていた女性を思い出させた。高等女学校を出たてで、名前さえ知らなかったが、いつも髪を一結びにして、校門の前で、生徒たちに輝くような笑顔で挨拶していた。儂はそんな淡い初恋相手に似ている乙女の髪を、根こそぎ刈り取るべく、死に番を願い出た」

「縁もゆかりもないお二人に、よく村の人々は任せましたね」

「都合の良いことに女性に身寄りはなく、終戦後も村に身をよせていたよそ者だった。もともと親類を頼って来たものの、はやり病で死に絶えたという。それにいまの人には実感がないかもしれんが、昭和という時代も、迷信や俗信に対して、ゆるやかに距離をとっていた時代なのだよ。村人たちも『死に番』の習俗に懐疑的で、血縁者なら諦めがつくものの、無縁仏を弔うために死体と一夜を共にするなど願い下げだったのだろう」

ただそんな迷信から距離をとっているはずの村人たちだったが、死に番を執り行う夕暮れどき、村の取り仕切り役であろう四十ぐらいの男によばれて、死体の寝かされている仏間で、二人は決して破ってはいけない禁忌があると脅しつけられたという。

「絶対に死に番で眠ってはならない――。そう再三、念押しをされた。それがあまりにも執拗なので、儂だったか、小松であったか、なぜ眠ってはならないのか、と喧嘩腰にそう尋ねた。すると、その仕切り役は、さも当然のように、こう言いよった」

死霊が憑く、と。

村人たちは世の迷信を笑いながら。

死霊が死体に取り憑くという村の迷信を信じていた。

「儂たちがゾッとしたのは言うまでもない。さらにその仕切り役が、仰向けの乙女の半身を起こすと、その長い髪をもって、くるくると死体に簀巻きのように顔ばかりか胴まで巻きつけて、巨大な黒い蚕のようにしてしまうと、もはや儂等は一言も口を利けなくなっていた。

それを背負うと思うとさらに憂鬱だった。番をする人間はひとりという取り決めはなかったが、これは内々示し合わせて、小松より上背のある儂がすることにしていたのだ。まず初めに儂が背負子をかつぎ、中腰になると、小松と仕切り役とが、その黒い蚕となった女をのせた。背負子がずっしりと沈み込むと共に経帷子に染みついた焼香の臭いがぷんっと臭った。よく魂を語るとき、死んだ人間は普段より僅かに軽くなることを持ち出す輩がいるが、あれは嘘だ。実際はむしろ重くなる。死というものが、肉体に取り憑いている分の重さが、たしかに死体にはあるのだ」

死に番は完全に日が暮れきったあとに始まったという。

金蔵は葬列に付き従い、村外れの小さな里山に誘われた。

「そこは一見、山には見えなかった。ただの深い林叢地で、鳥居がひとつあった。高い木立は風もないのにざわめいて、きいきいと得体のしれない鳥獣の声が木霊する不気味な森だ。彼等はそこを進めという。案内役を名乗りでる者はひとりもいなかった。角灯を渡され、ただ事前に、どのような道があるか、簡潔に伝えられるだけだった。それ以外、一切何も言わない。否、言うつもりは毛頭ないのだろう。儂はもう、進むしかなかった。

角灯を手にすすむその林道は、異界めいたものがあった。踏みしだく下生えは、靴底にみどりの液汁をぬりつけ、野放図にのびた枝は、そのこわばった指で服をひっかいてやまない。森の臭気が、じっとりと肌にまとわりついてくるのも辟易した。

歩き出して、数分も経たないうちに、儂は息を切らし始めた。背中ごしに沈黙する死体が、心を蝕むせいもあろうが、じつのところ、儂はゆるやかな勾配を登っていたのだ。暗闇坂と呼ばれているその坂は、坂だと気づかないほどの緩やかな勾配で、坂の只中にさしかかると、鬱蒼としげる雑木林が天を覆って、昼でも夜のように暗くなるという陰気な坂だった。

すすむにつれて、自分の輪郭が闇に包まれていくのが分かった。いまではもう、角灯が照らす自分の前腕だけが、にゅうっと闇にうかんで、ともすれば、そのままぷつりと切れて、するすると奥に飛んでいくかのようだった。儂はふと、日本神話にでてくる黄泉平坂（ひらさか）という径（みち）も、あるいはこのようにゆるやかな勾配で、このようにうす暗かったのではないだろうかと、そのとき戦慄（せんりつ）と共に考えたものだ」

真の暗闇に人は耐えられないのは、あるいはそれが埋葬に似ているからかもしれない。濃密な闇は、原始的な死の観念を甦（よみがえ）らせる。

金蔵もその死のような闇黒（あんこく）をひとり、奥へ奥へとすすんでいったという。

「異界めいた径も、しかし長くはつづかなかった。坂の途中には、ひろく円形の広場があって、砂金をまいた星空が、中央に明かりを落としていた。明かりのおちた中央には、奇妙な十六角形の講堂が建っていたのだ。——十六角堂。死に番を行うものは、もれなくその講堂に入り、教えられた弔詩を唱（うた）わなければならない。しかも唱うだけではなく、頭上に描かれた神々に拝みながらというのだから、弔いというより祭事めいている。直径にして六メートル弱はあろう拝み堂は、戸をしめきるとあれほどうるさかった森の怪音がぴたりと止まって、そのかわり、儂の荒い息が微（かす）かに反響していた。

儂は一生懸命、弔詩を唱ったと思う。念仏や般若心経などろくすっぽ知らない当時の儂にとって、憶（おぼ）えさせられたこの弔詩だけが唯一の邪気祓（じゃきばら）いであった故に、それはもう高らかに唱った。

唱い終えると講堂の北側から出てふたたび暗闇坂をいく。そうすると程なくして、今度は修験坂（しゅげんざか）という急勾配の坂が待ち構えていた。その坂たるや、足を滑らせれば命の保証ができないほどの傾斜で、死体を背負いながら登るのは一苦労だった。

そしてようやく辿りついた番屋は広場の主の如く、その中央にあった。番屋は零落した社殿のように荒れ果てて、中に枕飾りと逆さ屏風のほかに、死者を座らせる籐椅子がひとつあるだけの見窄らしいものだった。儂はそこに彼女を座らせると、ようやくひとごこちついた。

番屋には、それらとは別に、座布団と心ばかりの糒と味噌、そして謝礼がわりの御神酒が置かれていた。闇市で売買されているような目潰しの密造酒じゃない。真っ当な米でつくられた御神酒だった。

人とは現金なもので、さっきまで錯乱しかけていたというのに、酒にありつけば肝も太くなり、死んだ女を肴に酒を飲んだ。股の奥に潜りこんだ一物も、呑めば出るぞとばかりに尿意を催し、番屋の隅にある木板をずらして、屎尿用として掘り下げられた大穴に小便をした。

こうなると稲生物怪録の平太郎よろしく、何にも動じない心持ちになる。あとは鋏をもった小松の到着をまって、ふたりして『羅生門』の老婆としゃれ込むまでだ。

だが、そのとき、ふと死体の顔が見たくなった。

初恋の女性を思い出したからかも知れない。死体の乙女が本当に面差しが似ていたのか、なんとなしに検めたくなったのだ。グルグル巻きにされた髪の毛を身体からほどいて、前髪を左右に分けてやれば、ほうと溜息がもれるような美しいおなごの顔があらわれた。こづくりで涼やかな目元。丸っきり同じというわけでもなかったが、やはり顔の印象に重なるところがあった」

懐かしむ記憶のなかの女性を、彼はその死体にみた。

微笑ましい記憶だった残滓。――それが段々とずれていく。

「儂は思い出のなかの彼女を甦らせていた。日差しに目をほそめる仕草。儂の歌を褒めてくれた声。ときおりみせる困惑のひとみ。おはようございますと呼びかける声。その声が、儂をみた途端にか細くなるとき。街で男にしなだれかかる痴態。ひときわ高くなる声色。脂粉をこらしたあばたの肌。儂をみつけて、きつく睨む目、不機嫌そうに毛先を撫でる指先。――そして戦後、カフェーに立っているあの姿。しだいに、しだいに、思い出すたびに、むくむくと湧いてきた激情は何だったのだろうか。

性欲――と一括りに言ってしまえばそれまでだが、あるいは憧憬を踏みにじられた怒りともいえるかもしれない。気づけば、儂はその死体を足と左手で押さえ込み、髪の一房を右手で強引に摑み、力一杯に引っ張っていた。ぶつり、ぶつりと肌から毛髪がちぎれていく感触をてのひら全体にかんじながら、毛髪を一房、たしかに毟りとった。

いつだって、しまった、と思うのは、ことが済んだあとだ。死体は衝撃で床に転がり、うつ伏せになった彼女の首は横にねじれ、前髪から覗いた双眸が、いつの間にか半眼のようにひらいて、女の、あの怨みがましく見つめる視線を、儂にじっと向けていた。

右手に握り込まれた毛髪は乱暴に毟ったせいか、ふるい筆先のように無様であった。だがそれでも尚、女の髪の毛は艶やかで、気品をしめすように、焔のあかりのもとで暗くも艶やかな紫色にかがやいていた。乱暴な衝動が収まれば、すぐに打算が働くのが儂の常だ。儂は小松に隠れて、その髪を死に番の駄賃としてふところに収めて、女をもとの状態に戻してやると、あらためて酒を飲み直した。

なんとなく、女を背に飲むのは憚られた。

儂は睨みつけるように対坐した。女の目蓋はふたたび閉じたというのに、その長い睫毛が小刻みにうごいて、ふたたびあの怨みがましい半眼をみせるのではないかという妄想に駆られていたのだ。

しかし、その睨み合いも長くはつづかなかった。酒瓶の底をふるわせて残りのひとしずくを舐めとろうとしていると、段々と夢うつつになった。そしてはっと気づけば、夜のとばりがあがっていたのだ。

慌てて髪を切らなければと思い立ち、いや鋏をもっているのは小松であるから、彼が来なければ仕事はできないと思い直した。

そもそもアイツはなぜ儂を起こさなかったのか。

問うまでもなく、髪を独り占めして逃げたのだと思い、慌てて死体のほうを向いた。

小松にあらかた盗られたとはいえ、まだこめかみの毛ぐらい残っていないか。まろぶように籐椅子の脚にすがり、女の死体を見上げた。だが、そこには見目麗しい艶やかな髪の乙女の死体はどこにもなく――かわりに小松が死んでいた」

「小松さんが!?」

「しかも死に方は凄惨だった」金蔵はいう。「奴の口には毛髪が詰めこまれ、首にも執拗に巻きついていた。そのとき脳裡に去来したのは、言うまでもなく、村の仕切り役が再三言っていた禁忌だった。寝てはならぬ。寝てしまえば——」

「死霊が憑く……」

金蔵はこくりと頷いた。

「どんな死霊が憑くかも分からない。しかし、儂には、髪を毟りとった、あの女の霊魂がふたたび肉体にかえって、儂を襲いにくるのではないかと思えてならなかった。儂は朝陽から隠れるようにして、すぐに逃げた。——それから数年がたったあと、人づてにその村の話を聞いた。すると、ときどき、村には長い髪の女が現れて、夜な夜な人を訪ね歩くという。そして村の人々は彼女を恐れて、もし口に髪が入れば物忌みをするようになったとも」

「なんだって!?」

私はあわを食って、問わずにはいられなかった。

「死に番の習俗があった村というのは、まさか、この祝部村なのですか!?」

うなずいた金蔵の双眸が鈍く光る。

「あったではない。今も息づいている」

「あ」

私は立ちどころに理解した。

直継がすぐに辞した理由も、直治が言い淀んだ死体の処遇もここにつながるのだ。

金蔵が、こうして怪談を語り聞かせていた訳とはつまり――。

「今夜、あなたに『死に番』をしてもらいたい」

不穏な密談

「つくづく思う。私は大莫迦者だ！」

私は大の字になって倒れ込んだ。

場所はふたたび客間。今や死に番の担い手となった男の控えの室でもある。

結局、私は金蔵の依頼を引き受けた。承諾したのは、限りなく現実的な理由だった。

カネ。つまり賃金のことだ。

金蔵が言外に含んだのは、死に番の役目を断れば、自叙伝の企画を握り潰すという脅しだった。さすが財界人。横紙破りはお手の物。明日の食べ物にも窮する私が、腰金蔵の自叙伝の企画を御破算にされようものなら、出版社からの信頼を失い、今後の仕事にも差し障りが出てくる。死霊は人を怯えさせるが、失業は明白な死をつれてくるのだ。

「なるほど、奴等、これをやるために警察を呼ばなかったたな」

すっかり腑に落ちると共に、新たな疑問が生まれた。

起き上がると、私は顎を撫でる。

死に番という習俗は、それほど物珍しいものではない。

通夜というのは、つまるところ死に番と同じだろう。故人が火葬される前に、家族があつまって夜を共にする。何処にでもある葬儀の風景だ。無論、それを山奥の番屋でやるのは奇異ではあるが、過剰に因習と騒ぎ立てるほどじゃない。

むしろ気にかかるのは、それを何故、名無しの老人に対してやるのか、という問いだ。

「まさか、あれが原因か？」

思いついた途端、ぞわりと背筋が寒くなった。

名無しの老人は、死ぬ前、口の中に毛髪が入りこんでいた。

もしもあれが死霊に見そめられたサインであるのなら、死に番を行い、丁重に葬らなければ、死霊が死体に取り憑き、家に災いが訪れるのではないか？

私は咄嗟に口を覆った。

頭では有り得ないと思いながらも、心はこの仮説に心底怯えている。

――そして、この仮説こそ、匳家が抱いている恐怖そのものではないのか？

その問いを確かめる術は、じつのところ、ひとつだけあった。彼等が死霊の呪いを信じているなら、そして私の直観が正しいのなら、名無しの老人の口内には、悍ましい魔除けが詰まっている。そして確かめるべき死体の在処は、およそ見当がついていた。

折しもそのとき廊下から翠子と直治の声がして、しばらくすると玄関に向かう足音がした。襖をあけると、診察鞄をもった直治が外に出るところだった。

「お出かけですか？」

「急患だそうだ。息子は医院の仕事で手が回らないらしい。代わりに行ってくれと。親使いの荒い息子だ」

老先生が玄関近くにあるパネルを操作すると、庭の大門が地響きをあげて外に開いていく。門は老先生が通り、他に通行者がいないことを認識すると自動的に閉まり、屋敷はふたたび静けさに包まれた。

仏間に向かうと決めた途端、あっさりとお膳立てが整った。

何者かの手招きを感じずにはいられなかったが、意を決して廊下に出た。

玄関から屋敷に延びる廊下には、母屋と同じく左右にそれぞれ三つの部屋ある。

私は用心深く、この客間屋敷に人が居ないか、検めることにした。

右側の三部屋はすべて和室で、さながら寺の庫裏である。手前が私の客間で、他の二部屋も細かい内装の差異をのぞけば、まったく同じであった。

対して左側の三部屋は洋室で、手前から給湯室、応接室、書斎がならんでいる。

そのうち給湯室と応接室は、私の一般的なイメージを損なうものではなかったが、書斎だけはすこしばかり趣を異にしていた。というのも書斎は黒檀の大きなデスクを中央に、左右を樫材の書棚が埋めていたが、左手前の棚だけ、スチール製の棚になっていた。

そこに青いプラスチックケースで小分けされた医薬品が収められていたのだ。

また不用心にも、スチール棚のガラス戸は半開きで、中は漁られたように雑然としていた。いくつかのケースは書斎机の上に置かれている。おそらく往診する患者のために、慌てて処方する薬を探したのだろう。黒革の椅子もデスクの所定の位置から外れて、無聊をかこつように窓をむいている。

どうやら書斎は、桂木直治の医務室でもあるようだった。

客間屋敷はその他に、廊下奥の左手に納戸が、右奥にトイレがあるだけで、屋敷は一度ここで途切れ、アルミ扉を隔てて、切妻屋根の渡り廊下に出る。

中庭はひろく、ハトバを用いて、右側は池泉が占めている。

昼間に見れば、美しい風物であろうそれらは、しかし、こうも暗いと奇怪なざわめきを起こす妖物のようにも思える。

私は足早に渡り廊下に進み、母屋屋敷につながる扉をあけた。

母屋屋敷に入ると、すぐ右に居間につづく戸があり、その先に仏間へと進む四つ角がある。一度、直治と歩いた時にちらりと覗いた様子では、その角を右に折れると居間に通じるもうひとつの扉と炊事場があり、真っ直ぐ行けば住人たちの部屋が左右に並ぶ。

そして私が向かう仏間はその角を左に曲がる必要がある。私は不安をなだめるべく深く息を吸ったが、ふと居間に面する戸をみて、小さく舌打ちした。

というのも、居間の戸は、一枚の厚いガラスをはめ込んだ引き戸で廊下の行き来が、居間から筒抜けだったのだ。

私はこの扉のことをすっかり失念しており、さらに中から煌々と光がさして数人の話し声が聞こえる。もしもこのまま通り過ぎようものなら、住人に見つかることは請合だ。しかし、諦める気は毛頭なかった。私は彼等の注意が逸れた瞬間を狙おうと、スマホを取り出して、こっそり居間のガラス戸のほうに傾けた。

スマホの反転機能を駆使して、居間を覗いてみると、なんとも豪勢な居間ではないか。白いレースをかけた革張りのソファーが長細い口の字形に並んで、大きなキャビネットには彩色豊かな陶芸品や高価な貴金属が無数に収められている。ほかにも部屋には山水画のかかれた沈香壺や裸婦の彫像などが隙間をうめて、そのすべてをひとつひとつ列挙すれば夜をまたぐかと思われた。

そんな宝物殿とみまがう居間で、五人の男女が、団欒と言うには少々険しい顔をしながら、なにやら用談をしていた。

私は彼等が話に夢中なことを良いことに、さっさと居間の前を抜けようとしたが、戸口からみて、左側に座っている猫背の男から漏れた台詞に、ぐっと足を縫い止められた。

「もし、あの小説家にバレたら……」

そういって男は不安で気がふさぐように、さらに身体をおりまげる。

「でも、もう話は済ませてあるんでしょう?」

キャビネットを背にして、一人がけのソファーに座る女性が訊く。

彼女が尋ねた相手は小山田で、猫背の男のうしろに立っていた彼女は「はい奥様」と弱々しく返事をする。おやと思ったのは、彼女の顔色で、ついさきほど会った時よりずっと青白く、表情にはただならない動揺が浮沈していた。

「あら具合でもわるいの？」

と奥様と呼ばれた女も、小山田の体調を気遣う素振りをみせたが、小山田はしずかに首をふるばかりであった。

「そう、ならいいけど」

そういって用談にもどった女性は、奥様と呼ばれていることに鑑みて、金蔵の長女であり、翠子、および雪の母親である匳蔵子だろう。彼女は黒い着物に黒い帯といった喪服姿で、黒い髪をシニョンにまとめている。目つきが鋭く、鼻梁の突き出た鷲鼻は、金蔵の面影を残していた。

「あらよかった。逃げられたらことよ、姉さん」

君臨するように座る蔵子の斜め前、中庭側のソファーに座っている女がいう。

蔵子を姉さんと呼ぶからには、彼女が金蔵の次女、金代だろう。この姉妹を観察すれば、小柄で高圧的な目つきと、その特徴的な鼻筋とが、双子のように似通っている。だが趣味趣向は正反対のようで蔵子は着物をまとっている一方で、金代は紺地のロングワンピースに大きな金のバックルをつけた洋装だった。

金代のどこか挑みかかるような声色に、蔵子は憤然と答えた。

「当然です。我が家に関わるなら、雑務も仕事の内です」

「アタシなら絶対断っちゃう」

金代のとなりにちょこなんと座っている少女が賢しらにいう。金代のひとり娘である千代だろう。母親に似て、どこか高飛車な雰囲気がある。年齢は高校生ぐらいだろうか。母親と同じ栗毛色のウェーブがかった髪をしている。

「何にしても儲けものだわ」と、金代はくすりとわらう。「自叙伝の話を言い出したときは、どうなることかと心配したけど」

「勘の悪い小説家がきたのは当たりだったね、お母様」

「そうね千代」

「準備のほうは出来ているのかな」

ふたたび猫背の男が訊く。

彼が蔵子の夫で入り婿の幹久だろう。自宅だというのに、出社しているかのようなスーツ姿で、気弱そうな視線を妻に送っている。

「ええ。あなたが無用な心配をしている間に、翠子と雪に手伝ってもらってます」

「あら千代も頑張ったわよね」

「勿論。外階段の煤払いまでしたんだから」

「まあ偉い子。頑張りが欠けていたのは義兄さんだけね」

「だけど本当に大丈夫かい。彼にも一言いっておいたほうが」

「直にお金を渡せと？」

「勿体ないわよ姉さん。どうせ小説家といっても売れない三流文士でしょう。大金など渡さなくてもどうにでもなるわよ」

「それに伯父様」母親の尻馬にのって千代がいう。「見ず知らずの老人の死体を運んで、山の番屋で死体の番をしろと言われたら、普通の人は一も二もなく断るものよ。まして行くのは夜の禁足地よ。アタシ昼の外階段でもゾッとしたのに」

「本当にそうね」蔵子は旦那を睨む。「なのにあなたと言ったら、父に代わる家長なのに禁足地の準備をすべて雪に任せたでしょう。そのくせ口出しは一丁前になさるのね」

妻の糾弾に立つ瀬のない幹久は、それでも僅かに残ったやり切れなさから余計な一言を吐いた。

「でも、死体を見られたら――」

「あなた」

蔵子がぴしりと言う。これ以上余計なことを言うなという妻からの鞭だ。

不意を突かれた幹久はびくりと震えた。そのとき、ちょうどグラスに伸ばしかけていた手がそれを倒し、テーブルに飴色の酒を広げる。

全員がテーブルに注意を向けたその瞬間、私はすかさず居間の戸口の前を通り、そのまま廊下を左に折れた。叱責と嘆息の入り交じる居間の騒々しさを背に、冷気が吹き込む廊下を進んで、仏間の前まで辿りついた。

私のような不精者が出入りしたのだろうか。和室の襖が拳ぐらいの大きさの隙間をつくって、そこから冷え冷えとした空気が漏れている。

私の右手は冷気を辿るように、襖の隙間にのびて、ゆっくりとひいた。

仏間は、冷たい死で充溢していた。

右隅を埋める仏壇、手前に線香立てや御鈴がおかれた供養の枕飾り。

畳に布団は敷かれず、寝かされた死者もいない。部屋は冷凍庫のように冷え切って、古い木目調のエアコンから凍てつくような風がびゅうびゅうと吹き込んでいる。さらに床に綿のように這っているのはドライアイスの残滓だろうか。一分もすれば、全身が凍てついてしまいそうな仏間に、しかし、籐椅子にじっと座っている人物がいる。

彼は氷像のように動かず、顔はすっぽり白い頭巾で覆われていた。

私は仏間に踏みこんだ。

死体の前に立つと、全身に鳥肌が立つのが分かった。それでも真相を確かめるべく、震える指先で、そおっと鼻先まで頭巾をまくりあげた。色の失せた唇が露わになる。顎には死体の硬直が緩んだときに、顎が垂れないように紐が結んであり私はその結び目をゆっくりと解いて、乾燥した唇をめくり、その口腔の奥にある呪物をみるべく、親指で下の歯をおしこんだ。

「ああ」

いまだ硬直を残す下顎は、わずかな隙間しか許さなかったが、その隙間からでも十分わかるほどに、大量の黒い毛髪が詰めこまれていた。

もはや疑いようはない。

匳家屋敷こそ、怪談師無妙の語っていた因習の家なのだ。

「なにを、しているのですか?」

ぞくりとして、振り返る。

仏間の戸口。ひとひとりが身を横にして通れるほどに開けた襖の隙間に、廊下の明かりを背にして、匳雪が立っていた。

逆光を背負う彼の表情はうかがえないが、目を背けたくなるほど恐ろしい。

だが、私はただ震えている訳にはいかなかった。私のうしろにある死体には、口に詰められた毛髪のほかに、およそ想像もしなかった痕跡(こんせき)が残っていたのである。

「君たちは、私に嘘をついているな」

「…………」

雪は答えない。ただ死霊のように戸口に立っている。

私は気持ちを奮い立たせながら、さらに詰め寄った。

「君たちは、名無しの老人が自殺した、と言ったな」

「…………」

「だが彼の首には索条痕(さくじょうこん)が、ふたつある。それに死体の顔は、かなり薄(うっす)らとだが、うっ血した痕(あと)もある。もし死因が首吊(くび)りなら、頭部全体に分布する血管が完全に閉塞(へいそく)して、顔面にうっ血は起きない。つまり彼は――」

私は震える指で死体の首筋を指さしながら、恐るべき事実を口にした。

「この家で殺されたんだな」

衆人環視の密室

――すべてお話ししましょう。

雪はそういうと、私をつれて、客間屋敷に戻った。

それから雪は給湯室で湯を沸かし、熱い濃茶のはいった急須をもってきた。それを湯呑みに注いだが、私は手をつけず、かわりに仏間の死体について言及した。

「犯人の目星はついているのか？」

「……分かりません」

雪は弱々しく首を振る。

「というのも、あの晩、彼を殺せた者は一人もいなかったのです」

それから雪は名無しの老人が死んだ当時のことを話してくれた。

「昨日は妙に落ち着かない気分でした。空は暗雲が低く垂れ込めて、心の憂鬱さを引き出すような空模様でした。ですがわたしの感情をさらに鬱屈とさせたのは、何においても、あの名無しの老人でした。彼は身を丸めて、ハンチング帽で顔を隠すようにしながら、まるで祖父の兄弟のように屋敷をうろつくのです。家という安らげる場所に素性の知れない人物が居座るのですから、不快感は他の比ではありません。

ただそれ以上に不安の虫を刺激したのは、祖父まで何やら興奮しきりで、理由もないのに歩き回ることでした。そんな祖父が、夕餉を大広間で食べるので、全員列席するようにと言い出したとき、誰もが厭な予感を覚えました。

大広間は、居間のある廊下を突き当たりまで進んで、縁側を右手に折れた先に、池側に突き出す形で延びた二十畳あまりの空間です。

その大広間には、奥にさらに、唐獅子のかかれた四枚の襖で仕切られている『奥の間』があって祖父はそこに大きな書斎机をおいて、襖を開けて閻魔のごとく大広間で平伏する家族を睥睨するのが常でした。

夕餉の時間は午後六時を厳命されました。祖父は時間にうるさく決して遅れることを許しません。また自らもぴったり刻限にやってくる人でありました。

その日、わたしは六時より十分早く、大広間につきました。

大広間には妹の翠子のほか、使用人の小山田と臨時でハウスキーピングをおこなう下田心愛さんという女性が、配膳の準備に取り掛かっていました。

わたしは来るなり、おやっと思いました。

開け放たれているはずの唐獅子の襖が閉じているのです。

すぐに翠子を招き寄せて何があったのか尋ねました。手違いで閉じている訳ではないことは、青ざめた妹の表情から読み取れたのです。翠子はいまだ信じられないという顔つきで、ついさっき彼がやってきたのだと言いました」

「彼?」

「名無しの老人です」

以下は翠子から伝え聞いた話だと断って、雪はかたる。

「わたしが大広間につく五分程前、広間には先の三人のほかに父の幹久もいました。翠子は池側、父はその正面に座って、他愛のない話をしていると、急に名無しの老人が現れたそうです。

客間屋敷で食べるはずの彼が夕餉の場に来るのも驚きですが、その彼が父と妹の間を突っ切って奥の間に入ると、自ら襖を閉めたというのです」

「誰も咎めなかったのか？」

「しばらくして父が一度立ち上がって、東の廊下に向かいました。この廊下は特殊な造りになっていまして、二条城の鶯張りの廊下と同じといえば、随分聞こえが良いですが、同じ目鎹を使ったというのに床からひびく音は山姥の歯ぎしりのような音をたてます。あのときも父は軋む廊下を歩きながら、奥の間の、本来の戸口のほうにまわりましたが、父はとくに何を言うでもなく、少しすると、そのまま青い顔で引き返して、大広間にも戻らず、自室に向かったそうです。そのあとにわたしが来たとのことでした」

「ほかに目立ったことは？」

「ありません。わたしが到着したあと、母の蔵子、叔母の金代と従妹の千代、そのあと直治先生がいらっしゃいました。そして彼等も一様に驚き、今度は、わたしが皆に説明することになりました。そして約束の午後六時を迎える直前に、父が大広間に戻ってきました」

「そういえば金蔵さんはどうした。彼は大広間に来たのかい？」

「そこです。そこなのです」

雪はそれこそ肝心なところだと声を高くする。

「最初こそ、祖父に知れれば、只事じゃ済まなくなると怯えていましたが、いくら経っても大広間に来る気配がないと、困惑が克ち始めました。そして最後にその場を支配した感情は苛立ちでした。なかでも名無しの老人に対する不審感や苛立ちはあからさまでした。妹でさえそうなのです。他の面々は言うまでもありません。その上、いくら待っても祖父が現れることはありませんでした」

面識こそ少ないが、この一日で得られた匳家の印象は、雪のいう家族像と一致していた。導線に火がついた爆弾ひしめく大広間で、はたして誰が爆発したのか、馬券を選ぶような気持ちで考えていると、目の前の気苦労の堪えない青年に気づいた。

「なるほど。一悶着おきる前に、君が奥の間にむかったわけだな」

「はい。ただ……」当時をかえりみて眉をひそめた。「あの時、わたしはみんなのいる大広間と奥の間を隔てる、唐獅子の襖を開けてしまったのです」

「……まさか」

「そうなのです。我々全員が第一発見者なのです」

　雪は苦渋の色で丸をつけた。

「襖をあけると、そこには誰も居ません。ですが黒檀の机の奥で、うつ伏せに倒れている脚が見えました。わたしたちは皆、こぞって駆けつけ、そしてあっと息を呑みました。そこには名無しの老人が倒れていたのです。しかも舌をつきだして、目玉が眼窩からこぼれ落ちんばかりに見開いた状態で――」

　雪は憂色を深める。

「ですが、なによりわたしたちの目をひいたのは、首筋に巻きついている黒い縄でした。長さにして九十センチあまり。美しく、艶やかな紫の光沢を放っている、人間の毛髪だったのです」

　雪は切々と当時の惨状を語る。

　悶え苦しんだ末に亡くなった老人の死体を目撃した匳家の一同。

　恐怖に怯えながら、名も知れぬ老人の奇怪な死に様を前にして、条理をたてて考えれば殺人である情景に、奇怪な因習を抱く家として、ありもしない妄想が思考にとぐろをまく。

　そして悩乱の果てに出した結論は、殺人とは対極のものだった。

「これほどあからさまな殺人事件に対して、自殺と主張するのは奇妙とお思いでしょう。無論、わたしたちも荒唐無稽な主張と思いつつ、しかし必ずしも根拠がないわけではないのです」

「というと？」

「自殺の索条痕もあったのです」

死因を鑑定した桂木直治も吃驚しただろう。死体の頸部には、絞殺された索溝の他に首吊りを示すふたつ目の索溝が浮かび上がっていたのだから。

「検視結果は？」

「顔面の下部のうっ血具合からみて、絞殺であろう、と」

絞殺の場合、人の力で首を絞めるため、頸静脈は圧迫されて血流が阻止される一方、首の深いところをとおる頸動脈は完全に圧迫することはできず、索条痕より上部につよいうっ血ができる。

明白な検視所見である。しかし奇妙な感触はぬぐえない。

「犯人は絞殺した死体を首吊り自殺に見せようとした？」

「それはありえません」

と、雪はいう。

「死体は、寝転がった状態で発見されました。首吊りに偽装するなら、死体は首を吊ったまま発見されるべきでしょう」

「自殺偽装の途中であった、とかは？」

「それもありえません。奥の間には、首を吊れる鴨居や梁、床の間の落掛はおろかドアノブひとつありません。つまり死体発見現場は、絶対に首が吊れない場所なのです」

雪は青白い顔をさらに蒼くしながら、弱々しく自嘲する。

「これ程ハッキリとした他殺をしめす痕跡を残しながら、自殺の一点張りとはとんだ笑いぐさでしょう。けれど誰も立ち入らなかった奥の間で、胡乱な老客が殺されて、凶器となるのは人間の毛髪。さらにはこのような不可解な自殺の痕跡を前にして、どういう真相があるというのでしょうか。それに、あんなことまで言われたら――」

「あんなこと？」

「毛髪のことです」雪は青ざめた顔を恐怖に歪ませた。「こんな鄙びた村ですから、精密器機で判断することはできませんが、老先生が村の診療所で可能なかぎり凶器となった毛髪を調べたそうです」

「それで結果は？」

「老先生曰く、名無しの老人を死に至らしめた髪の縄は、髪のキューティクルの劣化が激しく、水分量などが著しく損なわれていることに鑑みて、毛髪の人物はおそらく、疾うの昔に亡くなっていると」

私は鋭い戦慄と共に、弾かれたように立ち上がった。

祝部村の死霊。口にはいる毛髪。そして遺体が咥える頭髪。それらの事実は様々な条理や悟性を跨ぎこして、死の跫音が近付いてきたぞと告げていた。

「きみ。この因習はさっさと止めるべきだ！」

「それはいけません。しなければ災いに見舞われる」

「今は現代だ。科学の時代だ。そもそも何に祟られるというのか」

「わかりません」

「ほれ見たことか」

「わからないのです！」

悲鳴めいた声に、さしもの私も矛をおさめる。

雪も押し黙ったが、それは因習が無意味だと自覚したからではなかった。うすく開いた皓白の歯の隙間から漏れたのは、自嘲まじりの感情の澱だった。

「わからないのです。そもそも祝部村の『死に番』の風習はとうに途絶えています。残っているのは我が家だけ。㔟家だけが、因習に固執している。㔟家だけが何かを怖れている。その何かを知らないままに、その何かから逃れる術だけを教え込まれる」

雪は凝然と私を見つめ、部外者に向けて鋭く言い放った。

「わたしたちは知りもしない何かの影にたえず怯えながら暮らしているのです」

私は黙らざるを得なかった。

彼等としても、もどかしく、他人に指摘されたとて、分かりきったことなのだ。

だが常に囁かれつづけていた恐怖の存在をナンセンスの一言で割り切れるほど人間は単純に出来てはいない。

だから沈黙せざるを得ない。

私にできることなど、いくばくかの慰めしかない。

「お茶さめてしまいましたね」

淹れ直そうと腰をあげた雪を私は制した。

いま一人にされると、思索の渦に呑み込まれ、怪奇の世界に溺れかねなかった。

「君が気にしないなら茶はぬるめでいい」

少々強引な引き留めだったが、雪は嫌な顔もせず付き合ってくれた。

「それより茶菓子がある。これを食べないか」

リュックを漁り、半紙で包まれた小さな菓子を机に置く。両端でねじり結んだ紙先をほどくと小さな砂糖の花が二つ顔をだした。

ひとつは桃色の百合、もうひとつは黄色のアカシア。

「綺麗ですね」

「逗留していた旅館の女将が干菓子作りが趣味らしく、出がけに二つくれたんだ」

「素敵な趣味です」

雪はじっと干菓子を、とくにアカシアを目で堪能していた。

素人目でみてもアカシアのほうが完成度が高い。ポンポン玉のような柔らかい質感と黄色い花粉の散りようは、まるで匂いまで連れてくるようだ。当然、雪はそちらを選ぶと思っていたが、遠慮がちな視線は干菓子と私を交互にみやり、ややあってか細い指先が百合のほうにのびていく。

私はすかさず雪が取ろうとした百合を掻っ攫った。

百合を頬張る私に、雪は目を丸くして、何か言いたげな面差しをみせたが、そのすべてを呑み込んで気恥ずかしそうに微笑んだ。

「先生は探偵に向いていますよ」

雪はそういって大事そうにアカシアを手に取った。

怪異の夜

雪が客間を去ってしばらくあとのこと。

小山田がやってきて、今夜執り行う死に番の手順について手短に話した。

大まかな順序は金蔵の怪談と同じである。

仏間にいる死体を背負子で担ぎ、番屋のある禁足地に向かうのだ。

暗闇坂を進み、拝み堂をぬけ、それからまた暗闇坂を北に――。

道なりにすすめば修験坂に至り、登り詰めた頂きの番屋に死体を収める。

途中、拝み堂――正式名称は十六角堂とよばれる建屋に入ったあと、追弔和讃という弔詩を読みながら、天井画に坐する方位神をすべて拝むというところまで一致している。

あとは天井画の北を示す玄武の画を目印に十六角堂を出るという。

無論、この奇妙なお悔やみの儀式の間も、死体は担いでおくことを厳命された。

しかし、なにより驚いたのは、これらの習俗を行う山が、実は、この屋敷から通じているというのである。

「では、仏間へ」

小山田はそういうと、客間を出た私の三歩うしろを、ぴったりと尾いてきた。

不気味な静けさが屋敷を包む。

渡り廊下の戸口の脇にある古時計がジ、ジと秒針をこする。

時刻は午後七時半を示していた。

仏間に入ると死に装束をまとった死体が、旧家に飾られた鎧武者の如く部屋の中央に坐して、そのまわりに三つの人影がかしこまっていた。

「この度は当家の供養の手伝いをしていただきまして、誠に有り難う御座います」

右に坐する影のひとつから、年嵩の女性の声がした。

「ご挨拶が遅れました。匳金蔵の長女、匳蔵子と申します」

改めて間近で向かい合った蔵子は、目や口元、手の皺から、初老に近いことがうかがえる。たしか事前の資料によれば御年五十八歳ではなかったか。その面差しには高い教養と、それに付随する強烈な自尊心がにじんでいる。

蔵子はまた、隣に坐した男を紹介する。

「こちら亭主の匳幹久でございます」

幹久はのっそりと一礼する。身体の線が細く、垂れた目尻は主体性を感じられず、五歳ほど年の離れた姐（あね）さん女房にすべて任して、はやく解放されたいという気持ちが在り在りと見て取れた。

「わたくし共はお悔やみを済ませております。どうぞ出雲先生も」

蔵子に促され、枕飾りの前に坐して焼香を済ますと、雪が死体のすわる椅子の前に廻（まわ）りこんで、折り畳んだ背負子を拡げて、死体を手際よく乗せていく。背負子の左脇にフックでぶら下げられたドリンクホルダーには、小さめの水筒が差しこまれた。

「それでは出雲先生」

雪は死体のもとに私を手招く。背負子に結びつけた死体は椅子に横座りをしていた。中腰になった私はその死体と背負子越しに背中をぴったり合わせると、更なる密着を求められるように、肩やウエストを締めあげられた。

私はその間、度し難い悪寒に襲われていたが、ゆっくり立ち上がった時に、老人のごわついた髪がうなじに触れたときの戦慄（せんりつ）は、私に長くつづく悪夢を約束した。

「案内はわたしが」

雪にそう言われ、これほど安堵（あんど）したことはない。

もしも一人、暗い森の小径（こみち）を死体と歩けば、すぐに悲鳴をあげて、死体を投げ出すこと請合だ。いや、だからこそ雪がついてくるのかもしれない。雪に誘（いざな）われ、仏間を出て、離れの庵（あん）のほうに向かう廊下の途中で左に曲がると、うす暗い廊下にひとり、翠子が角灯を携えて立っていた。

赤々とした色彩絢爛の着物を着込み、先刻の姦しい雰囲気など微塵もみせず、炎を灯した古めかしい角灯を雪に渡して私にお辞儀をする。平時に出逢えば目を見張る美しさだが、死体と一夜を共にする道すがらに現れては、彼女も不気味な世界の住人である。

我々は彼女の見送りをうけ、突き当たりのドアにすすむ。

雪がドアをあけると、夜闇から、ざわっと夜風が吹きこんだ。

外は藤棚のような細緻な錬鉄細工が鳥籠のように天をおおう六角形の踊り場で腰掛けるベンチもあり、そこから五段のわずかな外階段をおりていく。その階段もまた筒のような錬鉄の檻で、突き当たりで一枚の青い鉄扉に阻まれた。

雪はその扉の前で振り返った。

「この先は当家の禁足地になります。そのため二つのことを守って下さい」

木立のざわめきにまざって、声はどこか厳粛なお告げのようだった。

角灯のつくる陰翳が、声を発する雪の顔を怪しく縁取る。

「ひとつ。決して言葉を発してはなりません」

「理由を訊いても？」

「言葉は魂を帯びます。その言霊に他の魂が引き寄せられ、死者に不浄の魂が憑くことを避けるためです」

「なるほど、二つ目は？」

「決して後ろを振り返ってはなりません」

「まさか後ろから幽霊が尾いてくるとでも？」

「少なくとも」と雪はいう。「当家の者が夜中に禁足地に踏み入ることは、万が一にもありえないとだけ言っておきます」

私はぐうと唸った。屋敷の者さえ忌み嫌う禁域に私は死体を背負っていくのである。

「それでは」

雪はそういって、懐から鍵束を取り出した。

解錠すると、扉は自然に奥に開いた。

道は緩やかに右に歪曲して、それから道幅の広い坂道に出た。有り難いことに頭上の林冠は晴れて、月明かりが道を照らしていたが、その先は、段々と両側の樹木が迫るように、道幅を狭めていき、ほどなくして木ノ下闇がすべてを包み込んだ。

暗闇坂。

角灯の明かりだけが、鬼火のように浮かんでいる。

そのほかに目に映るものはない。目を閉じても何ら違いをおぼえないほどの闇は、次第に歩くという平生の感覚さえ奪っていく。

私は深海をおもった。不思議と息のつづく海底を泳ぐのだ。

そうして目という器官が覚束なくなると、人間は、欠けたものを補おうとほかの知覚器官が鋭くなっていく。

それは聴覚であったり、触覚であったり。

私の場合は、嗅覚だった。

段々と深い森の体臭とよべるものが周囲を漂い始めたのだ。それは常に一定の臭気を発するのではなく、歩くたびに臭いの濃淡を感じさせる場所があり、ともすれば、人のような形をした山の精が道道に立っており、こちらを見つめながら、口を大きくあけて、ねっとりとした呼気を発しているのではないかと思わせた。

そのなかに妙な臭いを感じたのは、暗闇坂に入って数分ばかり後のことだった。

（くさい）

右耳を掠めとぶ蠅を払いながら、私は鼻をヒクつかせた。

やはり臭い。それは最初、森の臭気に隠れていた。だが森の土と黴、そして植物の発する不快な臭いとは決定的に異なる、不潔な臭いが混ざっていることに気づいた。

そくそくと背筋を粟立たせるその臭いは、気づけば気づくほどに、明確な質感をなして私の嗅覚に粘り着く。明らかに森に存在することのない、人間の忌避感を掻きたてる腥さ。それこそ幽霊の襟元を嗅いだような――。

途端、跫音がした。

雪のいる前からではなく、後ろから。

ひた、ひた、ひた――、と。

（誰か尾いてきている……）

暗闇坂に入った辺りから、幻聴をうたがう余地もないほど明確な音の列なりが、五メートルほどの間隔をおいて、付かず離れず尾いてきている。

(匳屋敷の人々だろうか?)

だが匳家の住人は、今晩この禁足地に足を踏み入れることを極端に畏れていた。

では、誰か。

そんなこと問うまでもない。

私はすぐに両手で口をおさえた。舌で口内をなぞり、口に毛髪が入っていないことを確認する。それから可能な限り速く、競歩のように歩き出す。

——来た、やつが来た。

翠子が目撃した髪の長い幽霊が、私のうしろに尾いてきているのだ!

しかも、その跫音は、最初こそ跫音を盗むように、ひた、ひた、ひた、と緩やかな歩幅で尾いてきたが、次第に、たっ、たっ、たっ、と距離を詰めるように近づいてくる。

それと同時に、再びぷんと腥い臭いがした。

それはもう私の脳裡に死臭として刻みこまれた不吉な臭いだった。その臭いと跫音が、手元さえ見えない闇の中で、つよく主張してくるのだ。

(雪、雪、雪——ッ)

私は一心不乱に雪のいる角灯の灯りを目指した。暗闇坂の闇を手で掻き分けながら進む。息苦しさに喘ぐたびに、質量のない黒い液体が気管に流れ込んでむせかえる。

それでも前に。一歩でも前に。

死に物狂いで追い掛けていると、次第に林道が左右に開けて、ひろい円形の広場にたどりついた。広場の中央は夜空を覆う森の梢も届かず、月明かりがその下にある珍妙な建物に降り注いでいた。

十六角堂。

そう呼ばれている拝み堂は、まさにその名の通り正十六角形の木造建屋で、側桁階段、濡れ縁、軒、戸口にいたるまで、見渡すかぎりみな同じ形であった。

雪はその十六角堂正面の戸口に立って、灯台のように角灯を掲げていた。

大戸は御丁寧に開いており、堂内には濃密な闇がみっちりと詰まっている。

雪はまろぶようにやって来た私をみて、目元にいくばくかの同情を浮かべたが、私はそんな案内人の腕を問答無用に摑むと、一緒に急いで拝み堂に入り、慌ててたてつけのわるい大戸を閉めた。

戸惑う雪のかたわらで、肩で息をしながら戸に耳をあてる。

跫音は、——しない。

私はしばらくの間、怪しい尾行者の気配が全く感じられないと確信するまで、じっと耳をすませつづけた。そのあいだ、戸を介して、たえず禁足地に棲まう動植物の息づかいが聞こえてくる。そのどれもが不可解なざわめきで、正体の判じられないものばかりだが、そのすべてが怪しく、聞いている私を穏やかならざる気分にさせた。

数分のあと、私はようやく雪のいるほうに向き直った。

私の異様な慄きの原因を、事細かに説明しなければと思ったのだ。だが、私のかたわらにいると思っていた雪は、堂内の中央に立って、見るべきものを示すように、十六角堂の天井に角灯をもちあげていた。

(これは……)

天井には、波紋のようにひろがる五つの円環のなかに、様々な神仏や霊獣が描かれていた。それらは角灯の明かりをあびると、影という奥行きが生まれ、古拙な天井画の人物たちが、領巾をなびかせ、手脚を伸ばした。

雪はそれらの天井画を鑑賞するように、ゆっくり堂内を歩き始める。

中心の円には羽衣をきた観音菩薩らしき女性が衆人を見下ろし、円環ごとに厳めしい武人や煌びやかな服をきた大臣、格式高い貴人たちが描かれている。そして中心の円から数えて五つ目の円環には四象——今見える範囲では白虎らしき獣が岩場で猫のように縮こまっていた。

(たしか、この神々を拝みながら、追弔和讃を唱うんだったな)

私は儀式の行程を思い出していた。

天井に描かれた四柱を外縁から順番に拝み、すべてを唱い終えると、北を指し示す玄武の描かれた戸をあけて、ふたたび暗闇坂をゆくのだ。

私は当初、なぜわざわざ四象で方角を確認して、拝み堂から出なければならないのか、胡散げに思ったものだが、あらためて堂内を見渡せば、十六角堂は、その外観と同じように偏執的なまでに、十六面、すべて瓜ふたつで、床板でさえ鋭角の二等辺三角形をはめこんだ念の入れようだった。

さらには外は広場の中央こそ月明かりが差すが、周辺は暗闇に覆われている。おそらく他の戸口から道を探したところで、闇に隠れて見つけられないのだろう。当てずっぽうに出てしまうと迷ってしまうのがオチだ。

十六角堂の驚きによって、すこしばかり跫音の恐怖を上書きされた私は、雪の無言の促しに応じて、ジャケットにしのばせていた書付を取り出し、記されている追弔和讃を読むことにした。

但し、この和讃でさえも、発言の禁は適用される。

そのため、むーと口内で音を震わせて読まなければならない。これがまた、十六角堂の奇怪な雰囲気を、さらに助長させた。うー、むー、という声が、この直径六メートルほどの拝み堂に鳴り響くと、音が天井にあがり、それらが雨粒のように降ってくるので、何十人ともしれない僧侶の、言語不明なお経を延々と聞かされているようだった。

音に酔うというのは、まさにこのことだろう。

ふらふらと三半規管を狂わされながら、私は口の奥で唱う。

ひとのこの世は永くして
変わらぬ春と思いしに

はかなき夢となりにけり
あつき涙もながれしに
くちおしきことひとしおに
みたまはわかれ　つゆときえ
おもかげしのぶも　かなしけれ。

弔詩は思いがけない死を嘆く。

しかし自分が背負っている老人の死は、果たして予測できない死だったのか。

虚空に問うばかりで答えはなく、弔いの詩が綴（つづ）られた九十九折（つづらお）りの書付と天井画に目を行き来させながら、堂内を彷徨（さまよ）いあるく。

すべての方位神に合掌し終えると北を司（つかさど）る四象をさがした。亀と蛇とが仰（の）け反って互いの顔を覗（のぞ）いている玄武を目印に戸をあけると、夜気が堂内に流れこみ、涼しさが顔にしみた。清々（すがすが）しく思えたのは、和讃と方位神の加護か、それとも単に密閉されたお堂で軽度の酸欠になっていただけか。

いずれにしろ、心の靄（もや）が晴れたのはありがたい。

私たちは再び暗闇を纏（まと）う広場の縁に身体をひたし、正面に出てくるだろう細い林道をさがした。見つけた林道は、来たときよりもさらに道幅が狭くなり、それにしたがって林の奥に棲まう生物の息遣いが濃密になった。

鳥獣の警告する声を浴びながら進むと、ほどなくして修験坂に差し掛かった。身体を前傾にして、一歩、一歩、転ばぬように登っていく。途中から林冠が破れて月光が足元を照らし、幾分登りやすくなるとともに、身体も重量に慣れ始め、妄想に煩わされることもなく奥の広場に到着できた。

番屋は古色蒼然とした風情で、その中央にあった。

忘れ去られた小さな社殿を彷彿させ、闇の中で濃密な陰翳をなす。

苔むした木板に、板戸の掛け金に芯棒を掛けたまま開きっぱなしの倉庫錠。

観音開きの板戸は蝶番が子供の甲高い悲鳴のような音を出すほど錆びついていたが、中は外観と異なり、綺麗に整えられ、枕飾りや逆さ屏風、そして死体を座らせる無機質な木製の椅子がある。

私はてっきり雪も一緒に死体を椅子に座らせる手伝いをしてくれるものだと思っていたのだが、雪は灯りをもったまま番屋の前で私が仕事を終えるのを監視しているだけだった。

しかたなく死体と共にゆっくり横たわり、負い紐から腕を抜き出した。

死体を背負子からおろし、それを抱きかかえて椅子に座らせる。

雪はそれを見届けると番屋の隅に置かれていた紙箱を拾い上げて、そこから蠟燭を取り出して火を点けていた。

雪は火のついた蠟燭を、真鍮製の火立てにさして、蠟燭の詰まった紙箱と一緒に枕飾りの上におくと、角灯を持ったまま、外から観音開きの板戸を閉めて、あろうことか、ガチャンと倉庫錠をかけた。

「おい！　まさか閉じ込めるつもりか！」

「朝になれば迎えに来ます。それと内鍵もお閉めください」

雪は口の緘を解いた。儀式は一応の区切りがついたとみたのだろう。

「内鍵？」

観音開きの扉には、小さなトンファーのような把手のある横棒を、右の掛け金の穴に差し込み、把手を下ろすことで施錠するラッチ錠が備わっていた。

「なんでこんなものを？　まさか外から幽霊がやって来るとでも？」

「鍵を」

私の問いなど歯牙にもかけない。しぶしぶ言われた通りにする。

「なあ。用を足すにはどうすればいい」

私は扉越しに問いかけた。

「尿瓶を用意していますので」

たしかに畳まれた掛け布団の上に、透明な尿瓶が準備されていた。

「……なるほど。大きい方は我慢しろと」

「それでは」

「雪！」

私は立ち去ろうとする足音に呼ばわった。

「……なにか」

「帰り途に気をつけろ。さっき十六角堂の近くで、うしろを尾いてくる跫音がした。俺の勘違いならいいが、もしも、その、幽霊とか、そういう類いだったら、十六角堂に逃げこめ。何故だか分からんが、あそこは安全のようだ」

「……なにを、言ってるんですか」

困惑した声が漏れる。

「いや、たしかに頭のおかしい話だと思うかも知れないが――」

「そうではなくて」

雪は心の底から分からないというように声をあげる。

「なんで、わたしに気を遣うんですか」

「は？」

「先生は騙されて、こんな不気味な因習の担い手を押しつけられたんですよ？　普通、腹が立っても、相手を気遣うようなこと言わないでしょう？」

「……たしかに」

「たしかに、って」

雪は心底呆れたようにいう。

「ただまあ、そうだな。ひとつ理由を挙げるなら」

「なら？」

「死に番が終わったあと、復讐としてぶん殴る頭数は一人たりとも減らしたくない」

「は？」

雪が呆気にとられたようだった。それからじわじわと雪の身体の奥から、むず痒いものがこみ上げてきたように、夜のしじまに笑い声がひびいた。

「なんですか、それ。バカバカしい」

「笑っていられるのも今のうちだ。俺は平等主義だからな。老若男女お構いなしだ」

「……………ふふ。最低ですね。本当に」

「罪悪感は薄れたか？」

「ええ。心置きなく置き去りに出来そうですよ、名探偵」

雪はそういって坂を下りていった。

私は火立てを番屋の真ん中において、扉に向かって右の隅に身をかがめて掛け布団に包まった。携帯は圏外で本もなく、あるのは死体ばかり。溶けていく蠟燭をぼんやり眺めていると、曖昧模糊とした不安がひたひたと近づいてくる。

私は気散じに怪奇なる謎を考えてみることにした。

戦後、金蔵はこの番屋で女の死体と一晩を共にした。

朝まで眠っていた彼は、起きると死体がなくなり、かわりに共犯者だった小松某が殺されているのを目撃したという。

「女が、ひとりでに出ていったとすればどうだろう」

エドガー・アラン・ポーの『早すぎた埋葬』を紐解くまでもなく、仮死状態の人間が埋葬される悲劇は、枚挙に暇がない。今でこそ死亡の判断は医者が担うが、その昔は村の知恵者や宗教者、医師と名乗っているだけの農民が死の判定者だった。

彼女も仮死状態を死と誤認されていたのではないか。

そうして彼女は外に出て……。

「じゃあ、なぜ小松は殺された?」

わからない。

そして不可解な事件は眼前にもある。

彼は誰なのか。どうやって死んだのか。自殺か、他殺か。なぜ故人の毛髪によって殺されなければならなかったのか。

(全てはこの死体が知っている)

顔を見てみたい。何の手掛かりもない中、唯一その人物の来歴を示すのは顔貌だと思った。私は火立てを死体によせて、白い頭巾を摑み、ゆっくりと死体の尊顔をあおいでいく。

まずは首。

首全体に細かい線が幾重にも走り、ひときわ深い索痕がふたつ、首のまわりを水平に一巻きと、顎の下から耳の下まで一巻き、死の溝が刻まれている。

全てのベールを取り除くと、鷲鼻のような鼻梁、やや凹んだ眼窩から、強烈な既視感が放射されていた。

「…………廏、金蔵？」

死して一層に老けた顔つきながら、金蔵にあまりにも似ている。

まるで血の繋がった兄弟というほどに――。

「たしか金蔵と小松は、兄弟と称していなかったか？」

金蔵の怪談では、彼等は空襲で死んだ家族を弔うべく兄弟で募金をつのるという嘘で荒稼ぎしていた。その兄弟という間柄を演じる上で、酷似した顔つきは信憑性をたかめ、大いに同情を買ったのではなかったか。

「だとすれば、この老人こそが小松某？」

彼が小松某であったとすれば、彼は死んでいなかったことになる。

たしかに小松の死亡判定は徹底されていない。その上、傍に居た金蔵は死霊の仕業と思い込んで直ぐに逃亡している。つまり小松こそが乙女の死体を隠した張本人であり、死者の美髪を根こそぎ盗んでいったのではないだろうか。

しかしもしそうであったなら、七十年以上あとになって、なぜ金蔵を出し抜いて奪った宝を携えて、金蔵の前に姿を現したのだろうか。

煩悶は喉を渇かし、水筒を手に取って中身をつぐ。注ぎ口から出たのは濃く淹れられた生ぬるい珈琲だった。カフェインで目を覚ませという心憎いエールに、飲む前から胃がむかついた。

味はエスプレッソを過剰に抽出したかのようなつよい苦味で、是が非でも寝るなという叱咤激励が表れていた。

口内に満たされていく味わったことのない苦さに顔をしかめながらも、鬱々と考えを巡らせていく。

「あるいは、本当に死霊が……」

小松某は本当に髪を売ったのではないか。稀にみる美しい髪は鬘になり、それ故に美術品として巡り巡って、小松某のもとに戻って来たとすればどうだろうか。

ふたたび小松の手に戻り、女の怨みは髪をもって小松を襲う。彼は髪に怯え、それでも捨てられず、この因縁の地であり、もうひとりの犯人たる匧金蔵のもとに転がりこんだのではないか。ならばやはり霊障のせいで小松は死に、金蔵も死に到るのではないか。

そして不用意にこの地に足を踏み入れた私さえ……。

口の中に酷い違和感をかんじる。

まさか、また、あの髪が。

口の、なかに。

そうした、ぼんやりとした怖れが、ゆっくり蕩けていき——。

新たな惨劇の跫音を、聞き洩らしてしまった。

新たなる惨劇

目蓋をあけた私は、つよい痛みを覚えた。

頭蓋骨を錐で突かれるような痛みだ。

口が渇き、ねばり、嚥下することのできない違和感。

まどろみから覚醒していくほどに、疼きはいや増していく。こと目の痛みは凄まじく、戸口の隙間から差しこむ番屋のわずかな光さえ目を灼くようだった。

「……まて、ひかり？」

隙間からさすのは紛うことなき陽光。

私はあれからすぐに眠り、死体の傍らでこんこんと寝ていたらしい。

数分足らずで寝ずの番の禁を破った自分に呆れ返っていると、床に手をついた指先に、ぞわりとした異様な感触が伝わった。

「ひ!?」

私は悲鳴をあげて、眼界に広がる光景に唖然とした。

髪だ。髪の毛が番屋に散らばっている。

長髪の女性の頭髪をすべてぶちまけたかのような量が、床一面に広がっているのである。

背筋を寒くする光景に、ふと頭をよぎったのは金蔵の怪談だった。

眠ってはならない死に番で眠り、朝になると死体はもとの女ではなく、友人小松の死体であったという怪奇体験。それを自分がなぞりつつあることに、ようやく思い到ったのである。

頭痛をこらえながら立ち上がり、振り返って死者をみやる。

目の前に、白い頭巾をかぶって座っている。

ただ彼の口に下顎をおさえる紐はなく、死後硬直が解け始めた顎が、ゆるく開いていた。私は咄嗟に口内を覗く。——ない。毛髪は綺麗さっぱりなくなっている。

まさか、この口の毛髪が——。

そう考えて、すぐに頭をふった。たとえ口の中に詰めこんだ髪を撒き散らしても、到底この量には足りない。

「……この毛髪は何なんだ?」

新たなる謎に立ち尽くしていると、番屋の外から足音が聞こえてきた。観音戸の隙間に顔をよせると、奥から蔵子と翠子が広場にやって来ていた。

再び雪を寄越すと思っていただけに彼女等の迎えは意外だった。禁足地を忌む匳家の人々も降りそそぐ朝陽のもとなら忌避感も薄れるのだろうか。

二人は番屋の前に立つと、私が覗いていることなど知る由もなく、翠子が懐から鍵を取り出して倉庫錠の鍵をあけた。

「出雲先生。おはようございます。お役目ご苦労様でした。内鍵をあけて下さい」

彼女は私が寝ずの番をしていると無垢なほど信じこんでいた。

「聞こえていないのかな」

翠子は小首を傾げる。が、視線を観音戸の下に向けると小さく悲鳴をあげた。

同じように下をみれば、部屋に散らばった髪の一端が外に這い出ていた。私はもう隠しきれないと諦めて、内鍵をあけて、観音戸を開いた。

陽光に目を眩ませたあと、次第に外の明るさに慣れてくると、番屋の前で、立ち尽くしている二人が見えた。

「……なにをなさったんですか」

翠子は訊く。

「それが一向に分からなくて」

「でも、ずっと起きていらしたのでしょう?」

彼女は私を無垢なまでに信じ込んでいたが、となりの蔵子はすぐに状況を把握した。

「寝てしまったのですか!」

「でもお母様、ほら、死者はそこに」

翠子が椅子にすわる死体を指し示すと、蔵子の動揺は少しばかり収まった。その様子が私の目には異様に映った。本当に寝ずの番をしなければ、死霊が取り憑くと信じているかのようだ。

「まだ出てはなりません！」

　番屋から出ようとした矢先、蔵子は血相をかえる。

「改めてお訊きします。この散乱した髪の毛は貴方が撒き散らしたものではない。そう仰るのですね」

「おそらく」

「おそらく？　ですが貴方の他に誰がいるというのです」

　蔵子は棘のある口ぶりで詰問する。その一方で隠しきれぬ怯えの色が、黒目がちの瞳に浮かぶ。彼女の視線は私を睨むようで、その実、背後の死体に引き寄せられていた。

「おーい。みんな」

　坂の下から、新たな声がした。

　番屋の広場まで上がってきたのは直治で、大儀そうに腰を叩く彼につづいて直継、そして雪とつづく。彼等が広場につどうころには恐慌状態だった蔵子もいくぶん冷静さを取り戻して、怪訝そうに眉をしかめる。

「あら若先生までひきつれて。態々老先生がここまで何用ですか？」

「ちょっと急ぎでお耳に入れたいことがありましてな」

「なんです？」

「うむ、少々困ったことが起きまして。おお、出雲先生も、お務めごくろう……」

ようやく彼も番屋の惨状に気がついた。

驚愕に見開かれた目はその異様な光景に釘づけになり、視線は私と番屋を行き来しながら、どうにか状況を理解しようとした挙げ句、すべてを投げ出して、ただ月並みな問いだけを発した。

「これは、あんたが？」

「それがまったく覚えがなくて」

「しかしだな。髪を撒き散らすことが出来る人なんて、出雲先生、あんたしか」

途端、直治の顔に動揺の波が打った。

それは息子の直継にも広がり、二人して目を合わせると蔵子の制止もきかず、番屋にかけこんだ。

「ど、どうしたのですか。まだ番屋の穢れを祓っておりませんよ！」

「奥様、こいつは大変なことになった」

直治は番屋の暗闇から顔を覗かせる。

皺とシミが刻まれた顔は、毒々しいほど異様な生気をたたえていた。

「な、なにかあったのですか？」

「さっき、わしが少々困ったことがあると言ったでしょう」老医師はいう。「実はな。いつも通り朝の検診にいったら、金蔵さんが離れの庵におらんのだ」

「なんですって！　まさか村の外に!?」

「その心配はいらぬよ。居場所はたった今、わかった」

「本当ですか。それで、どこへ」

「ここじゃ」

もつれそうな舌をどうにかうごかし、直治は驚きを口にした。

「ここで殺されておるのが金蔵さんじゃ」

三つの封印

白い頭巾(ずきん)を巻き上げられた死体は、凄まじい苦悶(くもん)の表情であった。

死因は窒息。紐状の凶器で頸部(けいぶ)を絞められたことによる絞殺とみられた。

「まさか、このようなことが」

広場にいた誰もが虚脱したように立っていたが、中でも蔵子の動揺は著しく、血の気がひいた顔で、今にも倒れそうになりながらも寸前のところでぐっとこらえて老医師に尋ねた。

「……老先生、確認させてください。匳金蔵が、いいですね匳金蔵がですよ、そこで殺されて、名無しの男の死体が、あの、奥の間で首を吊(つ)った某(なにがし)が、その、忽然(こつぜん)と消えてしまったというのですね」

彼女の病的な驚きはこれにつきた。

自身の父親が殺された上に、番屋に安置されているはずの死体が忽然と消えたのだ。

「奥様、お気持ちは察します。わしもこの六十うん年生きておりますが、このような怪事が出来したのは初めてです。ですが事実、これは起きていることなのです」

「ああ、あの男が」震える手で、怨みをこめて私を指さす。「眠らなければ、このような面妖なことは起きなかったのに」

「それはどうでしょうか」直継が口を挟んだ。「彼も熟睡していたとはいえ、死体を入れ替えた殺人鬼に気づかないとも考えづらい。なにより殺人鬼が、そのような不用心をするとは思えません」

そう言って、彼は番屋にはいると、水筒を持ちだした。

指紋がつかないようハンカチをかぶせ、慎重な手つきで蓋をあけて、内容物を掌に垂らして舐めた。途端、強い苦味に顔をしかめる。

「ゾピクロンだろうな」

「ゾピクロン？」

「金蔵さんに処方していた睡眠薬です」

蔵子の眉間につよい狐疑の皺がよる。

「まさか家の者が盛って、このようなことを？」

「分かりません。ただひとつだけ確かなのは、これが不可能犯罪であることです」

「不可能犯罪？」

蔵子は聞き慣れない言葉に眉を顰める。

対して、直継は少し興奮した面持ちになっていた。

「今し方、番屋を見たところ、錠をかけていた観音開きの板戸以外、外に出られるところはひとつもない。木板を蹴破った痕跡はおろか、蝶番をいじり、扉ごと外した痕跡もありません。それらが不可能なことは、何より奥様がご存じのはず」

「……はあ。そうでしょうね」蔵子は他人事のようにいう。「なにせ、そこの小説家に死に番をやらせることになって、すぐに業者を呼びつけ、昨日は終日念入りに作業させて、弱くなった木板は補強し、蝶番に油をさして、ネジ孔はすべて合金を溶かして埋めましたから」

「隙間風の対策もしてほしかった」私は肩をすくめてみせた。「あとトイレも。聞いてたボットン便所すらなかった」

「よろしいですか」直継は一咳のあと話をもどす。「番屋は観音開きの板戸しか出入口がない。そして内側のラッチ錠と外側の錠前で施錠されていた。仮に出雲先生が内側から出ようとしても、外の錠前で出られず、また内鍵のせいで、外から侵入することも出来なかった」

直継は不可思議な現状とは裏腹に、どこか嬉々として言う。

「この言葉を口にするのは、ひどく陳腐に思えますが、しかし遠慮なく言わせてもらえば、番屋は内と外の二重の封印が施されている一種の密室なのです」

密室。

そのたった二文字の言葉は、怪異とは全く対照的な語彙であり、知性と洞察によって解決される謎の名称であるはずなのに、今この場においては、怪異によって生み出された不気味な霊障のように聞こえた。

「それなら誰かが、この男と共謀して」

「とある理由からそれは無理なのです。そしてその理由こそ、もっとも強固な三つ目の封印――」

直継は躁的な興奮に身を震わせた。

しかしながら、医師として培ってきた理性が、亢進する精神状態を客観的に診て取ったらしく、落ち着けるようにゆっくり二度、深呼吸をした。

「どうやら僕は非常に混乱しているようです」と直継は言う。「殺人犯人がなぜこんなことが出来たかという以上に、なぜ死体を入れ替えたのか。考えれば考えるほど探偵的興奮に駆られてしまう。しかし、もうこうなってしまった以上、警察へ通報しなければならないでしょう」

「通報!?」

このような異常犯罪が生じた上では、当然の帰結のように思われたが、蔵子の反応はまるで寝耳に水といわんばかりだった。

さらに私を困惑させたのは、周囲の人々が彼女の態度に疑問を持たないばかりか、痛みを共有するように沈痛な表情を浮かべたことにあった。

そもそも自殺と疑われる事件が出来した時点で通報すべきなのだ。しかし、この屋敷の住人たちは通報しないどころか、新たに当主が怪死しても尚、警察の介入をためらっている。

（この家は決定的にズレている）

痰が喉にへばりつくような不快感をおぼえた私の、その懐疑の視線を盗み見たのか、蔵子は忸怩たる思いをその嚙んだ唇にかくして、観念したように頷いた。

「雪。よろしくお願い。それと翠子、あなたは雪の傍に居てやりなさい。どうせ、夫や金代がとやかく説明を求めるでしょうから、あなたが二、三質問に答えておやり。それでも収まらないようなら、あとで私が説明するといって追い払いなさい」

二人は頷いてすぐに坂を駆け下りていった。

直治と直継は死体の検視を手短に済ませ、現場保存のために番屋にはこれ以上踏み込まず、その代わり現場保存の一環として、直継のスマートフォンで番屋の周囲の写真を撮影していく。

その間、蔵子は童女のようにうろうろと行き来して落ち着きを欠いていた。

そして現状もっとも怪しい容疑者である私は、広場の片隅に小さな腰掛け岩をみつけ、静かに着座していた。これが今できるもっとも無難な身の処し方だった。

それからしばらくして、坂の下から喧しい声があがってきた。

「姉さん、どういうこと！」

ヒステリックな声を轟かせて、坂を登ってきたのは金代だった。

彼女のうしろには腰巾着のようにまとわりつく娘の千代、そして彼女等に遅れて、ひふひふと息を切らせながら、蔵子の夫である幹久が現れた。

「翠子から聞いたわよ。お父様が殺されたというのは本当？」

半信半疑の金代は、どこか周囲を茶化すような声色だった。

しかし、死体の凄絶な死に顔をみるにいたると、ようやくことの重大さを理解したらしく、ぴくぴくと目蓋を痙攣させた。

「老先生、死因はなんでしたの？」

金代はつんと鼻頭をあげて、気丈に振る舞う。

「絞殺ですな。索条痕も真横について、抵抗して喉もとを引っ掻いた吉川線もある。今回はハッキリしとる。殺人だ」

「こういうのって死亡推定時刻ってものがあるのよね」

「死体の硬直状況や体温、死斑の出現やこの番屋付近の気候を加味して、おおまかな推定じゃが、十八時半から二十時半の間とみて良いでしょうな」

皆、昨晩、何をしていたのか思い浮かべた。

「やっぱりそこの小説家が犯人だわ」

金代は閃いたとばかりにいう。

「その扉以外から出たのよ。その番屋、荒ら家みたいなものだから」

「忘れたの、金代？」蔵子は鼻でわらう。「私がここを昨日改修したのを。私は覚えてますけどね。貴女が一々支払う金額の一円単位まで口を出してきたことを」

「じゃあ共犯者がいるのよ。そこの貧乏作家は素寒貧みたいだし。お金を握らせて内鍵を開けさせたのよ。そうに決まってる！」

「誰がそのようなことをしたというの？」

「心苦しいけど」金代は口をすぼめる。「雪でしょうね。あの子なら番屋の錠前を開閉できる唯一の人間じゃない」

「面白いことを思いつくのね。ついでに、どうやってお父様が番屋にやってきたと？」

「それは……」金代は下手を打たないように思案する。「雪とそこの小説家が出ていったあと、うしろを尾けたのよ」

「それは無理ですわ、叔母様」

　金代は思わぬ伏兵に振り返った。

　凛然と言い放ったのは、母屋からもどってきた翠子である。

「あたし、雪と出雲先生を裏口の手前で見送った後、なんだか雪にだけ厭な役目を押し付けたことを気に病んで、その場で二、三分考え込んだあと、外の踊り場のベンチに座って、雪の帰りを待つことにしたの」

「なんですって⁉」

「居たのはあたしだけじゃない。老先生がすぐにやってきて冷たい麦茶を差し入れてくださったわ。それで雪が帰ってくるまで二人でお話ししていました」

「なぜ老先生まであんなところに？」

「あんなところだからですよ金代さん」老医師は微笑んだ。「儀式とはいえ、兄が禁足地に踏み入ったのです。翠子くんなら気に病む。だから誰よりも先に迎えて労い(ねぎらい)の言葉をかけようと、外階段の踊り場で待つだろうと推測がつきました。ならばこの老いぼれが少女の恐怖心を和らげるべく、付き添ったまでのこと。しかし、それが思わぬ結果を生んだようだ」

直治は蔵子に向き直った。

「奥様、保証しますが、青の鉄扉が解錠されていたとき、誰も禁足地に出入りしておりません。踊り場は暗いですが、翠子くんの携帯のライトとわしの懐中電灯で照らしていたので夜陰にまぎれて通り過ぎることもありません。先程、息子が言い淀(よど)んだのはこのためなのです」

そういって、直治は世にも不可解な事実を述べる。

「青の鉄扉もまた強固な封印となっていたのです。従って番屋は『番屋の内鍵』『番屋の錠前』だけではなく『青の鉄扉』も封印されていた。つまり事件当時、番屋は三重の封印状態にあったのです」

二つの鍵の在処

三重封印という荒唐無稽な響きは、各々の心に緘黙の呪詛のように浸透した。

その呪詛を施した老医師は、さらなる悪効をかたる。

「犯人は金蔵さんを殺して、死体を番屋まで運ぶ過程で、この三つの封印を解除しなければならない。しかも青の鉄扉は我々の目を掻い潜らなければならない。まるで透明な亡霊のように!!」

「だ、だったら雪が屋敷に帰ってきたあとよ」金代はなおも食い下がる。「死に番のあと、誰かが鍵束を持ち出したのよ」

「それはどうだろう」

金代は更なる反駁にあって、発言者をきつく睨みつける。かたや蔵子にも思わぬ援軍だったようで、慈愛にみちた、それでいて白々しいほど優しげな声で尋ねた。

「あらあなた。なぜそう思うの？」

「君がもっている鍵のことさ」

幹久は蔵子が右手にぶら下げていた鉄の環を指さした。

そこには二つの鍵がぶら下がっている。一つは黒い鋼の古めかしい鍵で、番屋の倉庫錠だろう。翠子はこれで番屋を開けていた。すると小さな長方形の板金に小さなクレーターがいくつも凹んでいる鍵が青の鉄扉の鍵だろう。

「二つの鍵は居間の螺鈿細工の箪笥の一番上の抽斗に入れているだろう。昨晩は仏間で弔いをする前に、僕がとりだして雪に渡した。雪もそこの小説家を番屋に案内したあと、皆がいる居間にやってきて、君に渡したはずだ。君がそれを螺鈿細工の箪笥に戻したところも見ていたはず。そこまでは良いかな？」

蔵子は口に微笑みをたたえて頷き、金代も渋々肯定した。

「昨晩、雪が鍵を返したのが八時十分頃だったはずだ。それから各々居間をでて、最後に残っていたのは僕と千代ちゃんだったよね」

「……ええ、そうです伯父様」

千代がたどたどしく認める。

「それから八時十五分頃、僕と千代ちゃんは居間を出た。僕があの時間帯、撞球室でFMラジオを聞くのが日課であることは皆知っているだろう。だからあの時、ちらちら時計を確認していた。時間は正確だとおもう。

つまり何が言いたいかというと、鍵は八時十五分まで居間の螺鈿箪笥にあった。それから八時半頃、ふたたび居間にあつまって、僕等は遅めの夕食を取った。あのとき、屋敷にいる皆が集まったはずだ」

「ええそうね」金代は当時を思い出して鼻を鳴らす。「居間に集まるものだから、いやに狭かったわ。ま、当分大広間の食事は御免ですけど」

「そうだ。僕等は八時半に居間に集った」

幹久は家族に確認するように言う。

「そこで思い出して欲しい。被害者の死亡推定時刻は六時半から八時半。つまり誰かが午後八時十五分以降に居間から鍵をとったあと、離れの庵で殺人を犯し、さらに番屋に死体を運び込むまで、たったの十五分間に過ぎない。屋敷から番屋まで走っても十分はかかる。それに行路は屋敷から死体を背負うことになる。さらに殺人自体の行為や番屋の工作にかける時間を含めると到底無理じゃないかな」

「はあ。何を言ってくれるかと思ったら」蔵子は溜め息をついた。「あなたに期待した私が莫迦でした。何もいっぺんにする必要なんてないでしょう。事前に離れの庵でお父様を殺害して、八時十五分以降に鍵を回収。あとは皆が寝静まった頃に死体を運び出せばいいことじゃない」

「それはそうだが……」

「義兄さんの説もあながち空論ではないんじゃない？」というのは金代だ。「姉さんが抽斗にもどすと見せかけて、袖の下に隠したらどう？　そしてお父様を殺して番屋に運ぶ。ほら、雪が禁足地から帰ってきたあと、姉さんがいの一番に居間から出ていったでしょう？」

「莫迦なことをいわないでちょうだい。この鍵は今朝、この番屋を開けるときに抽斗から改めて取り出したものです。それまではずっと居間の抽斗にあったはず」

「本当かしら。そういえば昨晩、その貧乏作家に金を握らせようとしていたのも姉さんだったし」

「本当に莫迦な子。なんで私がお父様を殺さないといけないの」

途端、金代が心の裡で舌舐めずりをするのが分かった。

「姉さん。隠しても無駄よ。あたし知っているんだから。ずっとお父様が死ぬのを待っていたのを」

「金代。いつも貴女の与太話を我慢して聞いてあげたけど、今回ばかりは聞き捨てならないわよ」

「おお怖い怖い。でも図星指されて焦っているのでしょう。匳商事の顧問として椅子に座るだけじゃ飽き足らず、最近、会社のほうにもちょくちょく顔を出してるって話じゃない。何から何まで指図しないと気がすまない性分ですものね。お父様が亡くなった暁には、義兄さんに手引きしてもらって役員にでもなるつもりじゃないかしら。あらあらそういえば、義兄さんだって怪しいわね」

自分の思いつきに喝采をあげ、さきほど横槍を入れられた幹久に矛先を変える。

「義兄さん。あなた、最近役員会で商事の社長に据える人事にストップがかかっているらしいじゃない。このままいけば、役席から追い落とされて閑職一直線ね。だけどお父様が死ぬことで、役員になった姉さんから推挙してもらって自分の椅子を確固たるものにしようとする腹じゃない？」

「それならこの際言わせてもらうけど」蔵子もまけじと舌鋒をふるう。「貴女、随分とインテリア家具を輸入しているようだけど、販売は順調？」

「それは……」

「順調じゃないわよね。前夫の輸入家具販売業を真似したのは良いものの、商才はおろか事務もできない貴女が、まともに経営できるはずないわよね。できてウチの系列会社にオフィス家具を売りつける程度。結局無駄に骨董品や古美術品を買い集めて、いま返済で血眼なんじゃない。そんな貴女が遺産欲しさにお父様を殺したとしたら。あら、これが一番分かりやすい動機じゃゃなくて？」

「莫迦にしないで!!」金代はヒステリックに声をあららげる。「そんな金の亡者にみえる!?　それに殺すにしても、まさかこんなときに――」

「二人とも少々白熱しすぎじゃないかね。ここは少し落ち着いて」

見かねた直治は仲裁に入る。

だが、虚仮にしようとして逆にしてやられた金代の怒りは収まりがつかず、当たり散らすならば人は選ばないと、あろうことか直治にまで牙を剥き始めた。

「まるで自分は聖人みたいな顔をされますけれど、あたし知っていますのよ。老先生がこんな辺鄙な村で隠居しているのは医療過誤が原因だって。敗血症の初期症状を、治療中のインフルエンザの発熱と勘違いして処置をおこなわず死なせたのでしょう？　家の者は皆知ってるわ。訴訟も最近旗色が悪くなって、示談の方向に切り替えようとしているのでしょう。老先生はお父様と数十年来の友人で、老いては自分の専属医ですからね。遺産の一部が分与される約束を秘密裏に取り結んでいるんじゃありませんの?」

途端に直治が顔色を失った。福福しい顔が十歳も年を経たように陰鬱な表情になったのは、金代が話した医療過誤の暴露の信憑性を高めた。

「あの、お母様ちょっと」

金代の暴走に実の娘も袖を引く。

だが興奮しきりの金代には焼け石に水だった。

手を振り払い、怒りに任せて言う。

「静かにしなさい! いま大切な話をしているの」

「蔵子伯母様は鍵を持ってなかったのよ!」千代は声を張り上げた。「それだけじゃないわ。幹久伯父様も老先生だって。ううん、他の誰だって無理だわ」

これには金代も怪訝そうに娘を見やり、まさか擁護されると思わなかった他の面々さえ言葉を失った。

「それはどういうことなの、千代」

母親に問われ、千代は怖ず怖ずという。

「だって昨日の夜、二つの鍵をもっていたのはアタシなの」

姿なき跫音

「今日は厄日だ。間違いない」

私は顎をかきながら呟いた。さっきまで被告人席で弁護士と検事の舌戦を眺めていたが、突如傍聴席から自分が犯人だと挙手するうら若い少女が現れたのだ。

弁護士、検事ともに呆けた今、この傍聴席で立ち上がった少女を証言台にたたせる役割を引き継げるのは、どうやら自分しかいないらしい。

まずは自己紹介がてらに皆に尋ねる。

「そもそも二つの鍵の所在について話されていますが、鍵は唯一無二なんですか？」

「……ええ」まだ驚きの抜けきれない幹久が頷く。「錠前も鉄扉もどちらもお義父さんが特別に作らせたもので、鍵もひとつしか用意していないと聞いています」

「信用に足る情報ですか？」

「だからこんなに驚いているのです」と蔵子。「以前、紛失しては大変だと合鍵をつくったことがあります。ですがどちらも機能しませんでした。古い鍵ですので鍵と鍵穴どちらも揃って歪みきって、その歪みがまたひとつのパターンとなっているらしく、結局二つの鍵はそれぞれが唯一無二に」

その場にいた皆には周知らしいが、私は鵜呑みに出来なかった。

　というのも、番屋にかけた倉庫錠は、緑青のふいた古めかしい年代物だが、決して物珍しい錠前ではなかった。それは神社仏閣などの倉庫や講堂に掛けられているV字型の倉庫錠で、解錠にだけ鍵を用い、施錠するには斜めに傾いだ基部を芯棒のほうに寄せてやればいい。つまり仕組みそのものは、南京錠と変わらないのである。

「倉庫錠のほうは、ピッキングツールがあれば解錠できそうですが」

「実際できると思うよ」

　と、言ったのは直継である。

「だけど、あれほど錆びついた錠前にピッキングツールを使えば、必ず傷がつく。内部や外側にツールを当てた痕跡が残るだろう。でも、これにはそんな傷はひとつも見つからなかった」

　そういって、直継は解錠している倉庫錠を寄越した。私は携帯のライトで鍵穴の内部をのぞき、穴の周縁部を丹念に観察して、直継の証言を認めた。

　私はようやく被告人に向き直った。

「千代ちゃん、二つの鍵が居間の抽斗にあることは周知の事実だったわけだね」

「屋敷に出入りしている者なら、誰でも知っていることだわ」

「君は雪が蔵子さんに鍵を返し、皆が居間から出ていったあと鍵をとったのかい？」

「その通り。幹久伯父様と居間を出たあとすぐに引き返して、その鍵を預かったの」

「それからずっと君が？」

「ええ。勉強机の二番目の抽斗に隠していたわ」

「では訊こう。なぜ君は二つの鍵を隠した？」

千代は伏し目がちに周囲をうかがった。

そしてしっかり聴衆が耳を傾けていることを目端で確認した彼女は、晴れ晴れといってみせた。

「アタシ、昔から霊感があるの！」

このカミングアウトは予期していなかった。

昔、中学校に一クラスにひとり、霊感持ちを自称する生徒がいたのを思い出す羽目になろうとは。

「信じてないでしょ。その顔」

「勿論だ」私はあえて頷く。「でも今から信じさせてくれるんだろう？」

自称霊能力少女は目をかがやかせ「そうよ」と大いに乗り気になった。

「あれは死に番が始まる前、アタシが居間で皆と話していたときよ。居間にいるのも退屈してきたから、自分の部屋から本をもってこようと思ったの。アタシの部屋は廊下をまっすぐ進んで、右側の二番目の洋室。部屋から本を選んでまた居間に戻ろうとしたとき、大広間のほうからこちらに向かって跫音がしたの。

すぐに妙だと気づいたわ。だって素足だったから。素足で扁平足ね。足の裏全体を床にひっつけるようにして、ぺた、ぺた、って歩いているの。廊下の明かりもつけずに、息をひそめているかのような忍び足だった。

だから声をかけたの。『そこにいるのは誰？』って。すると跫音はぴたりと止まった。最初、翠子姉さんかと思ったわ。姉さんは変なところで子供っぽいから。でも次第に背筋がゾッとして、アタシの霊感がこれは人じゃないぞって囁(ささや)いたの。

すぐに引き返したかった。でも逃げるのも癪(しゃく)でしょう。後ろの居間にはみんながいるし、ちょうど部屋から持ち出した本は、青表紙の旧版の『家庭の医学』——一抱えある『広辞苑』みたいな本だったから。不審者に対抗する鈍器として充分。だから思い切って、一足飛びに角を曲がってみたの。

そしたらね。誰も居なかった。誰もよ。アタシが誰何(すいか)して角を曲がるまでの数秒しかなかった。でも目の前に見えるのは薄暗い廊下と突き当たり。あとはひたすらに無音だった。

で、アタシは考えたわけ。幽霊はどこに向かっていたんだろうって。アタシ、すぐにピンときたわ。幽霊は仏間にいる死体に取り憑(つ)こうとしていたんじゃないかって。でも、今回はアタシに勘づかれたから仕切り直すと思ったわけ。だとすると次に向かう先は、禁足地の番屋じゃない？　当然よね。そこに死体が運びこまれるんだから。だからアタシ恐くなって番屋につながる鍵束を隠そうと思ったの」

彼女は禁足地から雪が帰り、居間から誰も居なくなると、すぐに鍵を簞笥(たんす)から取り出したという。

「鍵を取り出すのは凄く緊張したわ。大切な儀式の鍵だもの。誰かに見つかれば問い質されるし、理由を言っても信用されるわけないし。鍵同士がぶつかって金音を立てないように両方の掌で包み込むようにして部屋の抽斗に運んだわ」

「それから鍵はずっと君が？」

「ええ。八時半まで部屋で『家庭の医学』を読んでいたし、晩ご飯が終わって、すぐに自室に戻ったもの。それから朝早く起きて、居間の箪笥に戻したわ」

「でも、なんで鍵を隠した？　君が言う幽霊なら、そもそも鍵など使わずに扉を素通りできるだろう」

「だって跫音をたてる幽霊よ」千代は険しげにいう。「床を踏みしめるなら、扉を開けるにも鍵は必要でしょう？」

「そりゃ道理だ」

私は笑った。大笑いといきたかったが、口端はゆがむ。

三重の封印。それならまだ知恵を尽くす意欲も残る。

だが怪奇なる事象はこれだけではない。番屋に撒き散らされた毛髪、消えた死体と殺された当主、そして人影のない跫音とつづく。

（――わたしたちは知りもしない何かの影にたえず怯えながら暮らしているのです）

雪の台詞が甦る。

これは本当に殺人事件なのだろうか。

それとも人智の及ばぬ怪異の仕業か。

それを見極めんとする意思を、私を含め、この場にいる人々は、誰も持ち合わせて居なかった。

「いやはや。聞きしに勝る面妖さ。じつにそそりますね」

だからこそ、彼女の登場には意味があった。

昏迷の渦に呑まれる私たちを導く、本物の探偵の到来が――。

「皆々サマ初めまして。お初にお目にかかります」

ソレは坂よりやってきた。耳には黒い短冊飾りのようなピアス。

そこに刻まれた陰陽図が、さらりとしたウルフカットの合間からキラリと光る。

黒々と渦まくような瞳を興味で滾らせて、男女を超越したような個性の塊が、呆気にとられた一同を見回して、ケケケと不気味に笑う。

誰だ、と声があがる。どうやら匳家の関係者じゃないらしい。

だが、奇しくも私には、思い当たる人物がひとりいた。

まさかと思いつつも、その名を挙げる。

「もしかして怪談師の無妙か？」

すると、その怪人は、こちらの存在に気づいた。

そして夜に憩う猫のような眼で見つめ、不気味に破顔した。

「御明察。わたしこそが人魔妖鬼の奇譚を蒐集する怪談師、無妙で御座います」

怪探偵登場

　無妙という怪人は陰陽図の描かれた黒子頭巾（ずきん）のイメージから考え得る、どんな私服姿にも当てはまらなかった。

　切り揃えた前髪に陰陽図の短冊ピアスを隠すように伸びたウルフカット。パンクな銀のロゴの紫Tシャツにヤンキースのスタジアムジャンパー。短パンとデニールの濃いタイツに編上靴という出（い）で立ちは、およそ寺や神社に参拝するより新宿界隈（しんじゆくかいわい）を練り歩くような風体である。

　私もトレードマークの陰陽図と彼女の放つ胡乱（うろん）な雰囲気がなければ、到底気づかなかったに違いない。

「あなた、もしかして出雲秋泰センセじゃありませんか」

　無妙は両眼で私を捉（とら）え、逃がさぬとばかりに手まで握る。

「『奉眼』読みましたよ。実に宜（よろ）しい。大ファンです」

　小説家として「本を読んだ。面白かった」と言われると、お世辞でも嬉（うれ）しいものである。私も満更ではなく面映（おもは）ゆい気分を味わっていたが、これは無妙という人間を警戒しなかった私の落ち度だ。

　無妙はつづけて言う。

「いや素晴らしい。あの作品は清新潑剌でもなく意味深くもない。かといって大衆が気に入るような作品でもありません。ですが著者の精神性をカウンセリングしたくなるような怪作ではありました。処女作らしい処女作だ。わたしは七度再読して十三箇所の誤字脱字をみつけた。まさか裏表紙のあらすじにまで誤字があるとは。気づいた時には快哉を叫んだ。わたしのように新聞や雑誌の誤字脱字を赤線でマークして出版社に送りつけることを無上の楽しみにする人種には恰好の一冊だ。副題にはシリーズと記されていましたが、次はいつ？　もう七年ほど経ってますけど進捗は順調？」

至近距離でかかる唾も厭わず、嫌味のマシンガントークを聞いてやった私は、令和の人格者として讃えられるべきだろう。

変人の飛ばした唾液を袖でぬぐうと、心からこの怪談師のことが嫌いになった。

「他に言いたいことはあるか？」

「ないですね」

きっぱり言うと、もう私に関心をなくして、番屋を覗きにいく。

「どちら様でしょうか」

蔵子が落ち着いた声色ながらつよく非難をこめた。

番屋の内鍵を弄んでいた無妙は、にこりと屈託なく微笑んでみせる。

「さきほどの口上では足りませんか、マダム」

「ここは当家の私有地。無関係な人物の立ち入りは固く禁じております。そもそもどうやって当家の門をくぐったのです？」

　これは無妙というより、この怪談師を招き入れた人物を問い質しているようでもあった。そしてこの変人に門を開いたのは、今し方坂を登ってきた雪だった。

「あの、出雲先生のお仕事の関係者だと仰ったので……」

「七年来の知人で、ベストパートナーです。ねえセンセ？」

「初めまして無妙さん。人違いです」

「出ていって頂けますか。即刻」

「お気持ちは察しますよ、マダム。なにせ容易ならぬ妖異が現れたご様子。ここにくる傍ら、そちらの雪さんにお訊きして、はやる気持ちが抑えきれず駆けつけたほどです。なるほど見知らぬ老人が訪ねてきて、死者の毛髪であざなった縄で奇怪な自殺を遂げて、今度は御当主の金蔵氏が他殺体となって発見された。しかも新たな死体は三つの封印が施された番屋に寝かされ、古い死体は夜の静寂に消えていった、と」

「それに屋敷に幽霊も！」

　千代はたまらず叫ぶ。無妙は嬉嬉として千代に話をせがんだ。そして全てを聞き終えると万歳三唱とばかりに両手を掲げる。

「素晴らしい。まるでこの屋敷に棲まう死霊が胡乱な老客に取り憑いて自殺に誘い、さらには御当主まで取り殺したかのようだ」

　無妙は自分の思いつきを自讃するように拍手する。

　拍手は空々しく響いた。しかし怪談師に呆(あき)れかえる一方で、怪談師が語った恐るべき想像が、この異常事態にもっとも即した筋道なのではないかと、誰もがそう思っている。

　この事件は、尋常ならざる物の怪(け)の仕業ではないかと。

「結構結構。古い因習のある村。名の知れぬ客人とその死。そこから伝染していく人智を超えた殺人の始まり。何故このような怪異が発生したのか。怪奇なるワイダニット。こんなに素敵な要素が揃っていれば、素晴らしい怪談となりえます。が、本業として少々難癖をつけたい」

「難癖？」

「よき相槌(あいづち)を有り難うセンセ。相槌の良し悪しは畢竟(ひっきょう)物語の良し悪しにも関わる。そう、この怪談には少々難があるのです」

　無妙は説教をする神父のように言う。

「いまの現代人は無駄に賢(さか)しい。怪異など存在しないと断じる頑迷さが、この怪談に難癖をつけてしまいかねない」

「おまえのようにか」

「赤マーカーで線をひく。これはナンセンスだと」

「怪談など、すべてナンセンスだろう」

「はたしてそうでしょうか」

　にやにやと笑う。

　これも無妙にとって良き相槌なのだろう。

「皆さんは『豆腐小僧』をご存じで？」

「有名な妖怪だ。小雨の降る夜、うしろをついてきて、豆腐を買わないかと尋ねてくる一つ目の妖怪だろう」私は記憶の文献を紐とく。「江戸時代、頻繁に黄表紙や怪談本、双六にまで登場した妖怪で、当時もっとも巷間に愛された妖怪だ」

「流石は怪奇探偵作家。博識でいらっしゃる」

「そいつはどうも」

「今でいうところの『ポケットモンスター』のピカチュウといったところでしょう。多くのバリエーションがあって時代と共に変化していった。妖怪の大将見越し入道の息子であったり、渡された豆腐を食べたら体中に黴が生えるだったりと、さまざまな属性が付与されていった。いわば何でもありの、それこそナンセンスの塊だ。ですが、そんな彼にも制約はある」

「妖怪に？」

「センセ。たとえば現代版の豆腐小僧を語るとすればどうなるでしょう」

　急なフリに吃驚したが、無下に断るのも作家としての矜持に関わる。

　私は即興で話を作ってみた。

「私が自宅で執筆中、小腹が空く。だけど冷蔵庫は空なんだ。連日の締め切りに追われて買い出しにいけなかったんだ。出不精であるところの私は宅配サービスを利用する。

パソコンで好きな食べ物を選択、よしきつねうどんにしよう。配送依頼のボタンをポチッ。さて待っている間に珈琲でも入れようか、そうおもって椅子から立ち上がった途端、ピンポーンと――」

興がのってチャイムを押すジェスチャーを加える。

「チャイムが鳴った。出版社からの郵便物かと思い、ドアをあけるとそこには宅配リュックを担いだ少年がひとり。野球帽を目深に被って立っている。宅配員の少年はいう、出雲様でしょうか。どうやら宅配らしい。しかし早過ぎる。注文して一分も経ってない。胡乱に思いながらも支払いをおえて、綺麗に紙箱で梱包された商品が受け渡される。そこであれっと思うわけだな。商品があまりにも軽いんだ。振り返ると宅配員は居ない。薄ら寒いモノを感じながら、リビングの机に紙箱をおき、それをひらくとそこには」

無妙は指揮者のように私を指さす。

「『豆腐』だった。そうでしょう？」

「そりゃあそうだ。豆腐小僧だからな」

「なぜ？」

「なぜってお前――」

「恐怖を演出するため、生首だったり、それこそ人毛だったりしてもいいはずだ」

「それは豆腐を差し出す妖怪だからだろう」

「そこですよ、センセ。そこなんだ」

無妙は声高らかに叫ぶ。

「つまり『豆腐小僧』であるなら、豆腐を供さなければならない。ウーバーイーツの宅配員になろうとも、一瞬目を離した隙に霞と消えようともなんの不都合もない。ナンセンスじゃない。なぜなら彼は妖怪であるから。試験も仕事も病気もなんにもない。しかし、絶対に豆腐を出さないといけない」

「妖怪であるからこその制約か」

「荒唐無稽の存在も必ず核となる逸話があり、そのための制約がある。カジュアルにいえば『豆腐小僧の制約』です。小難しくいうならば『非論理の論理』というものでしょう。そして今回の怪談はこの制約に触法する」

怪談師は祝部村の怪異が唯一厳守すべき鉄則を犯したのだという。

「今回の怪談の主役は『名無しの老人にとりついた死霊』というところでしょう。幽霊、アンデッド、もしくは不死者でもいい。それは死に番の夜、とあるうっかりものの小説家が儀式をとちったせいで、死体に取り憑いて、現世の怨みを晴らす機会を得たわけです。

そうして死霊は甦って、番屋から抜け出す。怪奇妖異というものはすべからく神出鬼没。日本の東京からひとまばたきでブラジルのリオデジャネイロに出現してもなんらおかしくない。或いは死霊の念力で外側の鍵を外してもいいでしょう。欧州には物を動かすことのできる有名な騒音亡霊がいる。内鍵は律儀に手であけたのでしょう。青の鉄扉？　ああそれも念力ですよ、念力。

そうして金蔵氏を殺した死霊は、屋敷の人々の目を盗んで、死体を番屋に収めた。死霊は一仕事した感慨に耽りながら、自己顕示欲を満たそうと自分のサインとして髪の毛をそこかしこに振りまいたわけです。オレがやったぜーと」

無妙は我々が恐れをなしていた恐怖譚を三歳児が読む絵本のように陳腐化してしまう。

だが、幼稚に表現したとはいえ、我々が考えていた怪異譚には違いない。

「ですが、ひとつだけ看過できないことがあります」

「それは？」

「その前にひとつ」無妙は私を見据えた。「目が覚めたあと、どのような行動を？」

私は当時の様子を隠し立てせずに伝える。頭痛がして、死体が椅子に残っているのか確認したこと。それから板戸の隙間から外を窺っていたこと。

「現場をべたべた触っていますね。最低です」

「悪かったな。あのときは混乱してたんだ」

「他のひとも、そうですね。白衣の貴方達も中に入ったのでは？」

無妙は直治と直継の両名も呼びつけた。だが彼等は現場保存の観点から決して現場に散らばるものは極力踏まず触らず、不干渉に徹していたという。傍から見ていた私も、そして蔵子もそれには同意した。

「有り難うございます。皆さんの証言が確かであるのなら、やはり死霊が『豆腐小僧の制約』に触法したのは疑いないでしょう」

「本当か⁉」

「せっかくだ、皆さんにも見て貰いましょうか」

無妙は広場に居た全員を呼び寄せて、自分ひとりは番屋に入って、部屋の隅、私が寝ていた箇所の近くを指さした。

それは死体を運んだ背負子だった。

「想像して下さい。昨日の夜。死霊は殺した金蔵氏と寝ているセンセ、そして枕飾りや掛け布団、水筒や角灯、背負子にまで振りかけるように撒き散らした。その筈です。すると毛髪は背負子の上にかかるはず。ですが毛髪は――」

無妙は背負子を摑むと少しばかり宙に浮かす。

髪の毛はその下にも撒かれていた。

「ほらこの通り、この下にある。つまり死霊がこの毛髪をまいたとき、背負子はこの場所にはなかったんです。そしてこの番屋には背負子とおなじように髪の毛を下に敷いているものがある」

私ははたと気づいた。

「死体か」

「そうです。この番屋で、背負子と死体だけが毛髪を踏んでいる。つまり毛髪がまかれたときに、このふたつはその場になかった。そしてこのことがとある事実を示しています」

「そうか！　死体を背負子で背負ったのか！」

無妙は番屋から振り返り、匳家関係者全員を睥睨する。

「となると妙ではありませんか。念力で鍵をかけ、物質を透過できる死霊にもかかわらず、殺した死体を運ぶのに、背負子を使っている。死霊であるなら念力で歩かせる、あるいは一緒に瞬間移動してもいい。なのに死霊はせっせと死体を背負子で担いでいる。海鳥が舟に乗って櫂で漕ぎますか？　そんなナンセンスな行為を、死霊はした。つまり番屋の死霊は『豆腐小僧の制約』に触法している。そうなると逆説的に証明できるのです。この番屋の惨劇は、かならず人が犯した殺人であると」

そういって、無妙は容疑者たちを愛おしそうに眺めた。

「つまり犯人はこの中にいる、というヤツです」

呪法としての御堂

無妙の大胆な宣言は、混乱極まる番屋の広場に、ひとつの理性的な落としどころを与えた。

すべてを警察に委ねるという、実に当然な着地だ。

警察が来るまでの間、直治と幹久が現場保存のために待機して、ほかの住人たちは一度屋敷に戻ることになった。蔵子は番屋に残りたがったが、見るからに消耗し、血の気がうせた顔は今にも卒倒しそうで、両医師の説得もあり、しぶしぶ直継に連れられていった。

無妙はというと、もう事件現場を荒らすことに満足して、早々と屋敷にもどる隊列の先頭を歩いていた。

しかし私が急な修験坂を下りて、暗闇坂の途中にある十六角堂の広場に差し掛かったとき、彼女は日差しをさえぎる林冠の下、両手を腰にあてて、番屋の坂から下りてくる誰かを待ち構えていた。

おそらく待っている相手は私ではないのだろう。

理由は私であって欲しくないからだ。

「センセ。待ってましたよ」

「はあ」

無妙の隣には、お目付役として翠子がついて、厳しい視線を投げていた。

当の怪談師はそれを意に介するそぶりもなく、目の前の建造物に興奮しきりだった。

「センセ、見て下さい。この和風テラーハウスの如き建物を。十六角堂。その名の通り十六面すべて同じなんです。軒のつくり、板戸、瓦、何から何まで一緒です。中はどうでしょう。おお！　中も執拗なまでに同じだ。天井画がないと、どこに立っているのかさえ覚束なくなりそうです」

「おい！　そこは神聖な拝み堂だぞ。無闇矢鱈（むやみやたら）に入っては」

「ダメですねえ、センセ。ハングリー精神に欠けている」無妙は堂内にあがる。「こんないかにも物語の題材になりそうなものは目に焼きつけないと。そして言葉におこすんです。それを紙やボイスレコーダーに残す。持ってるでしょ、ボイスレコーダー」

「ああ、客間のリュックの中にあるが」

「なんで持ち歩かないかなぁ。そんなだから二作目が出せないんですよ」

「余計なお世話だ」

「おや、これは何ですかね」

無妙は堂内から一枚の板戸の端をじっと見る。

そこには角張ったものが衝突した小さな凹（へこ）みがあった。

「この傷がどうした」

「隣の板戸をみてください」

隣の板戸の端をみて、ぎょっと目を剝（む）いた。

もしやと思い、その隣、その隣と調べていく。

「……このお堂。傷まで模倣しているのか」

十六面すべての板戸の左端に、すべて同じ形の傷が刻みこまれている。

無妙の好奇心は天井画にも向けられた。中心の円板と波紋のように広がる四枚の円環。中央の天女からつづき、将軍、大臣、明王のような人物画が、それぞれの輪の一郭に描かれ、最後の五つ目に描かれているのは、方位を示す四象である。

無妙が携帯を取り出し、方位を示すアプリを立ち上げた。四象の画が示す方向はぴったりアプリと一致している。

「実に美しい配置だ。こなた屋敷にくだる朱雀、かなた番屋にのぼる玄武。方位は絵柄通り。さてそうなると、目蓋の裏の色を問うのはまだ早いか」

「目蓋の裏の色？」

無妙は答えなかった。無視というより独り言なのだろう。

「なるほど。天井画の人物は方位神か」

私が説明するまでもなく、多くの事柄を知り得たらしい。美術品の真贋を判ずるように天井画を眺めていた無妙がくるりとこちらを向いた。

「方忌みをご存じで？」

「古い風水のようなものだろう。月日ごとに神の坐する方角があって、向から目的地がその方角にあると神の坐する方角を冒すことになるから、一度別の場所に出向いて一晩明かし、翌日違う方向から目的地に向かうというヤツだよな」

「大方その通りです」といって、無妙は詳しく説明を加える。「平安時代に隆盛を極めた陰陽信仰のひとつで、時代や地域によって御柱は増減しますが、天一神、太白、大将軍、金神、王相神の五つの方位神が坐する位置で、禁忌の方角が決まります」

「その方忌みと十六角堂が、なにか関係するのか」

「十六角堂は方忌みの教場にも見えますね。村人を十六角堂にあつめて方位神の運行を教え、忌むべき方角を知らしめる」

「だからといって、傷まで同じ形に模倣する必要もないだろう?」

「護法のためです」

ぎょっとして振り返れば、翠子が真後ろに立っていた。

「護法とは?」

無妙が目を光らせる。

「村の伝承によりますと、昔この辺りは蝕部(しょくべ)村といわれ、天皇の御料地でありました。今でこそ耕作地の多い村ですが、昔は痩(や)せた土地ばかり。そのかわり天文の地として活用されていたと聞きます。そのため天文に詳しいものが多く、星々と緊密なる方位についての知識も広く知られ、伝承されていたといいます」

「では本当に、この怪談師がいうように、ここは方忌みの教場だったのですか」

「であった、というべきでしょう」

翠子は堂を見回した。

「方忌みは一千年以上前の平安時代に流行した貴族の信仰です。たとえ天文の地といえども、とうの昔に、その信仰も失われていたでしょう。この建物も、一部の建材を引き継いだだけで、殆(ほとん)どは享保(きょうほう)の頃の建築だと言われています」

「享保というと一八世紀の前期頃ですか」

「その頃、飢饉と疫病とでこの村は壊滅寸前でした。人々は病によって次々と死に、その死体を喰うほどに飢えていたといいます。そんなある日、名の知れぬ法師様が村に訪れました。その方は諸国行脚の旅をして見聞広く、すぐに疫病の処置や、当時救荒作物として珍しかったサツマイモを植えさせたといいます」

「たしかにあり得る話ですね」と、頷いたのは無妙である。「八代将軍吉宗が救荒作物としてサツマイモに注目したのも、たしか享保の飢饉のあとです」

「蝕部村を祝部村と改名したのもその法師様です。そして山奥の番屋に人をこもらせて、死霊を憑かせないよう死体の番をさせ、道途中の教場にも手を加えられました。まずこの建物を今あるように十六方位を示す十六面同じの建屋として作り直し、教場であった名残を残すべく、天井画を移築して、四象を書き加えたといいます」

天井を見上げれば、なるほど天井の板木の色は淡く、方位神の塗料も剝離の具合が酷い。絵のタッチも四象のほうが幾分写実的である。

「そうして追弔和讃をつくり、約束事として一人で十六角堂に入り方位神に手を合わせて拝むように、と。そう護法を授けてくださったということです」

「まだ分からないな」と私。「疫病平癒の護法として奇妙な十六角堂をつくったのは分かった。だがそれがどう効験につながるんだ？　同じ傷を他にまで模倣する必要がどこにある」

「それはあたしにも分かりません。しかし村の人たちによると、これは疫病平癒のためった。

どこか安堵していた私に、しかし、あらたな恐怖を潤色したのは、他ならぬ怪談師だった。

若しかすると、本当にこの十六角堂は、法師の護法が施されているのかもしれない。

慥かに昨晩、十六角堂に足を踏み入れたあと、怪異は一向にその姿や音を現さなかった。

ではなく悪しき厄から逃れる護法だと」


十六角堂から屋敷へと戻る道すがら、怪談師は私の隣で声を潜めた。

「センセ、気づきましたか」

「ほう？」

「一柱だけ、神様が塗りつぶされています」

「思い出してください。方忌みをすべき神は五柱。天一神、太白、大将軍、金神に王相神。しかし天井画は四象をいれて五つの円。ひとつだけ除かれた方位神がいる」

「言われてみれば」

「わたしの見立てでは金神という方位神が省かれている。この金神ですが、坐する方位はあらゆる凶とされ、方位を冒せば家族七人が死に到り、七人いなければ隣家の者まで殺すという徹底ぶりから『七殺』とよばれる神です」

「不法侵入で極刑七度か。物騒な神様だな」

「方忌みでは、最も気にかけるべき神です。にも拘わらず、祝部村にやってきた法師は金神の坐する位置を隠して、村人には悪しき厄から逃れると曰う。方忌み信仰が潰えたとはいえ、わざわざ信仰の縁だった天井画を引き継いだというのに、もっとも怖れられていた神を塗りつぶすというのは、護法というより呪法でしょう」

　声をひそめて語りながら、その目は老獪な猫のように光っている。

「センセ。ここは非常に面白い村ですよ」

目蓋の裏の色を問え

　客間についた途端、爽やかなイ草の匂いが鼻を撫でた。

　監視の目から解き放たれて、心の緊張が解けて、年甲斐もなくスキップしたいのだけど、私の後ろからさも当然のようにスキップして侵入する不審者を前に、私の安らぎは脆くも崩れ去った。

「なぜ、君がここに居る」

「わたしの部屋、ないですからねえ」

「君が押し掛けたせいだろう」

　私は無妙が枕として占有した座布団を諦め、胡座をかいて座卓を肘置きにした。

「おんや。嫌味はそれだけですか。センセのことだから、さっさと失せろ。帰れ。砕け散れと言うものとばかり」

「俺は君とあったばかりだ」

「やっと心を開いてくれました」無妙は起き上がると座布団を尻にひいて膝を抱く。

「センセはSNSや雑誌の取材でも一人称は私ですが、以前出演したWEBラジオで、熱弁をふるったときだけ、ぽろりと俺といった。地がでると俺というんですねえ」

私は見せるはずではなかった内面を知られ、心で舌打ちした。

一読者からの言及なら嬉しいかぎりだが、この奇妙奇天烈唯我独尊の怪談師に精神分析が如く言われると虫酸が走るばかりだ。

普段の私ならこんな奇人変人、首根っこ摑んで叩き出すのだが、今回は少々特殊な状況であり、なにより私が無妙に用がある。

そんな私の内心を見透かしたように、彼女は不気味に微笑んだ。

「こんなストーカーを追い出さないところをみるに、わたしに性的な魅力を感じているか、あるいは今回の事件について、なにか問いかけたいものがあるようにお見受けしますね」

「目敏いやつだ」

「しょうがない。布団をしくから待ってください」

「そうじゃない！　俺が言いたいのは事件のことだ。君にはあるのだろう？　番屋の事件について、人が殺したと思う証拠が」

「へえ。根拠は？」

私は居住まいを正して、この山師に向き合った。

「ひとつに『豆腐小僧の制約』の逆説を用いて、人為的な殺人と断言したことだ。君は死霊の在り方を好き勝手に定義したが、そもそも俺達はこの祝部村、そして匳家にまつわる怪異の正体を必ずしも特定しきれていない。たとえば今回の怪異が、なにかを背負う、または背負子に関する逸話や伝承をもつなら『豆腐小僧の制約』に触法しないわけだ。

　十六角堂の件でも改めてわかったが、匳家の人でさえ、この家に棲まう怪異の特徴を知らないんだ。そんな黄昏にのびる影の如き怪に対して、手前勝手なモデルをつくり、それに見合っていないから人による殺人だと決めつけるのは論証として不十分だ。それを分からない君じゃない」

「買いかぶり過ぎですよ」

　無妙はせせら笑うが、無視して続ける。

「にも拘わらず、君は言ったな。『かならず人が犯した殺人である』と。あの『かならず』と言わしめた自信の根拠が気になった。それはおそらく、あの番屋の謎が解けているからこそ出た、いわば自信の迸りじゃないのか？」

　無妙はしばらく黙って、私の推理を吟味する。

　おそらく私の答えは的を射ていたはずだ。しかしながら、この解法だけでは無妙を満足させるには到らない。一足飛びに答えを出された不満感が怪談師の口を堅くしている。

「他には？」

「君を観るにおそらく」

だからこそ言うべきか迷っていた所感をぶつけることにした。

「怪奇なる世界を一切信じていないだろう」

私は確信していた。幽霊作家として他者に憑いて物事をみる眼識が、無妙という怪談師の矛盾を見て取った。

妖怪や心霊、或るいは民間伝承を心から信じる人間でも、それらに愛着や関心をもつ人間でもない。

怪奇なる世界を、透徹して人の一心理としか見ていない冷淡さ。

貫徹して怪異を方便としか扱わず、それでいてその世界をあるものとして振る舞う。

嘘を確信していながら率先して騙されようとする奇妙な矛盾が、無妙という人物から匂い出ていた。

私の指摘は、はたして無妙の正鵠を射た。

というのも、無妙の慇懃無礼な幇間面が破れて、ありのままの素朴さで、目を丸くしたのだ。ぽかんとした口をあけた阿呆面は、初めて見た人間らしい瞬間だった。時間にして数秒だろう。彼女はすぐに奇人変人の仮面を被り直して、ゲゲゲと不気味に笑ってみせる。

「やはりオレが見込んだ通りのセンセだ」

無妙の語調は愉快さを伴ってがらりと男のように変貌した。

それは奇しくも私が気分が昂進すると俺と称するのと似ていた。

「センセ。目蓋の裏の色を問うことです」

「ふは。また妙なことを言い出したな」

「オレはいつだって奇妙珍妙とは無縁だよ。まして絶妙霊妙、当意即妙とも無関係。妙案妙計など一つも無い。なにせ無妙だからね」

ゲラゲラとわらう。

粗野に見えないのは、無妙が生来持ち得ている人品によるものだろう。

「さあ目を閉じて。両目蓋をしっかりと閉じてみて」

胡乱げに思いながら、私は指示に従う。

「では問うぞ。センセの目蓋の裏側の色は何色に見える？」

私は目の前に映る色を考えた。

黒——じゃない。暗黒ではないのだろう。ピントの合わない細かい粒子が絶えず明滅している。それを注視しようとすると目蓋が痙攣して眉が吊り上がっていく。その色を拾ってありのまま答えようとするが、なぜか上手く言語化できない。

「わかりましたか？」

その声の近さにギョッとして目を開ける。

無妙は鼻先が擦れるほど近くにいた。

「なにがだ」

「色」

「不思議だ。それがまったく分からない。考えれば考えるほど深みにはまる。思考がねじれていくようだ」

　すると無妙は小馬鹿にするようにあっかんべーをする。

「莫迦にしているのか」

「それもありますが」無妙は言う。「コレが答えです」

「ふは。頓知？」

「このとんちんかん。言葉通りの意味です」

「ああ。なるほど！」

　私はようやく理解した。

　目蓋の裏の色。それは目の前であっかんべーをしている無妙の下目蓋の色そのものではないか。黒でも七色の粒子でもない。答えは肌色とその上を走る毛細血管の鮮赤色なのだ。

「実に拍子抜けな答えでしょう。別に黒でも不可視でも、脳科学を振りかざす必要もない。ただ鏡に映して目蓋をかえしてみればいい。それだけのことだ。推理とは、ただそれだけのことなんです」

　無妙の警抜な示唆は、すとんと胸におちた。

「見えないものを必死に見ようとするのではなく、見えないことに新たな意味を付け足すのでもない。周りにある虚飾——たとえば事前に目を瞑るように言われて従った状況、目蓋の裏ときいて目を瞑らなければならないと前提をつくりだした自分。そんな虚飾を排し、ただ事実のみを精察し、そこから確固たるものを拾う。これが推理であり、センセがすべきことだ。そうすれば番屋の怪を祓う方法のひとつぐらい思いつく」

「やはりあるのか。で、どうやった？」

「番屋の怪で最も注目すべきは、これ見よがしに据えられた三重封印じゃない。名無しの老人を隠し、また金蔵を殺して番屋に入れたことです。この一見、金蔵を殺すことにおいて不要である死体の交換に着目すれば、もれなく三つの封印も解除される」

「どうやるんだ」

「面白い話というのは、つねに聞き手に気づきを与えるものだ。だからオレもセンセに気づいてもらう方法をとろう。つまりセンセが推理するんだ。いいかい。ひとつだけ訊く。これが鍵だ」

　無妙はぐいっと顔を近づける。

「センセが背負っていた人物、そいつは一体誰だ？」

　瞬間、閃きが走った。

「……まさか、匳金蔵⁉」

　先ほどの問答にまして、蒙（もう）が啓（ひら）かれる思いだった。

　まず犯人は金蔵を絞殺する。そして彼と仏間の死体を隙を見て入れ替えるのだ。

　あとは私がそれと知らず、金蔵を番屋に運び込む。

　それなら、三重の封印も死体交換の謎も、ことごとく解け得るのだ。

　あれほどに複雑怪奇で不可能犯罪と思われていた番屋の怪も、卓越した発想を投げ込むことで、これほどまで鮮やかに変わるとは！

　私はそう歓声をあげたが、水を差したのは他ならぬ無妙だった。

「残念だが、この推理にも難がある」

「どこに？　完璧（かんぺき）じゃないか！」

「よくよく思い出してください。まだ髪の毛の問題が残っている。この推理でいくと、犯人は番屋に入っていない。なのに朝には番屋に髪の毛が散乱していた」

　たしかに無妙の言う通りである。

　怪奇なる事件に一筋の光明が差し込んでも、いまだ暗雲は晴れない。

「言ったでしょう、仮説だって。足りないピースはわんさかある」

　無妙はそう言うけれど、三重封印と死体交換を、これほど鮮やかに解決する方法もない。不可解に散らばった毛髪など、推理の瑕疵になるとも思えない。

私は無妙の韜晦とうけとり、犯人を絞ることにした。

「まず犯人の第一条件として、俺が金蔵氏の離れをでて、蔵子夫人と幹久さん、そして雪が仏間で支度を始めるまでに、殺害と死体の入れ替えが可能だった人物か——」

「もうひとつありますよ」無妙はいう。「もし死体の入れ替わりがなされたのなら、名無しの老人の死体は、匳屋敷の敷地内のどこかにあるはずです」

私はその魅力的な提言に、しかし疑問が浮かぶ。

「死に番が終わったあと、屋敷の外に運び出した可能性もあるんじゃないか？」

「それなんですが、センセ。この匳屋敷、外から侵入することは勿論のこと、内から出ていくことも難しいのに気づいていますか」

「……言われてみれば」

これだけ大きな屋敷だから勝手口や裏口があってもいいものだが、禁足地に向かう裏口を除けば、屋敷の出入り口は電動式の大門だけである。

しかも屋敷の廻りには背の高い白塗りの塀に有刺鉄線まで張り巡らされている。母屋側に至っては大きく広がる池と、その先の地層をさらした急斜面。池泉の流れ込む塀の下の排水口もひとひとりが潜りこめる大きさではない。

「流石、大金持ちの家といったところか」

「おや、ご存じない？」無妙は目を瞬く。「この屋敷に大したものはないですよ」

「お前、もしや泥棒か？」

「ひどい誤解だ。禁足地に行く前に、ざっと屋敷を眺めましたが、置かれている調度品は高価ではあるが、あの金蔵氏の屋敷を飾るにはグレードが低すぎる。ましてこの屋敷には蔵もなく、物置らしきものが中庭に面して、ひとつあるだけ」

「だが、もしかしたら、屋敷のどこかに、隠された部屋があって――」

「センセ。博物館に展示されているような文化財を思い描いて下さい。あのような価値のある文化財というのは温度や湿度、照明の調整など、厳密に管理できる施設が必要となります。同じように、価値が高価になればなるほど、その価値を損なわないための管理用の設備が必要になるんです。だが、この屋敷は見る限り、生活用途以外の電線は引かれていない。――それに、こう言ってはなんですが、入念に準備をした窃盗犯なら、決して侵入できない訳でもない」

「つまり、どういうことだ？」

無妙の頬が知への関心で、かすかに桜色に染まる。

「センセ。この屋敷は招かれた客が容易に出られないようになっているんですよ」

消えていた恐怖がふたたびぞくりと背中を這う。

屋敷に滞留する気味の悪い瘴気が、ふたたび脳髄を冒していく。

「センセは怪談師にとっては絶好のお客さんだ。一で十を想像するからなんでも怖がってくれる。だからわたしも調子にのって怖がらせ過ぎてしまう。なにも誰かを屋敷に閉じ込めているとか、入ったら二度と出られないと言うわけじゃない。ただそのように想起できるものがいくつかあった、ただそれだけの話です。

それに、わたしたちが探るべきはそちらではなく、玄関門の防犯カメラなのです。雪さんに訊いたところによると、あの防犯カメラは二十四時間撮影したデータをそのままクラウドに保存するタイプで、制御は警備会社がしている。

警備会社のクラウド経由で、PCから撮影されている映像を見、撮影のオンオフは権限者が警備会社に電話で撮影停止依頼をしなければ止められないといいます。それで、この屋敷に来たとき、すぐに雪さんに確認を取って頂きました」

「無駄に手際が良いな」

「こういう雑務は得意でして。――で、警備会社曰く、映像を確認したかぎり、昨日の夕方から今朝にかけて、門を出入りした人物は四名。まずセンセと桂木直継。桂木直継のほうはすぐに門を出ています。つぎは午後六時四十五分、桂木直治が外に出ています。屋敷にもどってきたのは午後七時三十分になってから。

その後、同氏は小山田氏と午後九時過ぎに屋敷を出て、ふたたび出勤したのは翌朝の午前七時四十分。ほどなくして小山田氏も到着。午前八時頃、直治氏が金蔵氏を捜すために直継さんをよびこんでいます。――あとわたしを入れれば四人ですね。それ以降、門は開いていない」

私達の行動方針はこうして固まった。

私が離れの庵を出てから仏間の弔いまでのあいだの屋敷の人達の不在証明。

屋敷の敷地内に隠されているであろう死体の在処。

警察が現場を管理下におくまでに、それぞれ役割を分担して、早急に捜査を始めること。私は死体捜しを。無妙は遠慮の無さを遺憾なく発揮して事情聴取を。

時間は一時間に設定して、互いに調査を開始した。


さて一時間後。私が客間にもどると、無妙は黙々と座卓に向かっていた。

熱心に情報を紙にまとめているため、私の万年筆とノートが無断で使用されていることを叱るような野暮なことはしなかった。

しばらくすると、作業に没頭していた無妙が、私に気づいて眉をひそめた。

「帰ってきてたんですか」

「うん。五分前くらいか」

私は給湯室で淹れてきた焙じ茶を渡した。

無妙はそれを注意深く息を吹きかけて冷ましながら、舐めるように飲んだ。

「声をかけてくれれば良かったのに」

「何を書いてたんだ」

「ちょっとした聴取メモですよ。簡易的ですが一覧に」

ノートを丁寧に折り目をつけて破り――言うまでもなく私のノートだが――綺麗に整

頓（とん）された聴取メモを見せてくれた。

匳金蔵殺害および遺体交換の可否についての所見

【前提条件】

金蔵氏は、当時取材をおこなっていた出雲秋泰および桂木直治両名の目視によると、午後六時半まで生存しており、また桂木直治と桂木直継親子の検視により、死亡推定時刻は午後六時三十分から午後八時三十分とされている。

また、目視から四十分後の午後七時十分頃、匳幹久、蔵子、雪の三名が仏間に入室。以降、死体を交換する術（すべ）はないものと了解する。

よって死体の交換は午後六時三十分から午後七時十分として、各自の不在証明をみていく。


【匳幹久】

午後六時三十分、居間で談笑。

以降、七時十分まで同室にいる。犯行不可能。

【匳蔵子】

午後六時三十分、居間で談笑。

以降、七時十分まで同室にいる。犯行不可能。

【篋雪】
午後六時三十分、仏間で弔いの準備を終えて、自室へ。
午後六時五十分、居間に向かう途中、仏間に侵入した秋泰を発見する。
以降、七時十分まで客間で秋泰と会話。
○氏は午後六時三十分から同時五十分まで犯行可能。
【篋翠子】
午後六時三十分、仏間で弔いの準備を終えて、自室へ。
午後六時四十二分、直継からの言付けを伝えに、客間屋敷の書斎へ。
午後六時四十五分、ふたたび自室に。ひとりで着物の着付けをする。
午後七時十五分、外階段に至る三辻（みつつじ）の廊下で待機。
○午後六時三十分から同時四十分、および午後六時四十五分から午後七時十分まで犯行可能。
【篋金代】
午後六時三十分、居間で談笑。
午後七時、自室にもどる。
以降、七時十分まで自室。
○氏は午後七時から同時十分まで犯行可能。
【篋千代】

右記、匳金代とおなじ。

【小山田多恵】

午後六時三十分、炊事場で調理中。
午後六時四十分、電話の取り次ぎ。桂木医院より急患の診療催促。
午後六時四十二分、直継の言付けを匳翠子に頼む。
午後六時四十五分、夕飯の準備を終えて居間へ。
以降、午後七時十分まで居間に。
○氏は、炊事場でのアリバイが証明できず。
午後六時三十分から四十五分のあいだ、犯行可能とみるべし。

【桂木直治】

午後六時三十分、離れで自叙伝の打ち合わせ。その後、客間屋敷の書斎に。
午後六時四十五分、翠子から急患の報を聞いて、屋敷をでる。
以降、午後七時十分まで屋敷に不在。
○氏は午後六時三十分より同時四十分頃まで、犯行可能。

【出雲秋泰】

午後六時三十分、離れで自叙伝の打ち合わせ。そのあと客間屋敷の客間に。
午後六時四十五分、客間屋敷、および母屋屋敷を徘徊(はいかい)。
午後六時五十分、仏間で匳雪と会う。

以降、午後七時十分まで客間で会話。
○氏は午後六時三十分から同時四十二分頃まで、もしくは午後六時四十三分から同時五十分まで犯行可能。

無妙のメモはアリバイを調べた上で、時間的空白を簡易的に記していた。

私も容疑者に含められているのには苦笑したが、これもまた無妙が作ったアリバイ表に一切の私情が含まれていないことを示す良い指針となっていた。

「それで？　センセのほうは」

「それなんだがなあ……」

無妙の整然と書かれたアリバイ表を見下ろしながら身をよじった。

その実、成果と呼べるものはひとつもなかったのだ。

それから弁解がましく自分の行った調査を話した。

まず死体が安置されていた仏間。

ここは仏壇がある以外、がらんとしてなにもない。押し入れはあるが、薄っぺらな布団が二組と座布団が三枚。あとはプラスチックの小さな収納箱があるだけ。仏壇下の引き戸をあけて覗いたが、箱詰めされた蠟燭や線香の予備、そしてまいあがる埃の他に見るものはなかった。

「押し入れの天板を押し上げてみましたか」

これには私も気づいていた。和室の押し入れはおよそ上下に分かれているが、布団を入れ込む上段の上の天井は薄いベニヤ板で塞がれ、押し上げると天井裏につながる。携帯のライトを照らして辺りを覗いてみたが、屋根裏の梁にかかる家蜘蛛の小さな巣と厚く堆積した埃があるだけで、屋根裏の散歩者を示す痕跡はなく、いたって不審なところはなかった。

他もめぼしい箇所はなかった。トイレや納戸、風呂場や炊事場、大広間や奥の間、食料庫や撞球室やワインセラーはおろか雪と翠子に無理を言って、個人の各部屋すら検めたが、爪や毛髪一本すらなく、母屋は全滅に近い。

客間屋敷や中庭に面した大きな納戸も一考すべきだが、死体を担いだ犯人は、あの透明な居間の戸の前を横切らねばならず、当時、誰かしら居間にいたことは無妙のアリバイ表からも実証済みであることから、これを除外した。

「それですべてですか？」

「ひとつだけ怪しいところがある。排水設備室だ」

排水設備室は、母屋屋敷の池の水位を管理するための部屋で、外の踊り場につながる廊下の途中にある。

中は防音のため四方をコンクリートで囲んでおり、排水用の動力装置、及びポンプが、右奥の隅に防波柵でくぎられた吸水場から、自動で池の水を吸い上げていた。

のちに尋ねた雪曰く、排水機械がくみ上げた池の水は、踊り場の下に掘り下げた疏水路(ろ)を通じて森に流しているという。

「そこに死体を投げこむことは可能ですか？」

「出来ないことはない。防波柵の開閉は可能だ。だが少々難はあるぞ。そこは池の岸辺だからな。水深は浅い。五〇センチもないだろう。そこから池の深いほうに押し出していくことも可能ではないが……」

「重さの問題ですね」

私は頷(うなず)いた。

犯罪捜査の通説として、死体が水中に遺棄されていたのなら、それは単独犯ではなく複数犯と見られる。これは水中で腐敗した死体が浮力を得るためで、腐敗ガスをため込んだ死体を沈めきるための重りが、成人の平均体重の二倍以上を必要とするからである。つまり、排水設備室の吸水場で死体に重りをつけて、池の深部に押し出すには、死体の他に、約百数十キロ以上の重量の塊を水中で必死に押し出さなければならない。

無論、そのように引きずろうものなら、地面にそれ相応の痕跡が轍(わだち)のように残っている筈(はず)なのだが、水底は青い水苔(みずごけ)が気持ちよさそうに揺れていた。

「アリバイ表の中で、なにかしらの方法で死体を隠し、また金蔵氏を殺せる人物。それが最有力容疑者になるわけだが、俺には見当も付かん」

私は白旗をあげた。

そんな私のかたわらで、無妙の瞳(ひとみ)は理知的な光を放っていた。

「そうでしょうか。わたしにはひとり、該当する人物がいるように思えますが――」

私はぎょっとして無妙を見やったが、その意味を問う間もなく、我々は「おや」と顔を見合わせた。

母屋のほうから、誰かがこちらに向かってくる。

その人物は客間の前に立つと声をひそめて「いらっしゃいますか」と訊いた。「はい」と答えると、はたして割烹着をきた小山田がおずおずと入ってきた。

「どうなされました？」

彼女はキョロキョロと客間を見回し、屋敷の面々がいないことを確認すると、どすんと座り込み、おろおろと所在なげに目を泳がせた。どうやら勢い込んでやってきたものの、さてどうしたかと急かされると、動揺して言葉も出ないらしい。

私と無妙は彼女が落ち着くまで急かさず、話し出すのを待った。

「あの、さきほどのお話で、伝え忘れていたことがありまして」

「聞きましょう」

無妙は背筋を伸ばした。

「私、午後六時四十分頃、炊事場前に置かれた固定電話を取ったことは、お話ししたかと思います。掛けてきたのは若先生――桂木直継さんで、お父様の直治さんに急患の対応をお願いしたいというものでした」

「たしか、貴女はその伝言を、翠子さんに託されましたよね」

無妙がそういうので、私は彼女の作ったアリバイ表を見た。

たしかに表には『午後六時四十二分、直継の言付けを匲翠子に頼む』とある。

「翠子お嬢様が震えていた私に気を遣って、かわりに伝言を伝えてくれたんです」

「震えていた？」

私はてっきり料理の途中だったので通りかかった翠子に頼んだのだと思っていた。

しかし実際は、とある恐怖の余波によるものだという。

「私は言付けを受け取ったあと、伝言をつたえに離れの庵に向かったんです」

「離れのほうに？」

私は首をひねった。彼女が向かった時間、すでに自叙伝の打ち合わせは終わり、直治は客間屋敷の書斎にいたはずである。

「生来ものぐさで」小山田は頬をかく。「頭のどこかで、炊事場から近いほうだろうと思ったのでしょう。それに若先生も『父なら離れの庵にいるだろう』と仰られていましたし、まだ自叙伝の取材の最中だろうとも思っていましたから。それで私、老先生をさがしに離れの庵にむかったのです。そして戸口に立って、一声かけようとしたとき、なかから聞き覚えのない声が聞こえたんです。

その声が、一度も聞いたことのない、無理矢理声のキーをあげた、それでいてゾッとするような女性の声でしたから、ひどく驚いて。それに離れの庵にいるのは老人二人と、そこにいる小説家の先生だと思っていましたから。だから無礼を承知で離れの庵の戸をそっと開けたんです。そしたら、たまたま土間の奥の襖が開いていて、髪の長い女性の後ろ姿が見えたんです」

「その女性に見覚えは？」

私は勢い込んで尋ねたが、小山田は首を横に振る。

「それが全く見覚えのない女性で」

「どのような顔でした？」

「斜め後ろから見たので、はっきりとは申せませんが、ただ、後髪の合間から見えたうなじは黄疸のように黄色くて、ひどくむくんでいるような印象を受けました。ですが、何より目を引いたのはその髪です!!」

小山田は目を凝然と見開いた。

「足元まであったと思います。身体の輪郭を隠すほど長くて綺麗な、わずかな光にも照り輝く紫の艶といったら、嫉妬を通り越して、敬意すら払いたくなる髪でした。そうですね。それこそ『源氏物語』から出てきた御姫さまのような。ですが、その髪をよくよく観察すると、まるで気まぐれに鋏を入れたように、腰元や背の辺りの髪が無残に断ち切られた痕があったのです！」

私と無妙は顔を見合わせた。

特徴的な髪の艶色。そして断髪された痕。

それは言わずもがな、この廢屋敷で度々発見される死者の毛髪の特徴であった。

小山田はそのとき、匳屋敷に棲む死霊を目撃したのだ。

「私、すぐに目の前の存在が、この屋敷の幽霊であることが分かりました。そしてその幽霊は、私の確信を強めるように金蔵さんに向かって、こう言ったんです。『お前の為した罪を努々忘れるなよ』って。あれはもう人間の声じゃなかった。人があんな声を出せるなんて思わない。耳じゃなくて魂に呼び掛けるような恐ろしいものでした」

「それから貴女はどのように？」

と、無妙が訊く。

「もう心から参ってしまって」小山田は青い顔を撫でた。「ふらふらしながら居間のほうに歩いていたら、ばったり翠子お嬢様に出くわしまして、私の真っ青な顔色をご心配してくださったんです。ですが私、失礼なことに、翠子お嬢様の顔を見た途端、お嬢様が去年仰っていた池泉の幽霊の話を思い出してしまって」

無妙は眉をひそめて、こちらを見た。

私は彼女のために翠子が目撃したという幽霊譚を掻い摘まんで話してやった。

「なるほど、そんな話が」

「聞いたときは、ちょっと笑ってしまったんですけど、今になっては恐ろしいばかりで、翠子お嬢様のお顔を見ただけで、その怖くなって。できるだけお嬢様から離れたい一心で、言付かった伝言を老先生に伝えてくれといって、自分はそのまま他の皆様がいる居間に逃げこんだのです」

小山田はそれだけ言うと、ほっと重荷をおろして満足したのか、「昼食の準備がありますから」と、そそくさと客間を出て行った。

「こいつは大変なことになったな」

小山田が出ていったあと、私は溜息をついた。先程まで、この怪事件が人智の枠組で解き明かせる事件だと思っていたのに、ここに来て、ハッキリとした幽霊の目撃談が現れたのである。

殺人事件が、ふたたび怪奇事件に混ぜっかえされたのだ。無妙もこれには頭を抱えるかと思ったが、意外にも不服そうに片眉をあげるだけだった。

「面白くないですね」

「面白くない？」

「今回の証言は、ひとえに彼女に利するものです」

「え。どこが？」

「さきのアリバイ表をみれば、彼女が死体を隠して、そのあと殺した金蔵氏を入れ替えられる時刻は、午後六時三十分から四十五分の間。しかも途中の電話対応があったので、犯行は午後七時三十分から四十分の約十分間。もしも四十分以降に金蔵氏が生きていれば、彼女の不在証明は完了する」

「しかし、彼女は夕飯を作っていたはず」

「作り置きを温めることで、夕刻につくったという理屈は立ちます。それに彼女は家政婦。屋敷をうろちょろしていても、なんら不思議に思われません」

「まさか、さっき言っていた恰好の人物というのは」

無妙はうなずく。

「小山田多恵です。彼女なら名無しの老人の隠蔽も容易にこなせた筈でしょう」

「しかしだな無妙。隠蔽方法はどうする」

「これもまた彼女にとって簡便な方法があります」

「どうやるんだ？」

「細切れにするのです」

あまりにも凄絶無比な答えに、声も出なかった。

しかしながら、たしかに匿家の台所をとりしきる小山田には、なるほど人肉の切断も、それを食材のように冷凍保存、あるいは個々に遺棄することすら、他の容疑者より何倍も簡単におこなうことが出来る。

「切断した死体はやはり池に」

「そう考えるのが妥当でしょう。あるいはハトバを利用する方法もあります」

「ハトバを？」

「屋敷を見回って分かりましたが、屋敷の北側にある池は、大広間近くの廊下から、まっすぐワインセラー、撞球室の下を通り、そのまま台所よこの食料庫の床下につながっています。彼女なら死体を切断し、細切れにして少しずつハトバに流せば、池泉におよぐ鯉や亀などが、そのまま少しずつ処理してくれるでしょう」

　私は天井を仰いだ。

「じゃあ、彼女が犯人⁉」

「いえ、ただ意図せず偽証をしてしまったという可能性もある」

　無妙は惜しむことなく自身の前提をひっくり返してみせる。

「思い出してください。小山田氏は離れの庵の入口を開け、土間の奥の襖の隙間を通して、謎の女をみたと証言した。そしてその人物は金蔵氏に『お前の為した罪を努々忘れるなよ』と曰う。だが、小山田氏はこうも言っていた。謎の女の姿は襖の隙間から後ろ姿を見ただけだったと」

「あ」

　私は小山田の先入観に気づいた。

「気づきましたね、センセ」無妙はニヤリとする。「そうです。彼女の視界には、謎の女だけしか見えていない。金蔵氏を直接見た訳ではないのです」

「小山田さんは、謎の女が喋りかけている人物を金蔵と思い込んだ？」

「そうです。疑わしいですが、確実に黒かと問われれば、まだ他の容疑者と同じ灰色だと答える。――お分かり戴けましたかな。センセに御教授した『目蓋の裏の色を問う』。その洞察」

　私は大いに頷いた。この時点で、目の前にいる怪談師を、一目も二目も置いていた。

しかし、そんな無妙を以てしても、この先の展開はあまりにも突拍子もなく、そして怒濤のように迫ってきた。

その第一波は火災を知らせるサイレンの音だった。

鬼火あがる

サイレンが鳴り響いたとき、私たちはまだ他人事だった。

顔を見合わせた私たちは、村のどこかでボヤ騒ぎが起きたのだろうと、出歯亀のような心持ちで玄関にむかっていた。私がもたもたと靴を履いていると、無妙が険しい表情で玄関モニターを指さした。

「見て下さい」

「……なんだ、これ」

モニターに映っていたのは、大勢の村人たちだった。彼等は屋敷を訪ねる訳でもなく、ただ門の前でぼうっと空を見上げている。忙しなく鳴るサイレンとは対照的な、そのあまりにも無機質な態度にぞくりと悪寒をおぼえたとき、無妙はふっと顔をあげた。彼女は素足のまま庭先に飛び出すと、屋敷のほうを振り返り、あっと声をあげた。

「裏山です！　禁足地が燃えている」

慌てて庭先に出た私も、無妙が見上げる煙を目撃した。

「あの辺り、もしや火元は番屋か⁉」

「十中八九、そうでしょう」無妙は吐き捨てるように言う。「誰かが火を点けたんです‼」

屋敷の奥。鬱蒼と茂る小山の頂きから、もくもくと立ち昇る黒煙はその根元から真っ赤な火の爪を見せていた。

私は咄嗟に玄関の操作パネルまで駆け戻った。

大門を開けて、村人たちを入れ込むのだ。そうして彼等とともに延焼につながる枝木を切って自然鎮火にまかせる。窮余の策だが、それ以外ない。

私は操作パネルの蓋をひらいて、以前直治が操作していた緑の開門ボタンを押した。

門は地鳴りをあげて、つよい力で、群がっていた村人たちごと押し広げた。私は靴の踵を踏み潰しながら、門前で、蝟集する彼等に呼びかけた。

「皆さん手を貸して下さい。火元は裏山の広場で、皆さんで燃える枝木を刈り落とせば、延焼を防げるかもしれない」

その声は、しかし、虚しく木霊した。

門前に居たのは、さながら不気味な案山子だ。一様に静寂をたたえ、その目は意思の光に乏しい。わずかに宿した感情の色も、消火活動の助力を乞われた戸惑いではなく、ひとつの意思の下に諦観すると決めた無情さだった。

（まさか見過ごすのか？）

村の総意であるかのような態度に村と匳家との根深い確執をみた気がした。まして彼等の振る舞いは、憎しみや怨みといった仄暗い感情に根ざしたものではない、うっすらとした期待――匳家が焼け落ちてくれないかという消極的な悪意によるものだった。

冷たい戦慄が波濤のように襲い掛かってくる、まさにそのとき、陰鬱とした空気を切り裂いて、凄まじい排気音が轟いた。

どよめく村人たちを掻き分けるように、ひとだかりに裂け目がうまれると、車高のひくい赤いスポーツカーが屋敷めがけて走ってきた。

車は門前で停車すると、二十代半ばの男が、颯爽と運転席からおりてきた。青みがかった黒スーツとその生地を押し上げる隆々とした体軀はさながら運送会社のCMタレントのようだった。

「ここ、匳金蔵さんのお宅でしょうか」

「ええ。はい。そうですが」

私はたじろぎつつも、うなずいた。

「で、男性が殺されたと」

ギョッとして、その青年をみやった。

彼は綺麗な歯を見せつけるように微笑みながら、懐から警察手帳をとりだした。

「申し遅れました。僕は県警捜査一課の渡部誠一。そしてこちらが上司である――」

「紏川正。階級は警部」

助手席から凄まじい巨漢が下りてきた。

例えるならハンプティ・ダンプティだ。降車する、その単純な動作すら重労働のようにひふひふと息を乱し、上等そうな白い絹のハンカチで汗をふく。

「そこなお前」

真珠貝のボタンが光る上品な白いワイシャツに、はちきれそうなほど伸びきったサスペンダーを装着した巨漢は、ハンカチを胸ポケットに手荒にねじこみながら顎(あご)で私を指すのだが、如何(いかん)せん、顎と首との境がない。

「山が燃えているぞ。はやく消せ」

「ええ……。ごもっとも。ですが消火設備がなくて」

「人をつかえ」

「いや、まあそうなんですが」

「働かんか」

「はい？」

「莫迦(ばか)ッ！」全身の贅肉(ぜいにく)が震える。「働けといっておるんだ。ええい、お前もお前も、お前もだ！　あそこが火元だろうが。さっさと走って消火してこい！」

巨漢の男は私だけではなく周りの村人たちにまで怒鳴りはじめた。

呆気(あっけ)にとられた村人たちは、真っ赤な顔で迫り来る警部にじりじりと後退(あとずさ)る。

「逮捕だ。逮捕。逃げると放火犯として逮捕するぞ！」

彼は公僕にあるまじき言動を喚きながら、転がるように駆け回って村人たちを捕らえては屋敷に押し込める。

「ほらいけ。馬車馬の如く働け！」

「…………いやだ」

大半が屋敷の庭に押し込められたとき、いまだ頑なに門前に居座る七十代ぐらいの爺様が声をあげた。

「おらは匳の家と拘わるのは御免だ。こんなことしてたら、死霊に祟られる」

「なんだと？」

「おまえはしらんのだ。匳は死霊憑きの家だ。それだから鬼地の番屋に棲み着いて、毎日拝んどるんだ。いずれお前も祟られる。髪の毛がな、口に入ったら合図ゾ」

二人の刑事が不審そうに顔を見合わせるかたわらで、私は古老の忠告にゾッとした。死霊憑き。そして口の髪。そのすべてが匳家で起こっている怪奇事件と綺麗に合致している。やはり、この屋敷には何かあるのだ。

「おらは忠告したぞ。信じないのは勝手だがな」

古老は吐き捨て、村人たちを引き連れるように門前から去ろうとする。

「信じるぞ。吾輩は」

老人の丸めた背中がびくりと驚きでのびた。まさか信じると言われるとは思いも寄らなかったのだろう。胡乱げに振り返った老人は、しかし、先の驚きなど冗談だったかのように、「ひっ」と短い悲鳴をあげて、紕川警部をみた。

「死霊だけじゃない。天使や悪魔でさえ、この世にはいる」

紕川警部は胸ポケットから純金の十字架を取り出していた。そしてそれを杭のごとく握り、老人の脳天に叩きつけるかのように振りかざしているのだ。

無論、振り下ろしはしない。

だが、悪魔憑きに説教を施すエクソシストのような凄まじさで吼える。

「だが、お前が怖れるべきは死霊じゃない。ましてや主なる神でもない。お前にとっては違うのだ。汝畏れるべきはこの吾輩。冤罪でも賄賂でも何でもござれの紕川家御曹司であるこの吾輩だ‼」

紕川は警官にあるまじき高笑いをあげる。

「爺さん。同じように忠告してやろう。死霊はお前を祟るかもしれんが、吾輩はお前を死ぬまで牢屋にぶち込める。なんなら今からやってくる捜査員に放火犯として引き渡しても構わない。――お前達もだ！」

息を潜めていた村人たちを順繰りに睨めつけながら、さらに恫喝する。

「親の死目に子の節目、一つでも見逃したくないのなら、さっさと消火してこいッ！」

もはや村人たちの抵抗はここまでだった。

無妙が素早く号令を発すると、彼等は素直に従った。

私たちは彼等を屋敷内に先導し、母屋につながる渡り廊下の扉をあけると、煤煙に汚れた雪と桂木親子にでくわした。彼等はほっかむりをした村人たちにギョッとしたが、訳をきくと、雪がそれならばという。

「排水設備室にバケツがいくつかあります。それをもって番屋まで登ってください。番屋の広場から西の斜面をおりると、村の畑に流れ込む小さな河川があります。そこから消火用の水を汲みあげましょう」

「鉈か枝切り鋏も」と、無妙。「延焼を防ぐため、周囲の枝木を切り落としたい」

それならばと直治が頷き、ふたりは中庭に面した納戸にむかった。

私は排水設備室からバケツを回収すると雪と直継をともなって外の踊り場に出た。すると屋敷の女衆がそこにあつまって右往左往しており、私達をみるや、蔵子と金代はそろって悲鳴をあげたが、説明の手間を直継にまかせて、そのまま解錠されている青の鉄扉から十六角堂の道を駆け抜け、一目散に番屋の広場まで駆け上がった。

広場に着いた途端、熱風が肌を灼いた。

番屋はすでに火の渦の中にあった。

護摩壇のような凄まじい火勢だ。その炎舞の渦のなかで、巻き上げられた毛髪が鱗粉のようにキラキラと舞う。しかし、それ以上に我々の目を釘付けにしたのは、焼け落ちる番屋の奥で火焔にまかれている黒い座像だった。

匳金蔵。

赤く灼け、黒く朽ちていく凄絶な焼き仏は、肉の灼ける臭気も相俟って、一種の宗教的な荘厳さを放っていた。

「出雲先生。はやく」

雪の声で我に返った。

雪の手引きで斜面をおりていき、ほどなくして小さな渓流にでた。川幅は五、六メートル余りの小さいものだったが、私たちはそこから必死に水をくみ上げ、斜面にならんだ村人たちに受け渡していく。バケツリレーは一時間ほど続いた。水をくみ上げる最もきつい役割を担ってしまった私が、痺れる腕を垂らして、いまにも川面に頭から崩れ落ちそうになったとき、頭上から消火の達成を喜ぶ歓声が聞こえた。

誰もが顔を見合わせた。そして広場から「終わったぞ！」と呼び声がかかると、近くにいた村人たちは互いを讃え合って、消し止めた番屋をみようと斜面をあがっていく。私は彼等を見送りつつ、近くの川縁に腰を下ろして、心地よい達成感に身を浸した。

目の前の小川は澄みきって転がる小石さえ清かった。

流れはゆるやかに右に蛇行して、遠く彼方の村の用水路に流れ込んでいく。田畑は刈り込まれ、休耕地が次の春に想いを馳せている。

こうしてみれば、死霊を怖れている村里には到底おもえない。

しばらく休んでから私ももどると、前よりも幾分広く感じられる広場に、番屋の残骸が燻っていた。屋根と板壁の大半は焼け落ちて、床板も見る影もなく、打ち棄てられた四阿のような有り様だった。

「お疲れ様です。無事延焼をふせげましたね」

労いながらやってきたのは、煤にまみれた渡部刑事だった。

スーツも顔も真っ黒で、持ち前の肉体を駆使して、降り懸かる火の粉も厭わず、黙々と枝切りをこなしたのだろう。彼も当然、労われる側なのだが、ハンカチで煤と汗をぬぐって、すぐに刑事としての職務を再開した。

「聞くところによると、昨晩、貴方はこの番屋にいたと」

私は今まで見聞きしたことを彼に話してきかせた。彼は一々相槌をうって熱心に聞く。

「それで渡部刑事。火事の原因は判りましたか」

「うーん。まあ、ここだけの話、線香ですね」

彼は答えるべきか、少し逡巡をみせたが、結局教えてくれた。

おそらく匳家の数人に聴取して、手酷い対応を喰らったのだろう。元々我の強い人々である。それに名無しの老人の不審死に対して、通報しなかった負い目が、さらに彼等の口を堅くしたのだ。警察としては、関係者が捜査に非協力的な状況で、比較的意思疎通の容易な私にまでへそを曲げられては困るため、餌として、漏れてもいい情報はくれてやろうという算段なのだろう。

「なんで線香を」

「なんでって、それは――ああ、先生はいなかったのか」

渡部刑事曰く、私と無妙が客間で推理を深めていたとき、屋敷の人たちが集まって番屋で線香を焚き、焼香を始めたという。

「現場を保存するべきという意見も出たのですが、ある人物がやると押し通したようで」

「誰が？」

「匳幹久さんです」

私は意外な印象を受けた。面倒事を嫌う彼らしくない、と。

しかし、こうと決めたら変更できない柔軟さに欠けるタイプにもみえる。それに殺されたのは義理とはいえ父親だ。弔う気持ちも分からないではない。だが、捜査されていない殺人現場で線香を上げるべきかと訊かれると、これにも首をかしげてしまう。

「線香による失火は多いんですよ」と、渡部刑事はいう。「線香って何かの拍子にポキッと折れたり、香炉の灰に深く刺さらず倒れたりして。それが運わるく、まわりの畳や座布団に引火する。しかも線香の火災は無炎燃焼といって、炎が出ずに野焼きのように燃え広がるから、大事になるまで発見しづらい。目下鑑識待ちですが、床板に燃え尽きた線香の灰が見つかりました。外からの風で倒れて、丁度良いところに髪の毛ですか？それが撒き散らされていましたから、それに引火してボッと」

渡部は火の燃え上がるジェスチャーを加える。

「燃えちゃったんでしょうね」

「燃やしたの間違いでは？」

無妙がぬるりと首を差し込んできた。

どこからともなく現れて、意味深長な台詞で場を掻き回す。それがしかし、ただの冗談じゃないことは、かすかに鼻白んだ渡部の表情で分かる。

「どういうことだ、無妙」

「いいですか、センセ。もしも線香が落ちたとしても、主成分がタンパク質の毛髪だけでは、番屋を炎上させる火種とはなり得ない。もっと繊維が、もっと脂がいる」

「だが、そんなもの番屋には」

「ええ。ないのです。ないのに火の手があがった。しかもその当時、周囲に人が居た。小さなボヤなら直ぐに踏み消せる。線香の無炎燃焼程度なら尚更です。だから一気に燃え上がるような燃焼剤を意図的に持ちこんで、それに線香の火を点けなければ、燃え上がることはないのですよ」

「と、いうことですが、渡部刑事？」

「そ、それはですねえ」

「おい、渡部」

狼狽える渡部を見かねて、近くの岩に腰掛けていた紀川が釘を刺す。

「余計なことを喋るな。それに彼女が来たぞ」

「彼女？」

私は自ずと坂のほうに目をむけた。

捜査員に連れられて、社会人になって幾許もない年頃の女性が登ってくる。歳は雪と同じぐらいだろうか。ピンクのシアートップスにスカートパンツ姿。右手にビーズのアクセサリをつけている。顔立ちは童顔で、ウェーブのかかった茶髪の髪色をしている。

「下田さん？」

眉をひそめたのは幹久だった。

「下田？　臨時のハウスキーパーをしていた下田心愛か」

下田は見ず知らずの私に名前を呼ばれて、警戒するように目を細めたが、その視線はふたたび幹久に戻っていく。

そして彼女は彼を指さして、吼えた。

「刑事さん。あの人です。あの人が犯人です！」

有力な容疑者

事態は急転直下を迎えた。

火災現場を取り巻く捜査員は波のように引いて、かわりに屋敷につめ寄せた。

聴取は客間屋敷の部屋のひとつ、私が利用していた客間の隣の一室で行われた。周囲は捜査員が歩哨のように立ち、私の客間まで彼等の仮設本部として占領された。

「すみませんね」

渡部は頭を下げたが、殊勝なのは態度だけで、蔵子や金代、その他もろもろの抗議に屈することなく、広いとは言えない居間に関係者一同を詰めこんだ。

「下田心愛さんというのは、どういう方なんですか」

居間のソファーにちゃっかり座った無妙は、小さい銃眼のような窓から客間屋敷を睨んでいる蔵子に尋ねた。

「彼女？」蔵子は険のある表情で振り返った。「臨時のハウスキーパーです」

おやと思ったのは、蔵子の剣呑さ以上に、周囲の反応の不穏さだった。

全員が腫れ物に触るような目つきで蔵子を窺っていた。

だが一人だけ、金代はあざ笑うように口元に手を当てる。

「本当にそれだけかしら」

「金代さま」

小山田が静かに嗜める。

「面白い話をされてますねえ」

渡部は尻ポケットにおしこめた捜査手帳を抜きだす。

「下田さんについて、なにか情報をお持ちで？」

「持っていません」蔵子は断じる。「あなた失礼ですよ」

「あら姉さん。それはないわよ。彼は刑事さんよ。屋敷の人間関係なんか、すぐに丸裸にしてしまうわ。ここはもうすっかり話してしまって胸のつかえを下ろしたほうが良いと思うけど」

「あなたのところとは違うんです」

「何ですって！　姉さん、今のは聞き捨てならないわよ！」

　蔵子は憤然とそっぽを向く。

　私には何が何やら分からなかったが、無妙は「ははん」と笑窪をつくった。

「不倫ですか」

　途端、蔵子の形相が般若に変じた。人を衝動的に殺すのはこういう一瞬なのだろう。私は蔵子が無妙に飛びかからないかと気をもみ、渡部も柔和な笑顔を心配げにひそめた。が、爆弾を投下した無妙はさらにいう。

「そんなことなど興味はないのです。いえ既に興味は失ったといいましょうか。番屋で会った二人の視線、向き合った愛憎の情。まあ、そういうことだろうと思っていたので。それより知りたいのは、彼女が事件に、つまり第一の事件に、どのように関わっていたかです」

「それについてはわたしが説明しましょう」

　無難な回答者として雪が名乗り出た。それから雪は無妙に、第一の事件、つまり名無しの老人が首を吊った事件について詳細に語って聞かせた。

「あの匳家の皆さん。そういう場合は我々警察に通報していただかないと」

蔵子は渡部の苦情を当然のごとく黙殺した。

「雪さん。伺いたいのですが」無妙は尋ねる「番屋の殺人で警察に通報したとき、下田さんに連絡しましたか？」

「いえ。そのようなことはしてません」

「すると彼女は第一の事件――奥の間の首吊りについて、幹久さんが犯人であると疑うべき証拠があって、それを警察に通報したというのが正しい認識かと思いますが、はたしてどうでしょうか。刑事さん」

「……それは、どうでしょうね」

濁すにはあまりに拙い。無妙の見立て通り、彼等は雪の通報によって来たのではなく、下田心愛の告発の真偽を確かめに来たのだ。

「彼女はなにか重要なものを目撃した。雪さんの話では、幹久氏は名無しの老人が奥の間に入ったあと、一度離席して廊下から奥の間の戸口にたって、なにする訳でもなく自室にもどっている。ところでその時、下田氏はどこに？」

「勿論、大広間に」

と、小山田が言って、「あ」と言葉を止めた。

「一度、大広間から出たんですね」

「でも彼女は炊事場に」小山田は庇うようにいう。「その、茶葉が切れたので取りに行くといって」

「そういって、実際は幹久さんの自室に行った。そうですね。たとえばこのような理由はどうでしょう？

二人は確かに只ならぬ仲にあった。そんなある日、全く知らない老人が屋敷にやってくる。彼等はその人物のことをどう考えたでしょうか。金蔵の古い友人？　新しいビジネスパートナー？　いいや違う。彼等はこう考えた。不倫を調べていた興信所、或いはそう、探偵と。

そんな男が来た矢先、義父が皆を大広間にあつめて夕餉をしようと言い出した。幹久氏は焦ったはずだ。もしかすると、その大広間の場で、自分と下田氏の関係を詳らかにされるのではないか。そして審判の大広間にやってきたのが義父ではなく探偵のほうだったと分かるや、幹久氏は脂汗をかいた。居ても立っても居られなくなり、奥の間で事の次第を訊こうと奮い立ったが、途中で何を見たのか、慌てて自室に駆け込んだ。それをみていた不倫相手は、意気地をなくした恋人をみて、発破をかけようと彼の部屋に向かった、と。まあこのような流れならどうでしょう？」

居間にいた一同は、みな口をあんぐりとあけて怪談師の長広舌に聴き入っていた。没入の度合いから察するに、リアリティのある推論と認められたようだ。

「ですが、それなら」蔵子はいう。「あの女は夫の何をみて、犯人と判断したんですか。その、穢らわしい仲であったのなら、なぜ夫を護るのではなく告発するような真似を」

「可能性はいくつかあります。ひとつは正義感の発露。彼女が見たものは事件の真相につながるものだった。恋人だろうが人殺しならば罪を償うべきだと通報した。二つ目は、いわば愛憎劇の一幕。煮え切らない男に愛しさ余って憎さ百倍。結局妻を取ることを選んだ彼に、なんでも良いので疑いをふっかけるというもの」

「あの小娘の考えることですから前者は考え難いですが、後者ならあるいはそういう可能性もあるかもしれませんね」

「ただし警察の動きをみるに——」

無妙はそこで推理をとめた。廊下のほうで捜査員達が慌ただしく動き始めたのだ。

一人の捜査員が居間にやってきて渡部に耳打ちをした。

彼は頷いて直治に声をかけた。

「桂木直治さん。少々お話を聴いても」

「わしですか？」

「ははん」

不気味にほくそ笑んだのは無妙に他ならない。

「髪の同定ですね」

渡部は素の驚きをみせた。多くのことを推測し、何度となく正鵠を射る無妙の手腕に、渡部は率直に感心したようだった。

「下田氏は凶器を見たんですね」

「凶器？」

「髪ですよセンセ。彼女は幹久が髪の毛を所持しているのを目撃した。そして彼の居室に隠されていた髪の毛を、いましがた捜査員が見つけた。それを犯行に使われた髪と同一物か鑑定するため、以前調べた直治氏の意見を参考にする。ざっとこのような流れでしょうね」

その時だ。凄まじい大音声が屋敷に響きわたった。

「だからそんなもの知らないと言っているだろう!!」

神経質な人間の悲鳴にも似た怒号。幹久が耐えきれず爆発した音だった。

しかし、その怒号の余韻を掻き消すような、新たな胴間声が炸裂した。

「せからしい！」

九州北部の方言が朗々と山まで響いていく。二人の怒号が耳を聾する中、すでに察して耳を塞いでいた渡部がぽつりと漏らす。

「これは長引くぞ」

「刑事さん。紕川警部に事情聴取させるのは適役とは思えませんが」

「出雲先生もそう思いますか。実は僕もそう言ったんですが、頑として聞き入れてもらえず。『吾輩に歩哨の真似事をさせるのか』と言われまして。あ、あと僕のことは渡部でいいですよ」

彼は力なく苦笑する。

「難点もありますけど、それに目を瞑れば頼れる方なんですよ」

ふたたび紇川の怒号があがるのを耳にして、彼の笑みはますます引き攣った。

私は彼に少々同情的になっていた。私より年若く、それでいて難儀な上司をもった彼に憐憫の情を抱いていると、ふと無妙と目があった。

「なんですセンセ。惚れましたか？」

「化物には化物を。あわよくば二人とも」

「なにか失礼なことを考えていますね」

「渡部くん。ものは相談なんだがね」私は物騒な助け船をだすことにした。「そこにいる怪談師を、あの紛争地帯に投げ込んでみるのはどうだろうか？」

パブロフの髪

「……どーも。化物と不愉快な仲間たちです」

ふて腐れた無妙が客間のふすまをあけると、取調室となった和室の中央で、紇川と幹久が睨み合っていた。

幹久は座布団に正座していたが、紇川警部は満足に床に座れないとみえて、畳が傷まないようシーツを引いた上に、洋室から持ってきた椅子に腰掛けていた。両方の肘掛けの間に身体がすっぽりと収まり、表面張力をおびた水のように、脇腹の贅肉が肘掛けの上にぼってりと乗っている。どうやら下田心愛は別室に待機しているらしい。あとは隅に書記役の男が坐しているだけである。

「なんですか、ぞろぞろと！」

幹久はヒステリックな悲鳴をあげる。

「なに、取調をスムーズに終わらせてあげようと思いましてね」

無妙は相撲の行司のように間に立つと、座卓を指さした。

「ついてはそれを所持していた理由について尋ねたい」

無妙が指さしたのは、鮮やかな緞子の袱紗に包まれた約二十センチの毛髪だった。

とても艶やかで、光の入り具合によっては紫の光沢が見える。

私はこの髪に見覚えがあった。

すべての事件に絡みつく、怪異の象徴たる毛髪。

それを一房、幹久がもっていた。もはや言い逃れできない証拠ではないか。

「さっさと吐け！　これをどこで手にいれた」

紀川は突如乗りこんできた私たちなど気にかけることもなく追及を再開した。叩き出されると思っていただけに意外だったが、その実、客間に入る前、渡部に言われた通りだった。

「おそらく警部は誰が来ようと頓着しません」

つい数分前、私の冗談めいた提案を了承した渡部は、渡り廊下をあるきながら独り言のようにいった。

「彼は高慢ちきですが、その一方で他人に頼るプロでもある」渡部はいう。

「国内製薬業界のトップに君臨しつづける製薬会社を所有する家の長男で、多くの財界人と政治家を輩出してきた伝統ある名家。生まれながらにしてすべての人間が自分にかしずくことが当然だったからこそ、自分の部下であろうが上司だろうが、それこそ警視総監であろうが、自分の手下だと思っている。——だから彼は全力で他人に頼る。代わりに責任は警部が持ってくれる。こっちも警部という名の強力な後ろ楯に護られているから、職務に全身全霊で打ち込める。これがさきほど言った警部の長所の、そのひとつです」

そう言ってウィンクをくれた渡部の話が、いまになって信憑性をおびてきた。

巨漢の大将は、強情な幹久から情報を引き出すことが出来ないと分かるや、顎でしゃくり、取調を無妙に委ねた。無妙も当然そのつもりでやってきたのだから何かしら策があるものと思っていたところ、しかしとんでもないことを言い始めた。

「あなたが名無しの老人を殺しましたね」

幹久から怪鳥のような悲鳴が聞こえた。

「ま、まってくれ。あれは自殺だろう。だってそうじゃないか。どうやって殺したというんだ。僕等は全員大広間にいたんだぞ！」

「お聞きしましたよ。奥の間の事件の当時、貴方は一度、奥の間に向かったと」

「そ、それが何だって言うんだ。僕は部屋の中には入ってない。それにすぐに自室にもどった。そもそも僕にあの老人を殺す動機はないはずだ！」

「その動機ですが」

無妙は下田との不倫関係や老人を探偵とみたのではないか、という推測を語った。

「彼の口から事実が露見する前に殺してしまう必要があった。発覚すれば、いまの地位はなくなり一文無し。むしろ蔵子さんのことだ。懲罰的な賠償を突きつけたでしょう」

「そんなの、で、出任せ！　そう出任せだ！　証拠はあるのか！」

「ありませんよ。ただの推論のひとつです」

ですが、と無妙は言葉を継ぐ。

「奥の間に入室していないというあなたの証言も、また証拠がない」

「と、いうことだが、匽幹久。弁解はあるか」

椅子に座り、傲然と見下ろす紀川は実に権威的で、対する幹久は、お白洲で沙汰を待つ百姓のようである。彼がうわごとのように「僕じゃない」「僕はやっていない」と呟く様は痛ましく、目を背けたくなるが、無論、紀川は手心を加えてくれる相手じゃない。

（……面白くないな）

私はそのかたわらにあって漫然と顎を撫でた。この謎多き屋敷の事件の解決として無難すぎる。またそれ以上に承服しがたいのは、決定打となった無妙の詰問が、終始揚げ足取りに過ぎず、あまりにも精彩を欠くやり口だったからである。

無妙に目顔でたずねた。

本当にこれがお前の推理か、と。

無妙と目が合うと、まるで『不思議の国のアリス』のチェシャ猫を思わせる笑みで、いまだ余興は終わっていないと仄めかす。まだとっておきの役者が登場していないと言わんばかりに。途端、無妙の意図を察した。睨みつけると益々上機嫌になった。

逡巡はあった。

しかし決断は早かった。

「幹久さん」私は優しく語りかける。「私はそこの怪談師の推理を信じてはいません。ですが、もしも貴方が黙ったままであれば、このまま殺人事件の犯人として連行されてしまう。無論、無罪は堅いと思いますが、その過程で無用なことを根掘り葉掘り探られるでしょう。それはあまりにも酷だ」

顔をあげた幹久は、私を仏のように仰ぎ見る。罪悪感が募った。私は脅迫の片棒を担いでいる。しかし、やらねばならない。

「だから話してくれませんか。貴方がなぜその毛髪を一房持っているのか」

無妙はおそらく幹久を犯人だと思っていない。すべては真相の一片を幹久から引き出す方便。下田との不倫関係で強請ったあと、私をつかって彼から情報を引き出す、あまりにもヤクザな企てだった。

だが幹久は、それとしらずに奸計にはまり、真実を吐露した。

耳を疑うような真相の、その奇怪な一片を。

「食べました。義父に言われたとおり」

「髪を、食べたあ？」

幹久の証言を聞いて、紀川は素っ頓狂な声をあげた。

「渡されたのは、匳家に婿入りして数日と経たない頃でした」

幹久はとつとつと語り始めた。

「汽車でここまでやってきて、妻に案内されるままにこの屋敷へ。そして離れの庵で、その緞子の袱紗に包まれた髪の毛を渡されました。義父は『呑み込め』と一言だけ。冗談かと思って愛想笑いを浮かべると、すかさず張り倒されました。何が何だか分からないまま、僕はその髪の毛を手に取って口にいれました。

ええ、あの時のことはまだ覚えています。口にこびりつく細い繊維、胃を突きあげるような嘔吐の感覚。義父は毎日一本ずつ呑むように言いつけました。――え？　ええ。そうです。最初は毎日呑みましたよ。どこで見張られているか分かりません。それに拒否したところで意味はありません。なにせ僕の食事にはいつも、この毛髪が一本、必ず入っていたのですから――。

髪の一房を呑みきる度に、新たに義父は髪の毛を渡しました。そしてじっと僕の顔を覗き込んで、言外に『本当に呑んでいるか』と問うのです。僕は嘘はつけません。どうしても顔に出る。だから呑んだ。いやでも呑んだ。

ですが、十年ほど経ったある日のこと、それは唐突に終わりを告げたのです。別に呑むなと言われた訳ではありません。ただ、ふっと視線を感じなくなった。最初はちょっとした違和感でしたが、それ以来、義父から新たな毛髪を与えられることもなくなりました。

けれど身についた習慣はそうそう無くなるものじゃありません。まして恐怖と結びついているのなら尚更に。あれほど厭だった習慣なのに、不安になったり怖じ気づくと、抽斗から緞子の袱紗を引き出してしまう。パブロフの犬ですよ。髪を呑めば、僕は許されましたから。

あのときもそうなんです。僕はあの大広間にやってきた男をみて、心愛との関係を暴露されるのではないかと恐怖した。あの血走った目と乾いた唇を舐める仕草も鮮明に憶えている。奴は僕にとっての死神だ。あの血縁で紐付いていた会社の席からすぐに追い落とされる。不安で堪りませんでした。だから奥の間にいって、そしてあの爺さんに頼もうと思ったんです。不倫のことは黙っておいてくれ、と。ですが言いませんでした。言えるわけがない！　あんなものを見てしまっては！」

「あんなもの？」

皆が膝を進めたのは、曰くありげな口ぶりに興味をひかれた以上に、幹久の顔面が異様なまでにひきつって、話すのもままならないほどに怯えているからだった。

「お、奥の間に向かうと、襖が僅かに開いて、薄ぐらい室内がみえました。電気は点いていませんでした。僕は見ての通り、臆病な性分ですから、彼を訪ねる前に、その十五センチたらずの隙間から様子を盗み見たんです。いま思い返せば愚かしいことだ。目鎹の廊下を歩いてきたんだから、彼はこちらに気づいていた。現に彼は、中央の黒檀の机辺りにたって、こちらを睨みつけていましたから――

僕は弁解しようとしました。そうしなければならないほど、彼は目を剥いて、罵声をあびせる寸前のように口を半開きにしていました。……でも彼は一言も喋らなかった。人は沈黙で威圧することはあっても、半病人のように口をあけて、涎をたらしたまま無様に立つことはありません。さらにその首は、ええ、よくよく目をこらして分かったのですが、しっかりと黒い綱のようなもので絞まっているじゃありませんか。幅にして五センチ足らず。暗闇にとける黒い綱が、まるで首と胴をわかつかのように――」

幹久は震える舌でその怪事を伝える。

「彼は奥の間で浮かんでいたんです。まるで首吊り死体の如く」

密室で発生した怪異について

太陽は山の稜線にかかり、秋空は茜色の肌襦袢に袖をとおす。

九州は日暮れが遅いとはいえ、すぐに夜空が頭上をおおうだろう。

錬鉄細工の踊り場の真下を通っている小さな疏水のせせらぎは、鼓膜を心地よく振るわせる。天井に覆い被さる枝木の葉擦れが、やさしく眠りをさそう。

絶えず循環する清浄な空気を胸いっぱいに吸った私は、ツクツクホウシの鳴きしきる、この踊り場で、暗然とした溜め息を吐きだしていた。

「どう思う？」

話をむけられた無妙は、脚の長いベンチに胡座をかいていた。眉根は険しく、薄紅色の唇は引き結ばれている。

「中々に難儀ですね」

無妙をもってこう言わしめるのは、無論、幹久の件だ。

あのあと、私たちは実況見分と称して、奥の間にむかった。

当時の幹久の行動をなぞるべく、目鋎の廊下から奥の間にまわりこむ。

廊下は半間（〇・九メートル）ほどの幅で、床板にとまる鶯は、二条城にくらべて鳴き下手とみえて、春をつげるにはいささか趣を欠く鳴き声で、我々を迎えた。

「貴様はここで見たんだな？」

「……はい」萎縮しきりの幹久が頷く。「襖はこれくらい開いて、僕はこのぐらいの位置から――」

幹久は当時を再現するように、襖を少しばかり開く。

隙間は十五センチほど。幹久の立ち位置は隙間に対して、正面よりやや斜めで、中央に置かれた黒檀の机の側面が、ちょうど隙間の幅に収まって見える。

「場所としては、この辺りですか」

無妙が奥の間に入って、黒檀の机の向こうで爪先立ちをする。名無しの老人の身長は一六〇センチと無妙と同身長で——ということを、すでに無妙は調べていた——状況の再現としては一番適していた。

「もう少し、あと少しばかり浮いていました」

「無妙、椅子にのってみろ」

私の提案にしたがって、机の椅子にのってみると、これは浮かびすぎという。

「センセ、椅子になってみろ」

無妙の提案にしたがって、手脚をついて椅子になってみる。これも浮かびすぎだという。様々な高さでためしてしばらく、私がうつ伏せになった上に、無妙が爪先立ちすると、およそ幹久の目撃状況に叶(かな)った。

「やってみて分かりましたが、机の横に立つと足元が隠れますね」

私の背に乗ったまま、無妙はいう。

机の前面は、床と十五センチほど隙間をつくって、足先を伸ばしやすく設計されているが、側面はぴったり畳に接地している。襖の隙間から覗くと、浮いている死者の足元は机の側面にかくれて、何らかの台の上にのっていても、幹久には知られずに済んだだろう。

「問題は天井。首を吊るべき取っ掛かりですが」

私の尻(しり)の上に立ちながら、無妙は天井を見上げた。

天井はのっぺりとした羽目板だった。幹久の証言からして、まろびでそうな眼球と厚い舌のとびだした酸鼻なる光景は、首吊りに他ならないというのに、吊り下げられる突起や家具はひとつもない。

「たとえばだが」私は咄嗟に思いついたことを口にしてみた。「黒子のような服を着ている人物が、真後ろで被害者を吊り上げていたっていうのはどうだ？」

「慧眼ですね、センセ」無妙はいう。「身長は名無しの老人より高ければ良い。それなら、容疑者から翠子氏と千代氏がのぞけます」

「ふふふ。そうだろう、そうだろう」

「あとはその中から、重量挙げ選手級の腕力がある人物に絞るだけです」

「だれだ。こんなしょうもない推理を出した奴は。まったく困ってしまうな、無妙」

「ええ、本当に」

無妙はそう言いながら、私の尻のうえで無用に足踏みする。

「この怪奇な首吊りに対して、わたしたちはもう少し頭を捻らなくてはなりませんが、しかし他にもひとつ、考えを巡らすことがあります」

「それは？」と渡部。

「凶器となる毛髪です。この屋敷で起きている数々の怪事件は、紫の艶やかな長髪が用いられたという点で共通する。その出所はどこかという点です」

「義理の息子に髪の毛を喰わせるヤツだ。どこからか買い求めたんだろう」

紀川は共感しえない趣味をもつ者に向ける嫌悪めいたあざけりを口にするが、無妙は首をふる。

「流通している人毛のカツラも、ロングタイプでせいぜい六十センチ。かぶれば胸ほどでしょうか。一方で、名無しの老人に使用された髪は九十センチ余り。市場に出回らない長さです。さらにこれまでの事件で使われた毛量から算出するに、おそらく成人女性の毛量を優に超えています。毛髪がすべて同一人物のものであるならば、それこそ平安時代の貴族女性のように、床まで垂れた髪の毛が必要でしょう。果たして、そのような毛髪を誰から買い求めたのか」

「一般人ならそうだろうが、吾輩（わがはい）や匳金蔵のように羽振りがいい者には、いくらでもやりようがある」

「そう言われてしまえば、そうなのですが」

紏川がいうと、説得力は人一倍である。

だが、この場で私だけはすぐに別解を思いついていた。

「おそらく金蔵は戦後の時点で手に入れていたんだろう」

「ふむ。センセには何やらアテがあるようですね」

「実はこんな話があってな――」

私は金蔵から聞いた戦後の死に番と、それにまつわる不可解な事件について語って聞かせた。無妙は情報を頭に叩（たた）き込むように何度も頷いて、真摯（しんし）に耳をかたむけた。

「なるほど面白い」無妙は愉快そうに目を細める。「金蔵氏はその晩、女の髪を盗んでいた。そして戦後から今まで、ずっと所有していた」

幹久は「う」と嘔吐いた。七十年あまり前の故人の遺髪を呑み込んでいたとあって、その場に頽れて、今にも吐きだしそうなほど顔を青くする。

彼が歩けないほど参っているとわかると、渡部は小山田を呼びに行く。重要な現場で吐かれては、たまったもんじゃない。

「そうなると、小松某の死も怪しいですね」

「俺は名無しの老人こそが小松某だと睨んでいる」

「その可能性もあるでしょう。ですが名無しの老人が小松某だとすれば、なぜ彼は今になって金蔵氏の前に現れたのでしょうか」

同じ推理はまた同じ疑問の壁に阻まれる。

「大丈夫ですか、幹久さん」

小山田が小走りにやってきて、へたりこんだ幹久を介抱する。もってきた洗面器をさしだすと、幹久はこらえていたものを吐きだした。取調でヒステリックな咆哮をあげて、挙げ句の果てに嘔吐した幹久を前に、彼女は二人の刑事に非難めいた視線をむける。

「ああ、ちょうど良かった。小山田さん」

そんな彼女に、無妙は挨拶するような気軽さでいう。

「ひとつ貴女に訊きたいことがあったんです」

「わ、わたしに？」

「ええ、貴女です。なんたって貴女には――」

電灯の点いていない暗がりの奥の間で、無妙はわらう。

「名無しの老人に髪を食べさせた嫌疑がある」

いにしえの呪術

「たしかにあのお爺さんの食事に毛髪を入れたのは私です」

私は意気込んでいたのだ。匳家の隠然とした妄執の謎を解いていこう。それは難解を極めるだろうし、強い抵抗を受けるものだろう、と。

それだけに小山田の無抵抗な自白は肩透かしだった。

彼女は幹久を自室に戻したあと、自身の異常行為を認めて、皆を炊事場に案内した。そして盗み聞きを怖れるように、中庭に面した窓を閉めたあと、腰を折るほど深々と頭をさげた。

無妙が目を付けていたのは、名無しの老人の恐怖体験だった。

名無しの老人は匳屋敷にやってきて、食事に毛髪が入っていることに驚き、また恐怖した。無妙はそれが意図的な混入であると見抜き、炊事場を取り仕切る小山田に揺さぶりをかけた。無妙としても、こうも簡単に口を割るとは思いもよらなかったのだろう。少し狼狽えたものの、すぐに聴取モードに切り替えた。

「なぜ髪の毛を入れたのです？」

「魔除けなんです」

「魔除け？」

「勤め始めて間もない頃、大旦那様はそう仰って、私に一束の毛髪をお与えになりました。これを幹久さんの食事にまぜるように、と」

　彼女はシンク下の収納から広口の大角瓶を取り出した。御菓子についている小さな乾燥剤と一緒に、黒々とした蛇のようなものが光る。瓶の底にとぐろを巻いているそれは紛うことなき毛髪だった。

「初めは拒絶しようとしました。自分が腕によりをかけた食事に、どこぞの誰とも知れない人の髪を入れるなんて。ですが、入れずに出せば逆鱗に触れます。ですから妥協として、細かく刻んで、バレないように食事に入れ込むと大旦那様から呼びつけられ、物凄い剣幕で怒鳴られたのです。『魂を傷つけるつもりか！』と」

「魂？」

「そう仰いました。私には何がなにやら分かりません。ですが大旦那様のお話を聞いている内に段々とその意図が分かってきたのです。つまりこの毛髪はそれはもう有り難い御仁のものであって、いわば仏舎利に等しい。仏舎利お分かりですか。仏様の遺骨をそういうのです。——知っておられる。それは御無礼を。それでこの髪の毛の女性も匳家に富をもたらした天女のようなお方の髪だというのです。そしてその髪にも天女様の魂が残っている。それを食べることによって天女様の御恩徳を賜るのだと。だからその魂のある髪を切り刻むなど何事か、とそう仰っていたのでしょう」

だからこそ、今もこうして棄てられずにいる、と小山田はいう。

「今も食べ物に？」

「まさか！」

無妙の問いに、小山田はすぐさま否定する。

「私が勤め始めて、数年までの話です。いつもなら、配膳の前に、必ず炊事場にやってきて、物は言わず、只、あの落ち窪んだ目だけで問うように見すえる大旦那様が、ふつと来なくなって」

「失礼。それは何年前の話か分かりますか？」

「どうでしょうね。それこそ翠子お嬢様が三、四歳の頃でしょうか」

「妙な訊き方をしますが」無妙はいう。「それは幹久氏が婿に来られて何年後のことでしょう」

「はあ、そうですね……。ちょうど幹久さんが婿に入られたときに私も雇われましたから、だいたい十年ほどあとのことでしょうね」

籍を入れて十年。つまり幹久の言っていた証言と一致する。

「しかしそれなら尚更わからない」

無妙は毛髪の詰まった瓶を眺めながらいう。

「あなたはこれを名無しの老人にも与えた。それは何故です」

「……その、不気味に思ったので」

「不気味？」私は声に出してしまった。「なにがです」

「なにって、そりゃ、名前も言わず、ひょっこりやってきて旦那様に招き入れられる人ですもの。不気味です。それに顔に背丈だってよく似ているでしょう。だから私、もしかしたら、彼は小松という男じゃないかって」

「小松！」私は声をあげた。「知っているんですか。金蔵さんの、あの怪談を」

「この屋敷にいる人たちは、みんな知っております」

　また小山田は顔を青ずませながら、こうも言う。

「あの怪談をきいた全員がこう思いました。小松某という男が本当にいたとすれば、彼が殺されたのは決して死霊の仕業ではなく、大旦那様によるものだ、と」

　無妙はなるほどと感心する。

「たしかに。現に遺髪はあったわけですからね」

「おそらく金を山分けする段になって、小競り合いになり、大旦那様が小松を殺した——というよりそれに近い暴行を加えた。そして怒りから我に返った大旦那様は、てっきり殺したと思い込んだのでしょう。ですが、その小松という男は生きていた。そして大旦那様に復讐する機会を虎視眈々と狙っていたんです」

「つまり小松某は金蔵氏に復讐しにきたと？」

「それ以外、何があるというんですか？」小山田はいう。「ですが、だからといって老人達の暗闘に巻き込まれるのも御免です。ですから私考えまして。大旦那様以外にもお前の素性を知っている人間がいるのだぞ、と暗に示して、追い払おうと思いまして」

「それで髪を？」

「それにもしも大旦那様の仰る言い伝えが本当だとしたら、その魂が残っている髪を食べさせることで、守り神が彼を身体の中から呪詛（じゅそ）して、厄を払いのけてくれるだろうと思いまして」

私は今になってひとつ人間の心理というものが分かった。

現代の人々は迷信を捨てた訳じゃない。ただ科学的思考と呪術的観念を、その場その場で持ち替え、ときに二ついっぺんに使うのだ。七五三で神社に参拝し、結婚式はチャペルで挙げ、死して寺に入る。そのような日本人らしい方便を、直面する問題に対しても利用する。ふたつにひとつではなく、ふたつとも使う。現代人的思考と古代的感性のふたつを、とくに矛盾なくふるっている。

いま匳家が見舞われた二つの殺人も、誰もが人為的な犯罪だと断言しつつも、その一方で怪異がもたらした不可解な殺人だとも思っている。その二つは反発せず、完全に混ざり合うこともなく、糾（あざな）える縄のごとく両立しているのだ。

「なるほど、そうでしたか」

無妙はしきりに頷（うなず）いてみせる。

「つまり、貴女は呪術を代行したのですね」

「呪術⁉」

小山田は感電したように震える。

「で、ですが私、そんな呪いめいたことなど」

「たしかに真言を唱えたり、大釜で妖物を煮込んだ訳ではありません。ですが初歩的な、いうなれば古の呪術を代行している」

「い、いにしえの呪術?」

無妙はそれが破滅的な響きになることを分かっているかのように、厳かな声でいう。

「人肉嗜食。貴女がなされたのはつまりそういうことです」

「カニバリ……、嗚呼!」

彼女の手から髪の毛の詰まった瓶が落ち、音をたてて砕け散った。

カニバリズムのもっとも原始的な発想は、死した仲間の血肉を食して死者の魂や知識を継承すること。典型的な共感呪術。金蔵は小山田を介して、彼のいう『守り神』の血肉を分け与えていたのだ。

自らの冒瀆的行為に打ちひしがれる小山田のとなりで、私はさらなる昏迷の渦に巻き込まれている心地だった。

(——死者の毛髪が、カニバリズム的な依り代だとしたら)

私は当初、匳家の毛髪というものを死霊の痕跡のようにとらえていた。

いわば死霊の存在証明であり、犯行声明。

与えられたものは死に誘われる、さけて忌むべき呪い。

しかし、金蔵はこれを女神の血肉のように扱ってあまつさえ口に入れさせる。

決して穢れたものではなく、むしろ加護を授けるように。

にも拘わらず、あるときを境にパタリと止まる。

一貫性がない。というより、何かが欠けている。

（――いや、違う）

欠けているというより、浅い。いまだ掘り進められていない深層がある。

呪いは加護に。そして次は何に――。

「ところで確認したいことが三つほどあるのですが」

私が思索の海に舟を浮かべている傍らで、無妙は小山田に次の質問を向けていた。

「なんでしょう？」

「まず睡眠薬が盛られた珈琲について」

無妙が言い出した途端、小山田はうんざりした。

「刑事さんからも散々訊かれました。たしかに死に番を務める出雲先生のために、水筒に珈琲をつめたのは私です。だからといって、犯人として疑われるなんてあんまりです。珈琲を用意することは事前に決まっていましたし、珈琲入りの水筒は午後五時過ぎに用意して、シンクの上に置いていたんです。だから、その……」

「他の人たちが睡眠薬を盛ることは充分できた？」

知人を売る発言は憚られたのだろう。小山田は頷くにとどまった。

「それではふたつめ。第一の事件。大広間で名無しの老人が奥の間に入っていったときの様子をお訊きしても？」

急な話題の転換に小山田は面食らいながらも、当時の記憶を思い起こした。

「そうね。あの方は、大広間を悠然と歩いていました。王様みたいに。藍染め絞りの単衣をきてね。配膳の途中だったから、御椀の御味噌汁をこぼしかけちゃって、随分慌てました」

「待って下さい」私は吃驚して声をあげた。「藍染め絞りの単衣ってのは金蔵さんが来ていたヤツですか？」

「え？　ええ。そうです。だから最初大旦那様かと思ったくらいで」

「なんで彼が金蔵氏の服を？」

「知りません。そこまでは」

小山田ははねつけるように言った。

無妙が最後に興味を示したのは、食料庫だった。

無妙は小山田の了承を得ると、炊事場に隣接する食料庫のドアノブを捻った。おそらく以前の推理通り、切断された遺体の絶好の隠し場所とみて、中を検める気になったのだろう。中は物置と変わりなく、積み置かれた米袋や瓶ビールのケース、常温で保管できる根菜やタマネギ、それから調味料の瓶など、匳家の大所帯を賄うだけの食料が多く詰め込まれている。

　無妙はそれらを一通り眺めたあと、床下に目を落とし、すっと屈み込んだ。そして床板を摑むと、めりめりめりと音をたてて、床板を剝がし始めた。

「莫迦、何している！」

「なにって確認ですよ」

　彼女は容赦なく一畳ほどの床板を外す。だが、それは私が思っていたより簡単に外れ、五十センチほど下に清らかな水路が現れた。

「これって、ハトバか？」

　無妙は床下に流れている水路を見下ろすだけではなく、タイツのまま下りていく。水深は彼女の膝小僧まであり、彼女の腰元まで床下に隠れた。

「つめた」

　無妙は屈み込んで、中庭に流れ込んでいく水路をじっと見つめる。

「ここに幽霊が流れこんだんですよね」

「翠子ちゃんの話か」

　隣で小山田がぶるりと震える。彼女は翠子の目撃した幽霊を、離れの庵で目撃したと証言していたことを思い出した。

「それがどうした？」

「いいえ。ただの幽霊のくせに、水路の流れに逆らうとは変わった奴だなって」

「存外、水面の下では水鳥のように脚をバタつかせていたかもな」

「難しくはないでしょうね」無妙は平然と答える。「それほど流れがあるわけじゃない。逆らって移動するのは簡単です。それこそ脚で歩いたり、手をついたりして」

「手？」

「あれ、気づいていないんですか？」

ざばりと床下から出てきた無妙は、慌てて小山田が持って来たタオルで脚を拭きつつ、外した板を指さした。

「裏返して見て下さい」

「ん？　これをか、――――えッ!!」

私は棚に立て掛けていた板を裏返した途端、さあーっと血の気が引いた。

そこには水垢と苔の黒と緑の表面に、人の手形が点々とついていた。手形は行きと戻りの痕跡をつくるように続いており、手形らしからぬ小さな楕円の跡もある。

「ふむ。しかし流石に、あまりにも幽霊が多すぎる」

無妙もこれには食傷気味のようだった。

然もありなんというべきだろう。

全く正体の摑めない廢家の怪物は、数々の痕跡だけを残して我々を嘲笑っている。

こうして我々は、床に散らばった髪の毛を拾いあつめたあと、深い思索の時間を求めるべく、しばらく禁足地につながる踊り場で、うんうんと唸っていたわけだが、そんな我々を追い立てるかの如く、間を置かず新たな謎が舞い込んでくるとは思わなかった。

というのも、私のレコーダーが盗まれたのである。

金蔵の遺品

夜が怖いと蟲の鳴く宵の頃である。捜査員が犇めいている八畳の和室に、私と無妙は顔を覗かせていた。

「おや、お二人とも。どうされました？」

睨みつけるような捜査員たちの中にあって、ひとり、温かみのある眼差しを投げるのは渡部刑事だ。

「荷物から取材用のレコーダーを回収したくて」

小山田の話もあって、無妙はもう一度、金蔵の怪談について、改めて録音した音声を聞きたいと言い出したのだ。渡部刑事の許可を得て、部屋の脇にぞんざいに置かれた私のリュックを探り、中身をすべて取り出し、口を下にして振る。

「おんや？」

ない。リュックをひっくり返しても出てこない。

「あ、それなら翠子という女の子かもしれないぜ」

と、言ったのは捜査員のひとりだ。彼曰く、この屋敷に乗り込んだとき、この客間から彼女が出てくるのを見かけたという。

「ここじゃ盗難届は受理しないからな」

捜査員の軽口に苦笑を返すと、翠子を捜す。匳家の面々は幹久の告白によって居間への軟禁がとかれて、それぞれの居室にもどったが、彼女だけは居間にのこって大学の副教材らしき味気ない書籍を読み込んでいた。

無妙は親しげに隣に座わると、にこりと笑い、

「お嬢さん。センセから盗んだものを返してくれないかい」

と、出会い頭に殴りつけるように切り出した。

「な、なんのことですか？」

「嘘は無用だ。センセのいた客間で何かを捜していたのは知っている。そしてレコーダーがなくなったのなら、もう君が犯人というものだろう？ 違うかい」

「違います」彼女は動揺で顔を真っ赤にした「一時的に拝借しようとしただけです」

「それを人は盗むという」

「ですから！」翠子は声をあらげた。「盗んでません。出来なかったんです」

翠子は観念したらしくおずおずと経緯をかたった。

「じつは今朝、老先生が死に番の夜に話してくれた、とあることを思い出したのです」

「とあること？」

「お爺様が出雲先生に昔話をされたと。その話がもしかするとヒントになるかもと」

「ヒント？　何のヒントだい？」

「遺品です。お爺様が隠し持っている、とても大事な櫛だとか」

また妙なものが出てきたものである。長い髪に櫛は必需品だと思うが、今の今まで櫛の話など一向に出てこなかったので突飛なものに聞こえる。

「櫛を手にしてどうする。骨董品として売っても大した値段がつくとは思えないが」

「あたしが欲しいんじゃありません。母が捜しているんです」

「ほう、蔵子氏が。何のために？」

「知りません。母の名誉のために断っておきますが、金銭目的ではありません。金代叔母様は売る気で居ますが、少なくとも母は違うと断言してくれました」

「それを君は捜していた、と」

「母は屋敷の何処かにあるというんです。最後の希望だった老先生の書斎にもなくて途方に暮れていたんです。ですから今朝、十六角堂で、出雲先生がレコーダーのことを言われたとき、お爺様の昔話が録音されているかもと思ったら、居ても立ってもいられず」

　だからといって私のレコーダーを盗もうとしたのは感心しないが、未遂に終わったというならこれ以上の詮索は無用だろう。そう思って無妙のほうを見ると、彼女は何やら曇天に雷雨の兆候をみるように、怜悧な眼光で、追及すべき的を見定めているようだった。

「翠子さん、ひとつ尋ねても？」

「ええ」

「いつ御母堂から櫛の件を聞いたんですか？」

「え？」

「いつ？」

「それは勿論」翠子はまごつきながらいう。「祖父が亡くなったあとですけど……」

「本当にそうでしょうか」

「え？」

「番屋で祖父が殺されたとわかった今日のうちに、母親から櫛について聞き、番屋で焼香をおこないながら、屋敷をくまなく捜したあと、火災のどさくさに、客間に忍び込んだことになりますが、はてさて」

私は翠子をみやった。

幼さの残る紅い頬は、疚しさで引き攣っていた。

「答えられないなら、質問を変えましょうか」

対する無妙は質問の手を緩めない。

「貴女、いつ桂木直治医師の書斎をお調べになったのですか？」

翠子はキッと無妙を睨みつけた。すべての追及の矢を一身に受けて、それでもなお沈黙を保とうとする姿は、どこか利他的な覚悟の表れのようでもあった。

「先に断っておきますが」無妙はいう。「つまらない嘘をつくのはオススメしません。センセ相手ならまだしも、わたしは彼のように甘くない。嘘を嘘として放置するほど、気が長いほうではないので」

一言余計である。

だが、無妙の脅しは真に迫るものがあった。

彼女は確かに、謎に対して獰猛(どうもう)である。

「……昨夜、出雲先生が客間を抜け出す前から」翠子もそれが実感として理解できたようだった。「雪と一緒に帰ってくるまで。そのあと自室で着付けをして、排水設備室の扉ちかくで待機していたの」

「貴女が、死に番の夜、排水設備室前についた時刻は？」

「七時十五分ぐらいだとおもう」

彼女が金蔵と名無しの老人を入れ替えることのできる時間帯、一切のアリバイを立証しなかったのは、これのためだった。空白の時間、直治の書斎を家捜ししていたなど口が裂けてもいえないだろう。

「あ」

私はハッとした。そして翠子を見ると、彼女は申し訳なさそうに頷(うなず)く。

（あのときかぁー）

私の記憶の抽斗(ひきだし)から飛び出したのは、散らかった書斎の光景だった。

あれは私が昨晩、仏間の死体を検めに行ったときである。直治医師が急患で屋敷を出た後、私は仏間にいく途中、書斎を覗いた。

そのとき薬品棚が散らかり、書斎机にも薬が散乱していたのは、直治医師が慌てて持ち出したのではなく、彼に伝言を伝えに来た翠子が、そのまま書斎に入って、櫛がないか、薬品棚を捜していたからだったのだ。

おそらく彼女は私が来たのを察して、書斎机の下に隠れていたのだろう。

彼女はやはり、櫛について、金蔵が死ぬ前から聞き知っていたのだ。

「ああ、それと最後に一点だけ」

居間を出ようとしていた無妙は居間の戸口で振り返った。

「最初の事件。大広間に入ってきた名無しの老人はどんな様子でしたか？」

「様子？　そうね。背中を丸めて、大広間の真ん中を闊歩していったわ。他人をじろじろ見るほど無作法ではないから、詳しくは分からないけど」

「小耳に挟んだところによると、彼は金蔵氏の単衣を着ていたとか」

「ええ、そうね。何でか知らないけれど、あの人はお爺様の単衣を着ていました。だから皆、大きな声で注意出来なかったの。いわばあの単衣は王冠。匳家の王が下賜したとあっては、得体の知れない老人だろうと注意するのは躊躇われるから」

ありがとうございます、そういって居間を出た無妙の瞳は、そこまでの会話の中に一つの確信を得ているようだった。

私達はそれから玄関近くの庭先をぶらぶらと歩きながら、遺品の櫛について話した。

はたして金蔵が宝物として持っていた櫛とは何なのか。

私は様々な意見を投げたが、怪談師は特に意見を返さず、私の意見が出尽くしたあとを見計らって言った。

「金蔵氏の櫛はそんなものじゃありませんよ」

「じゃあ何だ」

「言っては面白味がない。形を明かせば、おのずと隠し場所も分かってしまう」

「形だけじゃなく、隠し場所さえ分かっているのか⁉」

無妙は事もなげにいう。

「ええ。そしてそれはなかなかどうして。わたしたち好みですよ」

泥濘の水底へ

私と無妙は匳家の人々から、翠子のアリバイの真偽を確かめた。

複数の証言から、死に番前の夕刻、翠子が居間の前を行き来しており、その時刻は午後六時四十分過ぎと午後七時頃と、おおよそ翠子の証言と一致していた。

「よし、では始めましょうか」

それから私たちは意気揚々と宝探しを始め——。

「用も無く歩き回らないでください」

ものの数秒で終わった。

居間から出てすぐ捜査員に釘を刺されたのだ。考えてみれば、私など殺人現場で眠りこけていた最有力の容疑者で、無妙はそこかしこを突っつきまわる要注意人物である。

さてどうしたものか。思案投げ首の態であった我々に対して、思わぬところからお呼びがかかった。

「おい。お前達」

どすどすと地鳴りのような足音をたててやってきた巨漢の大将は、我々をひっ捕まえると取調室となった客間の左隣の客間に呼び寄せ、ちゃっかりと部下に運ばせていた自分用の椅子にふんぞり返りながらこう曰った。

「犯人は誰だ」

警察のしかも実働部隊の長である警部が、民間人の我々に推理せよ、と言うのだ。私はその重い責務に閉口したが、無妙は右手をひろげて三本の指を立ててみせた。

「三人居ます」

「犯人が、か？」

「いえ容疑者です」今度は広げた指を一本折る。「けれど共犯関係をまとめれば一組と一人に絞れます」

無妙は手始めに、第二の事件における入れ替わりトリックについて説明した。

死に番の夜。あらかじめ名無しの老人の死体を隠し、尚且つ午後六時半から弔いの始まる午後七時十分までの間に匳金蔵を殺害できた者が、結果として三つの鍵で封印された番屋の死体を交換できるというものだ。

「可能であった一組目は、匳金代と千代のペア。彼女等は午後七時から十分間の動きが判明していません。この間に離れの庵にいる金蔵氏を殺し、名無しの老人と入れ替えることが出来ます」

「ふむ。ならもう一人は誰だ」

「匳雪です。彼は午後六時三十分から五十分のあいだに犯行が可能です。ですが午後六時四十分頃に離れの庵に謎の女がいるところを目撃した小山田氏の証言を信じるなら、その謎の女を目撃した午後六時四十分から午後六時五十分のおよそ十分間の間に犯行は可能かと思われます」

「だが無妙」私は口を挟んだ。「小山田さんの証言は信じるに足るのか？」

「その件については先ほど無事解決しました。十中八九、黒髪の幽霊は存在しましたし、その黒髪の幽霊こそ宝物の在処をしめすキーパーソンです」

私はぽかんとした。

新たなる登場人物を肯定し、謎の女の出現こそが宝の在処の地図であるとは。

私には到底、彼女の思考に追いつけそうにもない。

「したがって被害者は午後六時四十分に生存しており、小山田多恵、および桂木直治にも犯行は不可能。残るは匳翠子ですが、午後七時に母屋屋敷に戻っており、それから着物の着付けを行うことになる。着物の着付けは慣れた人でも十分はかかります。七時十分までに犯行は無理でしょう」

無妙はそれから家の構造上、死体を夜の内に外に持ち出すのは難しく、私が屋敷を捜し回ったが、とくに遺体は見つからなかったと説明した。

「死体がない⁉」紕川は眉を寄せた。「では死体交換のトリックも絵空事じゃないか！」

「それなのですが、警部」と、無妙はささやく。「我々がひとつだけ、確認できなかったところがあります」

「ほう、どこだ。言ってみろ」

「母屋の池の底です」

紕川は大儀そうに椅子から立ち上がった。

「つまりだ怪談師。もしも池から名無しの老人の死体が見つかれば、容疑者は三人に絞れるということだな？」

「その通りです」

「なら簡単な話だ。おい渡部」

大音声ひとつあげ、廊下から渡部刑事がニコニコとやってきた。

「はい警部」

「屋敷の池の水を抜く。手配しろ」

「了解しました」

「ふはっ」

私は驚き、また呆れかえった。

巨漢の大将に遠慮というものはない。蔵子の悲鳴を思い浮かべながらも、早々手配を始める刑事を尻目に、彼女の心の安息を祈った。

午後八時。

緊急排水ポンプユニットを載せた大型トラックが匳屋敷の門前に停車した。

台車のついたユニットが降ろされると、素早く屋敷を縦断して、池に浮かべられた。オレンジ色のフロート式の排水ユニットのほかに、工事用照明のＬＥＤバルーンライトが縁側に三台ならぶと、屋敷内の排水装置と併用しながら池の排水作業が開始された。

池には鑑識班が持ち込んだ数艘のゴムボートが浮かび、水位が下がっていくにつれ、漏斗状にすぼまっていく池からタモ網で掬い取った鯉や鯰などを青いバケツに放り込んでいく。

それを屋敷の面々は、大広間に集まり、様々な面持ちで見下ろしていた。

私の目は自然と容疑者たちに向いた。

まずは雪。大広間の引き違いの窓から、翠子と一緒にじっと見下ろしている。その面差しに焦りや動揺はなく、水位の下がる池の模様を面白げに観察していた。

つぎに金代と千代。が、娘の千代は言及するほどでもない。テレビの大型企画をみまもる野次馬のようなはしゃぎようで、隣にいる母に喋りかけ、あまりに素っ気ない反応に失望して、近くの従兄妹たちに話し掛け、若者同士一緒でやいのやいの喋り始めた。

「なにか心配事でも」

千代が離れたのを見計らい、私は金代に話し掛けた。

彼女は見るからに青ざめていた。最初から落ち着きがなく、足をゆすっていたが、池の泥濘が見え出すと、観念した犯人のように肩をおとした。

「……小さい頃の話をしてもいいかしら」

金代は悄然として独り言めいた声でいう。

「あたしは今よりもっと、この屋敷が嫌いだった。この屋敷に入る度、なんていうか落ち着かなくなるの。ほら、不機嫌な人や陰鬱な人って、その場にいるだけでこっちの気も塞いでくるじゃない。場の空気を汚すような、ざわつかせるような。この屋敷にもそれがあって、凄く厭で堪らなかった。

でもお父様の命令だし、当時存命だったお母様はアテにならないし。姉さんはその頃から自分が第二のお父様になったかのように鼻っ柱が強かったし。屋敷に行きたくないっていえば、見下されるとおもって無理に強がってた」

金代は自白する。

内心に秘めていた怯えの正体を。

「ある日の夜のことよ。トイレに行きたくなって居室から出たの。もよおすたびに悪態をついたわ。この家でトイレを済ませるってことは、古い日本家屋をあるいて、土間のようなボコボコとした床に、トイレットペーパー以外に近代的な要素は一切ないボットン便所にしゃがみ込むってことだから。さらに屈んでると下からプーンと屎尿の臭いがするし、となりの仏間から微かに線香の匂いまでするんだから最低よ。

それでもなんとかトイレを済ませたときね、ふと戸口を横切る影がみえたの。その頃は御婆様、父方の祖母も住んでいたから、彼女かなと思ったの。なにせ白い、飾り気のない着物を着ていたから。

あたしは『御婆様』と呼んだけど、まったく反応がなかった。素足でひたひた歩く跫音だけが、仏間をすぎて、離れの庵に向かう廊下のほうに曲がったの。あたしは追い掛けるように走って、同じように角をまがった。すると白い肌襦袢をきた女性がこちらを向いて、ぽつんと廊下に立っていたの。

御婆様じゃなかった。でも綺麗な人だったわ。ゾッとするほどに。

髪はくるぶしぐらいまであって、それを紅殻の帯で一結びに束ねていて、すっと鼻筋の通った美人だった。その人はにっこりと笑いながら、こっちこっちって手招きしたの。

あたし、どうしようか迷ったけど、ふと彼女が着ている服の襟元に赤い染みをみたの。それに気づいたら、そのシミがどんどんと広がっていって、あっというまに床まで垂れて——。

ごろりと、首が、血溜まりに落ちたの。

悲鳴は恐いほどか細くなるものね。蚊の飛ぶような音が喉から出たわ。そのときだった。御婆様があたしを呼ぶ声がしたの。『金代ちゃん？』って。トイレにいけば、すぐに走って帰ってくるあたしが戻らないから心配したのね。子供が汲み取り式トイレに落ちる事故も少なくなかったから。存外、昔のトイレって大人でも落ちたりするものよ？

一瞬、その声に気をとられて、ふっと視線を外したらその女の人は消えていなくなっていたわ。あの転がった首も、まして床にのびた血の跡すらなかった。ただ翌日、四十度ちかい熱がでて、三日三晩、魘されたけど。

……霊感？　そうね。あの子もそんなことを言っていたわね。ええ、昔あたしも同じことを思ったわ。普通の人が見えないものを見る力があるとね。でも、あたしは歓迎しなかった。あの夜みてしまった幽霊は、酷い風邪がみせた幻覚と思うことにした。世界は鈍感であるほうが、何かと生きやすいものよ。

だからこの池の水を吸い上げることも厭なのよ。見なければいいのに。こんな泥濘の水底に恐ろしい秘密が隠されていたらどうするつもりなのかしら。この屋敷には、あまりにも多くのことが隠されていると思うわ。でも、そのすべてを明かす必要なんてない。鈍感に、ただ目を閉じて、日々に忙殺されるほうが何かと生きやすいのだと、なんで誰も理解しないのかしら。お金にあくせくしていることのほうが、まだ幸せなのだって、そうは思わないのかしら」

金代は一気呵成に語り終えると自分をとりまく怪しげな虚妄を払いのけるように、威丈高な目つきに戻っていた。

「その点でいえば、あの人も共感してくれるかもしれないわね」

「あの人？」

「え、ああ。金蔵お父様のことです。あの人も死に番の夜、ひどく怯えていたから」

彼女はお茶を濁すように言った。

「ちょうど午後七時頃だったかしら。その少々捜し物がありまして、千代をつれて離れの庵にいったときのことです。その際、お父様と色々と話しておりますと――」

「え！　ちょっと待って下さい。話した⁉　金蔵さんとですか！」

「ええ。それが何か？」

「い、いつまで？」

「おそらく十分ほどです」

「本当ですか。本当に、金蔵さんと」

「しつこいわね」金代はむっと鼻筋に怒りをよせる。「娘にお訊きなさい。あたしが訊いたこと、見たこと、寸分違わず語れると思いますわ。あら、どうしました。ひどく青ざめていますが、ご気分でも？」

「いいえ、いいえ。お構いなく」

私は棍棒で滅多打ちにされた気分だった。

金代の話が本当であるなら、午後七時十分まで金蔵は生きていたのだ。

つまり彼を殺害し、死体を入れ替える時間はない。

不可能犯罪は、ふたたび完全なものとして幻出したのだ。

私はもう池を覗く気にはなれなかった。死体の入れ替えトリックが不可能であれば、池の底から名無しの老人の死体が出てくるわけがないのだ。

しかし、私の諦念に反して、池に潜っていたダイバーが何かを見つけた。

「排水弱めろッ！」

池にもぐっていたダイバーが何かを見つけた。渡部の指揮のもと排水ユニットをダイバーが示した箇所からずらす。そしてゆっくり啜られていく水溜まりの中に、泥に汚れた着物の裾が見えた。水がさらに除かれていくと、それは人の形になっていき、やがて全身を明らかにした。

金代が悲鳴をあげる。

仄暗い池の底から現れたのは経帷子をきた、首のない白骨死体だった。

さらに驚愕はつづく。池の縁におりていた捜査員のひとりが、池に面した縁側のほうを見やって、近くの鑑識に慌てて走りよった。声は聞こえないが、何かを見つけたらしい。彼らはおそるおそる近づいていき、ちょうど工事用照明の影となった縁側の真下までゆく。

池側に張り出している縁側の下を、二人の捜査員が手持ちのライトで照らし、外壁にへばりついている泥の斜面をゆっくり手で掘り出していく。するとずるりと土壌に張り付いていたものが剝がれ落ちていく。

縁側の下陰から、ばたりと倒れ出たものをみて、ふたたび大広間は悲鳴に包まれた。

廢屋敷の泥濘から現れた二人目も白骨死体だったのだ！

死体は泥色で汚れた白い病衣で、履き潰した靴の上に巻脚絆をつけていた。

捜査員が死体の病衣をめくり、隣に居たもうひとりと頷き合う。

「名前があったか！」

縁側の欄干から見下ろしていた紀川が怒鳴るように訊く。

捜査員は頷き、彼に聞こえるように吼える。

「小松景仁。身なりからして傷痍軍人でしょう！」

妄執の正体

遺体捜索は、想定外の二つの白骨死体の発見で幕を閉じた。

ひとりは陸軍病衣に縫い止められていた名札から小松景仁と判明。金蔵の怪談に登場した偽傷痍軍人の男が同苗字を騙っていたことから、おそらく彼であろうと推定される。

もうひとりの首のない白骨死体も名前こそ知れないが、死に装束を身につけているところから、金蔵が語っていた死に番で姿を消した女性の死体ではないかと見受けられた。

お目当ての死体が見つからず、余計な白骨死体が二体も出現したとあって、巨漢の大将は大変なお冠であった。取調室である客間に渡部刑事と私、そして無妙を集めると勢いよく怒鳴り散らし、渡部が宥める頃には『死体がなかった』という事実にひどい癇癪を起こし始めた。

「どうなってる！　死体がないじゃないか。それになんだ？　この物書きがいうには、午後七時十分まで、金蔵氏は生きていたらしいじゃないか。どげんなっとる！」

畳板を踏み抜きそうなほど、大きな巨体で地団駄を踏む。その傍らで紕川を唆して池の水を抜かせたのにも拘わらず、平然としているのが無妙であった。

「これで匧金蔵がこの樋番屋敷に居を構えた理由が分かりました」

「ああ？　なんだって？」

「彼は小松某や黒髪の乙女の死体が発見されないように、この土地を買い、屋敷を構えた。彼の人生において、唯一もみ消せない汚点。それを隠すための屋敷です」

「そんなこと、どうだっていい‼」紕川は吼えた。「吾輩が知りたいのは犯人だ。犯人はどうやって金蔵を殺し、三つの封印を破って名無しの老人と交換し、三つの鍵を再封印して戻ってこれた？　なんでそんな曲芸をした！　分からん！　まったく分からん！」

怪獣のように轟々と吼える。

我々に当たり散らしている上司をよそに、悠々と給湯室から急須を持ってきた渡部はお茶をつぎ、我々に配って、子供を宥めるのを諦めた母親のように上司を眺めている。

痼癪は数分続いたが、しばらくすると頭を抱えた。

「それとも奴等がいうように、死霊が殺したとでもいうのか」

「警部さん。まだ諦めるのは早い」

「なんだと？」

紅川警部は片眉をあげて、お茶を飲んでいる無妙をみやる。

「離れの庵です。あそこは匳家の第二の禁足地であり心理的盲点。犯人は仏間から死体を離れの庵に運び、返す刀で金蔵さんを殺して仏間に移した。ほら、とてもスマートでしょう」

「渡部！」

「お供します」

二人は離れの庵に駈けていく。

かたや行き先を示した無妙は、再びお茶を味わいだした。

「厭にゆっくりしているな無妙」

「落ち着きは大事ですから」

「落ち着きか」私はこの怪談師の腹づもりを見極めようとした。「君のその余裕。どうも腹に一物あるように思えてならん。君の言う余裕とやらは捜し物をする前の小休憩というより、捜し物がないとはっきり分かってる人間の嘲りに見えるが」

しかけたな」


「捜し物はちゃんとありますよ」

「ありますと来たか」顎を掻いて怪談師を見下ろす。「もしや別の目的で刑事二人をけしかけたな」

「さあどうでしょう」

「君はお世辞にも他者に配慮する心などない」私は彼女の韜晦をふりはらう。「いや寧ろ他人の逆鱗だと分かった上で触れようとするタマだ。だから離れの庵に侵入することに良心の呵責はない。むしろ屋敷の人々の目を盗んで入っただろう。だが態々刑事を放り込むところを見るに、君は離れの庵を大々的、かつ長時間捜したいんだ」

「ほほう」

「ナニカがあることは知っているが、ドコにあるのかは知らない。知っているのは、離れの庵のどこか、ということだけだ。だから捜査員を駆使して調べようとした。——死体ではないはずだ。死体なら分割しようがそれなりの血と液汁が出る。腐敗が凄まじいだろうから、とうに判明している。であれば君が捜すのはひとつ」

「それは？」

「櫛だ。君は離れの庵に櫛があると見ている。金代と千代が僅かな時間とはいえ捜したのに見つからなかったことから考えて、もっと隈なく調べる必要を感じた。だから彼等をけしかけた。違うか」

無妙は両眼をつぶり、すうっと茶を干す。

湯呑みを置くと、ゆっくり両眼を開いた。

「御明察。さすがセンセ。わたし博士ですね。免許皆伝です」

無妙は跳ねるように立つと、にたりと笑った。

「さあ、宝探しを再開しましょう」

離れの庵に来てみれば、改めてこの庵が死体の隠蔽場所として不適切であることが分かる。

部屋は和室というより狭めた茶室で、畳の下は薄い床板を隔てて池があるばかり。紀川や渡部、および数人の捜査員たちも半信半疑であったことは間違いない。ただし死体を切断し小分けにしたのなら、あるいは天井裏や小型冷蔵庫の中に隠し置けると踏んだのだろう。

しかし、それも望み薄である。

そもそも書院造りの小さな庵に、調べる場所は多くない。土間の機材の空隙、小さな押し入れの中も隈なく調べられたが、敷布団がひとつと掛け布団が替えを含めて二つあるのみ。床の間の天井も怪しい細工はなく、垂れ壁の下端に取り付けられた直径十五センチ以上あるような太い孟宗竹の落掛が、わずかに隙間をつくって、その隙間に無造作に櫛が置かれていまいかと指を這わしても、埃ひとつ積もっていない。

次第に発案者に懐疑的な眼差しが向かう中、当の本人は嬉嬉として、戸棚を見て回る。

「すごい。これは『鑑定団』に出したいヤツだ」

無妙は金蔵の老眼鏡を持ち出してかけている。牛乳瓶の蓋のような分厚いレンズの老眼鏡のフレームが、純金と思える重厚な輝きを放っていた。

「センセ。これ何円すると思います？」

「しらん。金の値段は門外漢だ。そもそもなあ無妙」

苦言を呈そうとした私は、ふと気づいて、怪談師の瞳を覗き込んだ。

漆黒の瞳が、その厚いレンズを通して一回り大きく見えた。

「なんですかセンセ。惚れましたか？」

「その眼鏡を寄越しなさい」

私は彼女の耳からそれを外して、眼鏡のレンズを矯めつ眇めつ観察した。

「それがどうか？」

「いやな？　片付けられていたにしては埃を被っていない。おそらく普段づかいしているんだよ」

「そのようですね」

「だが、たしか私が離れの庵で金蔵さんに会ったとき、彼は裸眼で本を読んでいたんだ。しかも文庫本のような文字の小さな本を、だ」

「それは素晴らしい」無妙は手を叩いて喜ぶ。「そしてグッドタイミングでもある」

「なに？」

「ほら来ますよ」

彼女が戸口に目を向けると、床を踏み鳴らしながら、捜査員の制止する声を振り払い、今は亡き父の庵を漁っている無法者を咎めに、屋敷の主人たる蔵子がやってきた。

彼女は我々の無作法に眦を怒らせていたが、それをぐっと抑えて冷淡に振る舞う。

「これは一体何のつもりですか」

「見てお分かりになりませんか？」無妙はずいっと前に出る。「ちょっとした探し物の捜索です」

「探し物？」

「そのうち一つは、この通り、見つかりました」

そういって無妙は金蔵の眼鏡をつまみあげる。

「この眼鏡は金蔵氏のもので間違いありませんね？」

「え、ええ」

「ところで、この眼鏡はそちらの戸棚の中にあったのですが、金蔵氏は普段、眼鏡をおかけになっていましたか？」

それは何の気なしに尋ねた世間話のような一言だった。しかし尋ねられた蔵子にとっては一瞬、息を止めるほどの問いだった。

「……普段、父は裸眼ですごしていました」

「では、これは老眼鏡ですね？」

「おそらく……」

するとと、無妙はほくそ笑んだ。

「だとすると、不思議なこともあるものです。いや、実はですね、そこにいる小説家先生が、裸眼で本を読んでいる金蔵氏を見たと言うんです。しかも、このうす暗い離れの庵で、文庫本をね。このような度のつよい老眼鏡をもっている金蔵氏が、なんで裸眼で本を読めたんでしょう?」

その隙を逃す怪談師ではない。彼女は畳み掛ける。

「どうも妙なんです。この屋敷に来てからというもの、皆さんが金蔵氏を指すときと名無しの老人を指すときの話し方が、どちらであったか確かめるように念を押すかのようでした。また金代さんと千代さんは、あれほど傍若無人で何をするか分からない金蔵氏の離れの庵で、彼がそこにいるにも拘わらず、十分間も櫛という宝物を捜すために家捜しをしている。

更にいえば、翠子さんは遺品整理という御題目で屋敷内を捜し回り、金蔵氏が殺される前夜に直治氏の書斎以外はすべて捜し終えていた。彼女もまた金蔵氏の離れの庵にやすやすと踏み入っているのです。──どうもおかしい。喉に小骨が刺さるような違和感がある。ですが、こう考えるとすっきり落ち着くんです」

無妙はにたりと残酷にわらう。

「金蔵氏と名無しの老人が逆だったら、ね」

老鬼の妄執

怪談師は、その一言をもって中白を射た。

射貫かれた蔵子は目蓋を見開いて、氷像のように沈黙した。やがて身震いとともに漏れ出したのは諦観をこめた深いため息だった。

「ありふれた話なのです」

死にゆく鶴の一鳴きのような、か細い声だった。

「父には死んで貰う訳にはいかなかった。それほど財産を相続するための税は莫大で、いますぐ資産を手放せるほど、私たちは気楽な身の上ではなかったのです。父が死んだ今、多くのものに抵当の札が貼られ、会社の地位や資産も、鵜の目鷹の目で狙うものたちに漁られ、今とは比べものにならないほど惨めな暮らし向きになる。

親の庇護下でぬくぬく生活してきた者への妥当な末路といえばそれまででしょう。しかし普通なら、そうならないために、生前に取り決めを行うものです。私達もお父様に随分前からお願いしていました。ですが、彼は私たちを嘲笑うかのように、卑劣な方法を採りました」

「卑劣な方法？」

私は厭な予感を覚えた。

老醜の行き着く先は、いつも稚拙で、そして生々しい。

「父は遺言書を作っていました」蔵子は卑屈に笑う。「そして遺言書の写しをわざわざ我々に回覧させ、現金、証券、不動産すべてを余すところなく、複数の慈善団体に遺贈すると宣言してみせたのです‼」

遺贈という言葉が、これほど悪意をもって示された例もあるまい。

悲痛な嘆きが俺に反響し、彼女は刑事たちを見回した。

「無論、法的には全財産を遺贈することは叶いません。直系卑属の遺留分として全体の二分の一――つまり私と金代に四分の一ずつ入ります。ですが、本来ならすべて我々姉妹が受け取るべきもの。あの恐ろしい暴君に付き従ったせめてもの心付けとして受け取って然るべきものです。それをなぜ見ず知らずの慈善団体に与える必要があるというのですか‼」

蔵子は髪を振り乱す勢いで、金蔵という怪物を父とした自分たちの悲運に報いるべき遺産の権利を訴えた。

「だってそうでしょう。私は生まれてから、ずっと虐げられていたのです。殴る蹴るなど当然のこと。わたしたち姉妹は、いつも服の下に生傷を隠して暮らしていた。言葉による侮辱など日常茶飯事で、幸福な思いでなどひとつもない。そのくせ支配することに余念がなく、自分の意にそぐわなければ癇癪をおこす。何度殺してやると思ったか。何度死んでやると思ったか。私たちを身を挺して庇ってくれた母が亡くなったとき、どれほど悔しかったか。どれほど羨ましかったか。

一度ならず何度、この家から逃れようとしたか。しかし、年月が経っていくほどに、自分があまりにもこの家に縛られていることがわかる。憎しみに身を灼きながら、それでいて、何より恩恵を受けている自分に気づく。地位、名声、権威。逃れるために身につけたと思ったすべてが、あの怪物の威光によるものだと分かっていく。

だからせめて、人生の大半を支配されていたことに対する対価が欲しかった。ひとつも欠けることなく、父が生前積みあげてきた財産すべてを奪ってやりたかった。だが奴はそれすらも嘲笑って見せた。死して尚、わたしたちを侮辱する算段をつけていたのです。――だから、あの奇怪な自殺があったとき、頭が真っ白になりました」

死をもって発動する、金蔵最後の悪意。

それが突如として、彼女たちに襲い掛かったのだ。

「儂が蔵子さんに言うたんだ。影武者を立てようと」

「老先生……」

言葉を継いだのは様子を見に来た直治だった。

彼は周囲の空気からすべてを察したようだった。

「桂木医師。貴方もしや」無妙は目を細めた。「そのためにセンセを呼びましたね？」

急に自分の名前が登場して、鳩が豆鉄砲を食ったような驚きだったが、それ以上に、肚を括って深く頷く老医師の自白にも驚かされた。

「そうだ。出版社に自叙伝の依頼を出したのもわしの発案だ」

「ちょっと待ってくれ。それじゃ、おかしくないか⁉」

私は慌ててストップをかける。

「俺に出版社から依頼が来たのは、二日前の正午過ぎだ。そして名無しの老人が首を吊ったのは、その夜の六時頃のことだろう？　辻褄が合わないじゃないか⁉」

「簡単なことですよ、センセ。それも嘘なんです」

「うそ⁉」

「奥の間の事件があったのは、二日前の午後六時ではなく、三日前の午後六時だったんですよ」

私は滑稽にも「ぎゃっ」と漫画めいた悲鳴をあげた。

つまり最初から仕組まれていたのである。

さらには死に番の夜、私が背負った死体は死後二日も経過していたのだ。仏間で過剰なまでに死体が冷却されていたのは、少しでも腐敗を遅らせる苦肉の策だったのだ。

「以前から、自叙伝のオファーはかなり来ていた。わしはこれを利用しない手はないと思った。自叙伝の取材をもって金蔵が生きているということを内外に喧伝できれば、しばらく時間が稼げる。あとは影武者に遺言状を書き換えさせ、相続すべきだったもの、少なくとも皆が生き長らえるだけの資産を分配し、命を繋ごうと、こう思っていた。その矢先だ。その影武者さえ殺された‼」

家の者たちを救済する唯一の糸口。

それが何者かによって、無残にも断たれたのだ。

「刑事さん。良いですかな。毉家の人間は金蔵さんを殺す理由どころか、影武者を殺す必要などなかった。わしたち桂木家も毉家の庇護下にある。彼が死ねばわし等も駄目だ。わしがこうして専属医をしているのは、これもまた金のため。無論、昔のよしみもあるが、今抱えているわしの裁判費用を肩代わりしているのは金蔵さんだ。彼に死なれては桂木家も終わる。村医者では生活もできぬよ。村唯一の医者であるから渋々村人たちは受診に来ているが、そもそも毉家の腰巾着として、村で相当嫌われておるからな」

「しかし分からない。なぜ私に死に番をさせたんですか」私は訊かずには居られなかった。「金蔵さんはメディアにも顔が知られている。死体に白の頭巾がかぶさっているとはいえ、死んだのが金蔵さんと発覚する怖れもあったでしょうに」

「誰があんな化物と一緒に！」

蔵子が怒号をあげる。

その咆哮はとどまることを知らず、凄絶な呪詛がほとばしる。

「あの男は父親とは名ばかりの暴君で、しかも邪教に傾倒していた。食べ物に誰とも知れぬ髪の毛を交ぜさせ、旦那に呑むように脅し、いまでは見なさい！　不安になると髪の毛を呑むような体たらく。さらにはこんな不気味な屋敷に棲み着き、池には死体が沈んでいたじゃないですか。あれは父が殺したに違いありません。髪の毛に固執するあまり、女を殺し、共犯者だった小松という男まで殺して」

憑き物つきというなら、いまの蔵子ほど確かなものはない。内なる恐怖に打ち震え、それに押し潰されないように唾をとばして叫ぶ。

「悍ましい因習の祖。傲慢不遜の暴君。すべてにおいて不愉快で、死体であっても一秒たりとも見たくもない。触りたくもない!! だから貴方に頼んだのに! それなのに!!」

蔵子は狂乱し、私に摑みかからんとした。

間一髪、捜査員が三人がかりで取り押さえたが、それでも蔵子は屈強な捜査員たちの腕の中で蠢き、暴れながら、金切り声をあげる。

「あの、あの小説家のせいです。刑事さん! あの男が寝てしまったばかりに父は甦った。……そうよ。この家に取り憑いていた、あの首のない女に取り憑かれて、それで父は大願叶って、嗚呼、アアアアア」

匳金蔵が残した爪痕は、彼女の絶叫をもって示された。

しかし、それが最後の戦慄であったと私が思いかけたその傍らで、怪談師はメインディッシュが残っているのだと言わんばかりに、微笑みを絶やさなかった。

「なるほど。だから奥さんは死霊の魂を捜しておられたのですね」

途端、蔵子がむしゃぶりつかんばかりに身をよじった。

「貴女知っているの!? ミグシがどこにあるのか」

(ミグシ?)

突如、蔵子の口から発せられた名称に、私は困惑した。彼女の口ぶりから、おそらくミグシとは、翠子に捜させていた遺品の櫛に、敬称の『御』をつけた呼び名だろう。しかし、あれだけ憎む金蔵の遺品に対して、敬称をつけて呼ぶ理由が分からなかった。

「先に訊いておきたいんですが、ミグシをどうされるお積もりで」

「勿論決まっている」蔵子は鬼のような形相で咆吼する。「燃やすのよ。一片残らず。あの男が執着した魂をこの世に一切残さないように！」

「それを聞いて安心しました。では、ご開帳といきましょうか」

無妙はそういうと床の間のほうに歩いていった。

そして床の間の垂れ壁を指さした。

「センセ。たしか床の間の落掛の隙間を捜されていましたね。不思議に思いませんでしたか。こんな隙間があれば、埃がかなり溜まっているはず。ですがほら、こう指で、指で。――あ、センセ。ちょっとそこで四つん這いに。そうです。よいしょと。はい、どうも有り難う。こう指で触っても、ほら埃はない。

一説によると落掛は、茶室が広まっていった戦国時代、奇襲を受けた時に咄嗟に反撃ができるように竹槍を掛けていたことから始まったと聞きます。そして竹というのは節こそあるが、中は空洞です。この太い孟宗竹はどうでしょう。かなり大きな収納スペースがあると思いませんか」

無妙は飛び上がり、孟宗竹の落掛にぶら下がった。

するとすると両端がずりずりとうごき、ぽんと外れた。

「このように外れるのです。そして、これこそが金蔵氏の宝箱なのです」

無妙が孟宗竹を水平にもって筒の中が見えるように傾けると、そこに蓋がついていた。

お茶の缶についているような凹んだ黒い蓋だ。

「ところで皆さん。なぜ死に装束を着た死体に首がなかったと思いますか」

「それは、……なんでだろう」

「健全な思考ですねセンセ。では奥様どうです？」

「……髪を、一本残らず得るためには鋏では駄目です」

落ち着いた彼女は、捜査員たちの縛から解かれて、ゆらりと立ち上がった。

髪は乱れ、目はまだ虚ろである。それでも彼女は憑かれたように語る。

「カミソリ、それも綺麗に研いだカミソリです。それをおそらく金蔵は持っていなかった。いえ、作業に集中出来る場所でやりたかった。だからあの男は——」

彼女の乱れた前髪の隙間から、はっと目が驚愕の色を放った。

「首を切り落としたんですね。持ち運べるように」

「正解に等しいですが、彼の偏執さにはもう一歩届いていない」ポンッと蓋をあけて、無妙は竹筒の先を畳に向けた。「ですが良い線をいっていた。そう彼は一本たりとも無駄にしたくなかった。それは毛根でさえも。だから彼は首を落とし、そして髪を剃るのではなく」

ぞろり、と。

出てきたのは無数の毛先。

筒にみっちりと詰まって、墨汁のように溢れていく。それは無残に切り取られた痕をいくつも残しながら、畳一畳を覆い隠してもまだ出尽くさず、畳床には人の影を広げたような不気味な毛髪の帯が広がった。

そしてべたりと最後に落ちたのは、油紙のように黄ばんで、薄くのびた肉の膜。クラゲのような輪郭を残しているのは、額からこめかみ、後頭部のうなじにいたるまで丁寧に剝がされた証左だろう。

私はあっと声を出した。

無妙は頷いて、それを首級のように摑みあげる。

「そうですセンセ。これがミグシ。但し御櫛ではなく髪と書いて御髪。或いは首と書いて御首。そう。彼は彼女の頭皮を剝いだのです」

そういって掲げたのは身の丈ほどの頭髪のついた、人皮の鬘だった。

離れの庵は騒然となった。

怨念の塊を見て取った蔵子は卒倒。直治は直ぐさま彼女を担架にのせて、捜査員のひとりと一緒に居室に搬送した。

御首は紖川の指揮により、証拠品として袋に詰められたが、犯行に使用されたと思われた切断箇所をいくつも持ちながら毛量は溢れんばかりで、捜査員たちは悪戦苦闘ののち官給の袋に入れることは諦め、市指定の可燃ごみ袋におしこめた。

さて、私はというと、前提がひっくり返った諸問題に頭を抱えていた。

一体全体どういうことだろう。金蔵と名無しの男が逆だったとして、あの衆人環視の殺人がどう行われたのか。三重密室はどのように破られ、また施錠されたのか。

遺体の入れ替わりは？　関係者たちの利害関係も一掃されてしまい、金蔵とその影武者となった男を殺す動機はひとつもない。

唯一の収穫は、小山田の証言の信憑性を高めたことだろう。御首によって判明したのは、小山田が見たという謎の女というのが、これを被っていたらしいということだ。

御首を被っていた人物の正気を疑うが、謎の女というのが第三者ではなく、屋敷の誰かであるという可能性は十分過ぎるほど高まった。その人物が犯人であるかは未だ不明だが、事件の重要参考人であることは間違いない。

　また警察は改めて幹久を取調室に引き込んだ。

　名無しの老人を不倫を暴く探偵として見ていたからこそ、彼は奥の間に向かおうとした訳で、大広間にやって来たのが金蔵であるなら前提は覆る。

　これに対して幹久は強く否定。死んだのは金蔵であったが、死体を見るまでは、名無しの老人と錯覚していたと言い張った。

　血色がよく、目は興奮でたぎって、隠者のごとき金蔵とは別人に見えたという。

　愛人の下田心愛はこの事実に対して、肯定も否定もしなかった。彼女は不倫を暴露されるという緊張感から、大広間をあるく人物から目を逸らして、終始、配膳の準備に汲汲としていたという。

　また御首の捜索に関する翠子の言動の矛盾も、捜査の議題にあがった。

　これについては本当の金蔵——つまり奥の間で死んでいた彼が発見されたときから、蔵子の言いつけで、各所を捜していたと判明。小山田と同じように、名無しの老人を小松某と疑っていた翠子は、名無しの老人が私に語った怪談に御首のヒントはないものかと考えて、レコーダーを求めたというのが、ことの顚末だった。

　匳家の当主の入れ替わりは、こうして白日のもとに晒された。

　しかし強い日差しが濃い影をつくるように、殺害方法はおろか、動機すら、再び木ノ下闇に潜り込んでしまったのである。

私は不貞腐れたように畳に寝転がり、大の字を書いた。その時だ。私と無妙がいる客間に——といっても捜査員もいるのだが、そこに来客があった。

「失礼します」

慇懃に礼をしてやってきたのは匳雪だった。

捜査員たちに目もくれず、そのまま我々のところに来ると、すっと正座した。

「老先生から聞きました。さきほどは母が取り乱してしまい申し訳ありません」

深々と頭をさげるので、私はあわてて起き上がった。

「君が気にすることじゃない。それに御首はあまりにも衝撃的なものだよ」

「それだけではありません。わたしたちは先生を欺いておりましたから」

「気にしないでくれよ」私は居たたまれず頭を掻く。「たしかに騙されていたが、その理由を聞いた今となっては糾弾する気も起こらない。むしろ君たちのほうが心配だ」

「あれほどの仕打ち、まして死に番をさせ、容疑者として勘ぐったのにも拘わらず、慈悲をかけてくださり、本当に有り難く思います」

私は尻の据わりが悪くなった。雪はのちに匳家を継ぐ人間だ。その責務を感じ、こうして母の代わりに謝罪をしてくれるのだろう。だが雪の様子をみると、謝罪以外にも何やら言いたげだった。

「実はもうひとつ、お伝えすべきことがあります」

「ほう。それは?」

「真相です」

と、雪はいう。

「といっても我が家で起こった事件ではなく、戦後の混乱期、死に番の夜に、本当に起きたことについて」

私は居住まいを正した。

周りに居た捜査員たちも手をとめて、雪を注視した。

「もうご存じのとおり、池で発見された白骨死体の首を落としたのは祖父の金蔵です。ですが、その女性を殺したのも、また金蔵なのです」

そういって、雪は金蔵の暗い過去を語り始めた。

「まずは、なぜわたしがそのようなことを知っているのかについてご説明したほうがよろしいでしょう。皆様は父の幹久が、女性の髪を呑(の)まされていたことはご存じでしょうか。……なるほど、ご存じですね。でしたら、私も同じように御首を呑まされたことも想像に易いのではないでしょうか。ちょうど私が養子に入って、十日も経たない頃、祖父は子供のわたしを呼びつけ、それを『守り神の依(よ)り代』だといって、呑むことを強要しました。

そうです。父の幹久が髪を呑まなくて良くなったのは、祖父の妄執が父ではなく、わたしに向かったからでした。

そもそもわたしは親類筋からの養子と発表されていますが、その実、孤児なのです。わたしがいたのは匳金蔵が支援している児童養護施設で、彼は慈善事業のパフォーマンスとして施設にやってきたとき、わたしに目をつけて、養子にすると決めたそうです。当時は、匳家の莫大な財力など知る由もありませんが、周囲のおとな達の浮かれようをみれば、その家の格ぐらい幼心にもわかるものです。

わたしは祖父に問いました。――なぜ養子に迎えたのかと。

祖父は贖罪のためだと言いました。

わたしは似ていたそうです。顔ではありません。

この髪が、彼が守り神と称する女性に。

贖罪の意味についても教えてくれました。そのとき、彼は懺悔をする敬虔な信者のようでした。彼は言いました。殺したと。……ええ、みなさんもお察しのとおり、彼は死した女性の首をおとして持ち帰るだけではなく、共犯者の小松を口論の末、衝動的に殺してしまった。ですが、実はもうひとつ罪があるのです。

皆さんは死に番が何の為にあるのかご存じですか。

……ええ、ええ。そうですね。昔は死と仮死の区別がつかなかった。それ故に悲惨な事故も起こりました。死に番とは、その事故を未然に防ぐ側面もあります。ですがもうひとつ、古の魂呼ばいの儀式でもあるのです。

魂呼ばいとは、読んで字の如く、魂を呼んで再び肉体に戻ることを願う儀式で、日本各地に点在する古いしきたりのひとつです。老衰や重病による死者には施されませんが、急死した人や天折した人などは魂呼ばいを行い、ふたたび息を吹き返すことを祈ります。いわば番屋とは甦りを願う場でもあるのです。

儀式とはいいましたが、方法は死者の名を呼ぶという単純なものです。

昔の人は人間の名前にもその人の魂がこもっているという観念があった。名を呼ぶことで肉体から遊離する魂を引き戻すのです。医療現場で意識のない患者の名前を家族に呼ばせることが推奨されているのはご存じでしょうか。あれも『魂呼ばい』と根を同じくしているとは思いませんか？

そして金蔵も魂呼ばいを行いました。しかも彼独自の方法で。

彼は生前蒐集していた彼女の髪の毛をその口に含ませたのです。

ええそうです。そうなのです。そもそも金蔵はこの村の出身なのです。

彼の話では小松がもってきた話だとしていますが、その実、金蔵が自分の村に誘い、この因習をつかって亡くなったとある女性の髪を盗み出そうとしたのです。

相手は日頃恋心を抱いていた身体の弱い女でした。その女は遠縁の親戚をたよって疎開して来たらしく、その親戚も死に、天涯孤独だったそうです。その悲運の女性に金蔵は恋慕し、しかし相手にされず、彼女の持ち物を盗んでは気持ちを慰めていましたが、その中でも髪の毛は、それが美しいこともあって、蒐集品の中でも一等大切なものでした。

それを持ち出して、番屋で魂呼ばいをした。
するとどうでしょう。彼女はたしかに生き返ったそうです。——ええ。そうでしょう。彼女もまた栄養失調による仮死状態であったと推測できます。金蔵は喜びました。そして高らかに自分の功績を主張しました。

ですが、どれだけ功績があり、恩があろうとも決して添い遂げたくない相手というのは居るものです。まして自分を生き返らせたのが、自分の居ぬ間に床を這って、抜け毛を拾い集めていた男となれば、猛烈に拒絶するのも無理はないでしょう。

金蔵は激昂しました。そもそも恋心をそのような偏執的な方法でしか表現出来ない男です。他者への共感性など微塵もない彼は、衝動的に彼女の首を絞めて殺してしまった。

小松殺害の理由もここにある。金蔵は小松に関して多くを語りませんでしたが、おそらく女の殺害を目撃されて脅された。人殺しを暴露されたくなければ、取り分の増額に応じろなどと言われたのでしょう。金蔵は激昂し小松も殺した。

金蔵はそれから小松を池に沈め、また首のない恋慕の相手も池のほとりに埋めてしまいました。髪は当初売るつもりだったそうですが、自分が愛した女の、その愛した理由たる髪を売ることができず、ほんの一房ばかり金にしただけで、あとはずっと持っていたそうです。彼の妄執に奇妙な信仰の種が蒔かれたのは、それからです。

金蔵は見る見るうちに金を手にするようになります。

事業は悉く当たり、昔の貧乏など嘘だったかのような大金持ちです。彼は考えました。

何故こうも恵まれているのかと。あの頃から何が変わったのかと。それで思い至ったのです。あの髪の御陰だ。あの髪が自分を導いている。自分の愛に、ようやく彼女が報いてくれたのだと。

彼がここに屋敷を建てたのはその頃でした。そうです。死体の隠蔽が目的ではなかった。自分の愛に気づいてくれた女であり、商売の守り神である彼女を崇め、拝むための霊廟。それがこの屋敷なのです。彼は日がな一日離れの庵で拝み、伏し、感謝しました。それを続ける内に心にこう天啓が走ったそうです。いまなら彼女は自分の愛に報いてくれる。ならば、もう一度魂呼ばいを、と」

「まさか。髪を呑ませていたのは……」

雪は頷いた。

「意中の女を憑依させるためです」

「だが、金蔵さんが呑ませていたのは、君のほかに幹久さんもいたはずだ」

女性の霊を憑依させるために、男性に呑ませるのはチグハグである。

「……理由は、わかりませんが」雪はじっと私を見たっきり、すこし黙った。「おそらく、父の性別ではなく、髪が、金蔵の琴線に触れたのかもしれません」

「髪が？」

幹久の髪の毛を思い浮かべるが、どうにも納得できない。御首のように死して尚、紫烏色にかがやく毛髪とは比較にも値しない、癖のある傷んだ黒髪だ。

彼の髪に、はたして、どのような面影を見たというのか。

「憑依のことについて、ほかに誰が知っているんだ」

「私と母だけです。そして金蔵は生前、自分が死ぬことがあったら髪を口に入れるように要求した。その理由、お分かりですね」

分かりたくもない！　そう喉まで出掛かった。

だが嫌悪感の裏には理解がある。私は言われずともその妄執がわかった。

「……自分の肉体に殺した女の魂を結びつけるのか」

「死して尚、結びつきを求めるのですよ」

目を伏して語っていた雪はふっと顔をあげた。

故人のながい妄執の似姿として育てられた孤児は、濡羽色につやめく前髪から、がらんどうの瞳をのぞかせていた。

「ですからお分かりでしょう。我が家が、なぜ死体の口に髪の毛をいれるのか。あれは一人の男の叶わなかった恋慕の果てに固執した甦りの呪法なのです」

「……それが、成功したと？」

「少なくとも母は、そう思っている」

「き、きみは」私は訊かずには居られなかった。「どう思っているんだ」

死した女の髪を食んで、甦りを果たそうとする妄執。

そのために生まれた因習を、雪はどのように受け止めているのか。

もっといえば、私は雪自身に否定して欲しかった。

この屋敷にいる人々のなかで、もっとも理性的で親しみを覚える人物に、くだらない老人の妄想なのだと一笑に付してもらい、屋敷に次々と起こっている怪事と無関係なのだと、冷静に断じて欲しかったのだ。

「わたしですか。……どうでしょう。祖父が甦ったとは思えません」

「そ、そうだよな」

「ですが、最近思うんです。もしも毛髪に魂が宿るなら」

「え？」

「そしてひとつになれるのなら、わたしも呑ませてみたいと」

雪はそういって、いびつに笑った。

理性の光

翌朝、私は蓬荘の客間で目を覚ましていた。

どうということはない。昨晩、すごすごと匳屋敷から撤退したのだ。

私は蓬荘と言わず、もうこの鄙びた田舎の風景ともおさらばしたかった。けれどそれを警察が許すはずもなく、彼等の目の届く、蓬荘で逗留することで決着した。

顔面蒼白になった私を、蓬荘の女将さんはいたく気にかけてくれた。

朝食——というには、いささか日も高く昇った時刻に起きると、耳ざとい女将さんが、あまりある強引さで、私を客室から引きずりだすと、彼女の暮らす一階の囲炉裏端に座らせ、自在鉤にぶら下げられた鍋に味噌をとかし、根菜や猪の肉などを豪快に詰め込んで、ぐらぐらと煮てくれた。

その間、私は愛想笑いもできず、灰の下の埋み火を探すように、じっと囲炉裏を眺めるしかなかった。

——やはり、死霊の仕業なのだろうか。

昨晩から延々つづく問いだった。頭から追いやろうとしても、木蓋をおとした鍋のようにごぼごぼ吹きこぼれる。

——金蔵の身体を借りて、本当に死霊が甦ったのだろうか。

有り得ないと断じる心は、もう随分と痩せ細っている。

あまりの謎めいたものの多さに疲れ切った脳髄は、匳屋敷から立ち込める暗澹とした瘴気を受けて、まともな合理性を失いつつあった。

「食べなされ」

女将は気付け薬を嗅がせるように、私の鼻さきに猪鍋の器をずいっと差し出した。私はそれを手に取って、ギョッとした。お椀の中に、一本の長い毛髪が浮かんでいたのである。

私はお椀を落とさないようにするのがやっとだった。

女将は震えている私をいぶかしそうに見て、「あ」と毛髪をみつけた。

「ありゃ。髪の毛がはいってたか。悪いね。だがこりゃ長い。わたしのでもお母さんのでもないね」

女将は指先でその髪の毛を摘まみだし、囲炉裏の灰に捨てた。

「ま、アタリと思ってさ。気にしちゃダメよ。わたしなんか、ここに住んで何本も髪の毛を食べてしまったよ」

「……まさか、あなたも呪術を」

「呪術？」女将さんは割れ鐘のような声で笑った。「ちがうちがう。ここいらの人たちが迷信深いのはたしかだけど、これは畑のヤツだよ」

「畑？」

「昔っから鳥や猪を追い払うのは髪の毛が一番なのさ。ほら、昔あったでしょう。虫の口焼き」

「虫の口焼き？」

「あら知らない？　昔の風習でね。節分の夜に、いわしの頭を毛髪で巻いて木の枝をさして、豆殻を焚きながら呪文を唱えるの。そうするとね、虫の口が焼けるって信じられていたのさ。農家の祭礼の一つでね。

で、まあ皆、ちっと頭の巡りがよくなると、どうもこの儀式で効果があるのは、虫じゃなくて鳥獣で、豆殻や鰯じゃなく、燃える髪の毛の臭いを嫌がるってのが分かってね。

ここいらでは鳥除けに散髪したときの髪の毛を残しておいて、必要な時期にネットに入れた髪の玉をぶら下げたり、燃やしているんだよ。

それが風に運ばれて、飛んでくるのさ。それを皆ぱくぱく食べて腹を下した人はいなかったからね。あんまり気にしすぎると食いっぱぐれちゃうわよ。あ、でもお客さんに出す物じゃないわよね。替えるわよ」

彼女は別の器につぎ直そうとしてくれた。

私はそれをとどめて、元の器を貰うことにした。

「……よくあることだ」

念仏のように唱えながら、牡丹汁を喰った。たしかに実家で料理の中に髪の毛が入っていたことはあった。風に飛ばされ偶然口に入ったとして、それと何が違うのだろうか。

私は器を茣蓙の上に置き、己の浅はかさを呪った。

(もしかすると、あの怪異めいた現象にさえ真っ当な理由があるかもしれない)

私は改めて怪異を検討する気になった。それから女将に矢継ぎ早に質問を繰り出した。内と外で二重に鍵のかかった扉を開ける方法。他殺なのに首吊り自殺に見える方法など――。

女将が面くらい、困ったように「それは分からないねえ」と苦笑していると、後ろの襖をあけて、背の曲がった白髪の老婆がやってきた。

山姥のような風体の老婆は、女将の母であり、この旅館の料理長として腕を振るうアヤメ老である。

「わかいの、そりゃくくりか」

「くくり？」

「首をくくっておったか？」

私は獅子舞もかくやとばかりに頷いた。

「なら地蔵様、背負ったかもしれんなあ」

「地蔵様？」

山姥は囲炉裏端に腰をおろすと、火に手をかざした。

そして地域伝承をはなす語り部のごとく、とつとつと話し始める。

「ここから山を二つ越えて、ちいとばっかし行った先に水田地帯がある。いまさ行ったらだだっぴろい平野に稲の切り株が一杯に広がってるさ。そこの見晴らしのいい田んぼの畦道で、男がひとり、首をくくって死んどった。首には俵ば巻く荒縄の痕跡が、そりゃあ見事についておったそうな。

じゃが、まわりは田んぼじゃろ。首をくくるもんはひとつもない。あるとすりゃ、なんでか、畦道の途中にぽつんと置かれたお地蔵様だけ。みな首をひねって、お地蔵様の祟りやないかと噂しておったのよ。

そこにこれまた頭の冴えた駐在サンがおってな。そのひとがこれは祟りじゃのうて殺人じゃなかろうかと考え、部下をひきつれて村人たちに話をきいたんさ。そしたら、死体がみつかるちょっと前に、どうも死んどった男と口論していた男がおったのよ。隣村の男でな、二人はその地蔵さんを挟んで口論しておったらしい。

どうやらその地蔵さん、道祖神やったようでな。そや、村の境において、悪いものを通せんぼしたり、旅の安全を祈る神様やねえ。それをどこに置くかで一悶着よ。村の境ていうのは村の区分がどこまでかっちゅうことやからなあ。小さい領土争いだね。前から問題になっておった。それを二人が蒸し返して口論しておるのさ。血の気が多い若衆やったからなあ。みなようやっとると思って気にしなかったのよ。

で、駐在さん。隣町にいってその男に会うとさ、男はしらんの一点張り。どうやって俺が絞め殺せたのかと、こう凄むのさ」

「無論、その男が殺したんですよね？」

「そうだね。それしかない」

「でも、どうやって」

すると山姥はさても愉快とばかりに「げげげ」と笑う。

「それはだねえ――」

「おい、物書きはいるか！」

途端、旅館の玄関戸が開かれ、大音声で紀川警部の声が轟いた。

「なんだ貴様。うまそうなもの喰いおって」

地鳴りのような音を響かせて居間にやってきた巨漢の大将は、牡丹汁と私の阿呆づらを交互に見ながら、ふんと鼻息を荒くして、私の腕をつかむと軒先にひっぱり出した。

「すぐ屋敷に来い！」

「なにかあったんですか」

「お前の盗まれていたレコーダーが見つかった！」

「え!? どこにあったんですか」

「番屋だ」警部は唸（うな）るように言う。「死んだ名無しの老人が持っていた！」

死者からの伝言

「やあセンセ。昨晩ぶりですね」

通されたのは、客間屋敷の応接室だった。

左右に向かい合うように置かれた革張りの黒いソファーのひとつに、当然のように無妙が収まっていた。手に持っているのは、証拠保全用の袋に詰められた小型のボイスレコーダーで、プラスチックの外装はチョコのようにとろけていた。

「本当に彼が？」

「名無しの老人の右足の靴下、アキレス腱（けん）近くに」

「我々も吃驚（びっくり）しましたよ」

無妙の正面で行儀良く座っている渡部刑事がいう。

ひどく窮屈そうに座っている彼の隣に、紕川がソファーの七割を占有しながら、ふんと不満げな鼻息をもらしていた。どうやら無妙に現場を荒らされたことが大層ご立腹なのだが、結果を出してしまった故に怒るに怒れないようだ。

応接室にはこの三人しかおらず、他の捜査員はいない。人払いしているのだろう。意図せず声がもれて、事件関係者に聞かれる愚を犯すことをさけている。関心はおのずとレコーダーのほうに絞られた。

クリアガラステーブルには、灼けてとろけた小さなレコーダーとそれを録音するための弁当箱のような大層なレコーダーがならんでいる。録音用のレコーダーはすでにスイッチが入っており、緑のランプが点灯していた。

紕川の指示で、灼けたレコーダーのスイッチをオンにする。

音声出力用の回路が劣化しているらしく、ズズズという機械ノイズが頻繁に生じていたが、音声は意外にも明瞭であった。

『――儂がまだあなたより若く、街に焼夷弾の爪痕が生々しく』

金蔵に成り代わった老人が語り始める。

およそ十分間、戦後金蔵が祝部村で犯した犯罪の一部始終、その改変された創作話がつらつらと話される。

ひとトラックが終わり、自動的に次のトラックが再生される。

声のしない音声が十秒ばかり流れた。

そのあいだ、水のせせらぎと、梢が頻繁に擦れあう森の音がつづく。

そして、周囲をうかがうような囁き声で話し出した。

「えー、出雲秋泰君。儂だ。君が匳金蔵と呼んでいた男だ。このような真似をするのは忍びないと思うが、もしも私が匳屋敷から逃げられず、いまだあの屋敷にいるとすれば、すまないが、この音声と共に最寄りの警察に駆け込んで欲しい。

さきも言った通り、私は匳金蔵ではない。そもそも歳も十五ほど若い。名前は高松篝。匳家に縁もゆかりもない講談師くずれの老人だ。

儂がこれを残す理由は、もしもの保険だ。というのも、儂は匳金蔵の影武者として屋敷に監禁されていた。

少し金に困っていた儂はとある人物の頼みで、小松という人物の真似をして、匳金蔵を驚かせようという、ちょっとした芝居……いや、よそう。これは歴とした犯罪だ。小松某を真似することで、金銭を得るという話さ。だが一応これでも義に叶っていることは言っておきたい。

脅迫の動機は、あの金蔵という男が、相続で苦しむ家族に一銭の金も寄越さないと決めたことに端を発する。そう聞いている。だから過去の罪で揺さぶり、生活に足るだけの資産を一家が相続し、協力料として少しばかり金銭を頂く、もとはそういう話だった。

だが、話はそうそう望むような形にはならなかった。なにせ匳金蔵は、小松を殺害して池に沈めたと豪語したのだからね。莫迦だった。そもそも匳金蔵という怪物は、殺人を悔いるような思考の持ち主じゃない。

出来るならば教えてやりたいくらいだ。床の間の落掛（おとしがけ）。あの太い竹筒の中にある遺髪を。金蔵は御首（みぐし）と称して人皮のついた鬘（かつら）をもっていた。いや、持っていただけならまだ良い。装丁蒐集家（しゅうしゅうか）が人皮の本を手に入れたいと思うことは、ギリギリだが理解出来る範疇（はんちゅう）だ。

しかしあの男はなんだ！　それを自ら被（かぶ）って喜び、また被らせて堪能（たんのう）する。死んだ人間の髪を撫（な）で、頬ずりし、嚙（か）む。半裸になって肌に満遍なく髪を触れさせる。あまつさえそれを私にまで被らせて女言葉で喋（しゃべ）ることを強要する！

言語を絶する妄想に取り憑（つ）かれていることは間違いない。そんな男が人皮の鬘を被れば更に昂揚（こうよう）する。二言目にはこの髪をもっていた人物を褒め、そうかと思うと急に豹変（ひょうへん）して、悪し様に罵（ののし）る。齢（よわい）九十の老人がマタタビを与えられた猫のように身もだえる様子は甚だ凄絶（せいぜつ）だった。

今となってはこうおもう。あの人皮の鬘こそが匳金蔵に取り憑き、悩乱の淵（ふち）に落とした元凶ではないか、と。そう思わなければ、あんな歪（いびつ）な性癖と異常な妄執とを説明する術（すべ）がない。あの悍（おぞ）ましい光景をみれば、君もそう思わざるを得ないだろう。

儂は一秒でも早くこの屋敷から逃げ出さなければならない。

でなければ、死霊の怨念（おんねん）に脳をやられ、私も遺髪をくわえる化物になりさがるかもしれない。それだけは厭（いや）だ。せめて人でありたいと願う。

この逃亡が成功することを祈るばかりだ。君も早々にこんな仕事は切り上げるべきだろう。もしも匳家の人々に脅えることがあれば、この音声を使ってくれて構わない。今のところ君と儂だけの秘密だ。上手に使ってくれ。幸運を祈る」

音声はこうして終わった。

私たちは少しばかりの静寂を得て、深いため息をついた。

渡部刑事は頰を掻きつついう。

「少なくとも名前は分かりましたね」

高松篝。それが名も知れぬ老人の名前だった。

そもそも彼は小松ではないばかりか匳家になんら関係のない人物だった。

また彼の単独犯ではなく、何者かが彼をつかって、過去の罪をもって金蔵を強請り、遺言を書き換える魂胆だったとすれば、ふたたび屋敷の面々に動機が浮上してくる。

「これは憶測ですが」と無妙は宙を睨んだ。「匳金蔵はおそらく彼等の魂胆に気づいたのではないでしょうか。彼は老いて尚、好戦的で家族はおろか、世話になっている桂木家にさえ、ビタ一文渡さないと豪語していた。そんな彼がこの脅迫計画を見抜いたからこそ、自分と酷似した高松を屋敷に招き入れた」

「何の為に？」

「大々的に嘲笑するためにです。だから夕餉に屋敷の人々を大広間にあつめて、その企みを看破して嘲笑うつもりだったのでしょう」

他でもない金蔵ならば、充分にあり得る話だった。

紕川の命令により、レコーダーで知り得たことは口を緘するように厳命された。無妙の探偵的天稟の才は私も認めるところだが、紕川に報告するように義務づけられた。無妙の探偵的天稟の才は私も認めるところだが、立場を問わず、有能な人物にたよることを厭わない紕川は、無妙の能力を買うことにしたらしい。知人を認められた喜ばしさと、まったく物の数ともされない自分に対する仄かな苦味をおぼえてしまった時、ひとりの捜査員が飛び込み、紕川に耳打ちすると、彼はかっと目を開いて「本当か？」と訊き返した。

「どうしました？」

彼の只ならない様子に、私は訊いた。紕川警部は言うか、言うまいか、少しばかり逡巡した後、あらたに舞い込んできた謎を吐きだした。

「池の奥底で発見された首無し死体。あれは男だったそうだ」

発見された首無し死体は当初より性別が疑われていた。

人骨による性別判定は頭蓋骨、骨盤、四肢骨から大まかに調べられていく。その中でも骨盤――とくに寛骨という腸をささえる二対の骨は、比較的簡便に鑑定できる。

両手で腸をかかげるような形をしている寛骨は、その手首の辺りにあるくの字形のカーブ――大坐骨切痕の広がりが、人差し指と中指ほどの鋭角ならば男性で、親指と人差し指を広げたぐらいの鈍角ならば女性であるという。

白骨死体が発見されたとき、鑑識官はまずその角度を指で調べた。

角度は鋭角。のちに別の箇所を精査し、首無し死体は男性と断定された。

ここにきて、まったく関係のない人間が捜査線上に浮かび上がってきたのだ。

彼の出現を仄めかすような話が、この屋敷で一度としてあっただろうか。

人智で解き明かせると思い込んでいた匳家の怪異は、ふたたび私を仄暗い水底に引き摺(ず)りこんでいく。

応接室を出た私は、誰に促されるわけでもなく、玄関に向かった。

もう忘れるべきだろう。これがどういうものであるか。私は一向に理解できない。

その不確かさが次第に私の白い合理性をゆっくり侵蝕(しんしょく)していく。

私は一秒でも早くこの屋敷から逃げだすべきなのだ。

高松篝が残した言葉が今になってようやく理解できる。ここに居ては私だって御首をくわう化物になる。しかも常軌を逸した殺人をほしいままにする鬼になってしまう。

私は高松篝のように逃げ出したかった。

しかし、それを止(とど)める者がいた。

「センセ」

そうだ。この屋敷には御首の死霊とは別の、また異なる不安の種がある。

私は嫌嫌ながら振り返った。語る言葉はない。無用な戯言でこちらの心をいいように操られる前に、今度こそこの妖怪もどきに絶縁状を叩きつけてやろう。

「……なんだ」

が、出来なかった。私はどこまでいっても怪奇の虜なのだ。

「センセ。どこへ行くというのですか」

ぺたり、とそれは近づいてくる。

「センセ。今ほど面白いものはないですよ」

ぺたり、と怪談師は擦り寄ってくる。

「これから匳家関係者全員を呼び集め、大広間にて一席」

ぬうっと距離を詰めた無妙は、動きを封じその細腕で私の腕を捕まえる。

「怪談会を致します。是非お立ち寄りのほどを」

怪談師

怪談会の会場として指定された大広間には、事件関係者たちが欠けることなく集まっていた。

誰もが無妙の魔力から逃れることができなかったのだ。

怪談師は目鎹の廊下を軋ませながら、奥の間に入ると、大広間につづく襖をひらいた。

手には座布団が一枚。それを手前にしくとそこに楚々と座り、慇懃に頭を下げた。

「急なお呼びかけながら、満員御礼のこと、誠に有り難うございます」

千代や、渡部刑事が律儀に頭をさげる。あとは糺川警部が憤然と鼻息を荒くする以外、誰もが口を閉ざしてこの怪談師の講釈に耳をすませた。

「この度は、ふたりの男性が無念の死を遂げたこと、お悔やみ申し上げます。聞けばその内の一人は首をくくって、わたくしの後ろ辺りで亡くなっていたとか。もうひとかたも番屋で殺されて、非業の死を遂げているのを、しかとこの目で見ております。

偲ぶ想いはひとしおでしょう。故人のために花を添えることは有史以前からの倣いです。噎び泣くことや、いっそ故人の失敗談を笑い飛ばすことも良いでしょうが、聞けば故人のひとり、匳金蔵様は大変変わったご趣味であったとか。ならばいっそ弔い方も風変わりな方が、故人の期待に添うかも知れません。

奇しくも、ここにひとり怪談師がおります。ならば新しい弔いかたとして、怪談にひとくさり興じるのはどうでしょう。死を想い、彼岸を身近に感じることが、弔いの一つの要素ならば、この戯れも許されると愚考します故に、ここはひとつ、ええ、髪にまつわる怪談を一席――。

髪は女の命と申しますが、髪の毛に対する信仰は昔から御座います。『旧約聖書』を紐解けば『申命記』の一節に、ヘブライ人が異教徒の女を娶る際に必ず魔力の依り代たる髪を剃らせ爪を切らせたといいます。

これは何も西の国の古い風習などではありません。日本の神、須佐之男命は乱暴狼藉の罰として髪や髭、手足の爪を抜かれて神界から追放され、また妖怪に到っては『日本霊異記』に登場する元興寺の鬼が、怪力童子に髪をすっかり引き抜かれたことによって死に到る。

事ほど左様に、古来髪は霊力をもち、また魂を司るものであることがご理解いただけたかと存じます。そしてこの屋敷にもまた魂を宿した髪がある。しかもその髪、呪力を一欠片も取りこぼさないとばかりに頭皮をそいでいる。非業の死を遂げた人物の髪とあれば、その怨みは並々ならぬものでしょう。

聞くところによるとこの頭髪、喰うに困って一房だけ毟り取って売ったという。

売主は、青葉のついた新鮮な果物を売るようなつもりで人皮までつけたが、さすがの買い手も人間だ。祟りを恐れて鬘に使えまい。しかしその髪の美しさは言うに及ばず一級品。好事家の手に廻りに廻り、今の今まであのように美しく艶を残すまで保存されていた。

保たれていたのは美しさだけじゃない。怨念逞しく、いつか自分を殺し、皮を剝いで見世物にした者を殺そうという執念も消えなかった。

そして因果は巡る小車の――。奇しくも一房の毛髪は、金蔵に瓜二つの男のもとにたどり着く。刀は鍛冶師の銘が価値の指標であるように、髪を奪い皮をなめした男の名前が伝えられていたのでしょう。或いはその由来を求める好事家の手によって密かに調べられていたのかもしれません。それが金蔵に似た男の手に渡り、その老人は考えた。

人間の価値は死にザマによる。晩節を汚されれば一生を踏みにじられるに等しい。これは強請(ゆす)るに恰好(かっこう)の道具ではないか。――そういう風に、毛髪の怪異に囁(ささや)かれた。

奇しくも匳屋敷には、遺言問題で苦汁を嘗(な)めている大勢の子孫がいた。彼等は、この脅迫者を歓迎した筈(はず)です。是非とも当主を脅迫し、遺言を書き換えて欲しいと擦り寄った。御礼に大金を積まれたでしょう。こうして強請りは義挙となり、老人は殿中である離れの庵(あん)に乗り込んだ。

かたや、葵(あおい)の紋所のように人皮の鬘を突きつけられた金蔵は、はたして己の悪事を暴かれて、恐怖に身を震わせたでしょうか？

否、悦に入ったのです。

これを殺した女の髪と思うからいけない。金蔵氏にとって、それは自分の貧しい頃を救った、大金を積んでも蒐集(しゅうしゅう)できない彼だけの秘宝。惜しみながら手放した宝の一部。脅しなど耳にも入らなかった。むしろ喜んで、脅迫者を招き入れた。

金蔵氏は数十年ぶりにそろった人皮の鬘を手に飽くことのない陶酔に浸った。まずは一人で愉悦に浸る。ですが段々と他人に誇示したくなる。だからこそ彼は皆さんを大広間に集めた。懐に隠していた人皮の鬘をもって、嬉嬉(きき)として奥の間に入ったのです」

私たちは蕩々(とうとう)と流れる弁説を聴いていたが、この怪談師が何を言おうとしているのか、全く判然としなかった。

そもそも高松の一点をとっても可怪(あや)しい。高松は脅迫犯として、屋敷の関係者に連れてこられたのである。決して御首(みぐし)を所有していた訳ではない。

(これでは作り話、本当の怪談会ではないのか?)

私たちが大広間に文句ひとつ垂れることなく集まったのは、この無妙という人物を怪談師ではなく探偵として見ていたからだ。屋敷や洋館で人死が出たとき、探偵が広間に人をあつめて「さて」と言えば、それが推理劇の始まりだと思うだろう。

しかし壇上の怪談師は、本当にそれをやるつもりだろうか。

私の疑問を見て取ったように、先ほどまで一瀉千里(いっしゃせんり)の怪談を聞かせていた無妙が、ぴたりと口を閉ざした。聞き手の相槌(あいづち)は音頭の手拍子。怪談師は観客の反応を待っていた。

「彼は、なにをする気だったんだ」

私は問うことにした。

無妙がどちらの役柄であるか知るためにも。

「ショーですよ。センセ。金蔵氏は人皮の鬘をかぶり、その美しさを知らしめよう、否、自分の宝物を高らかに謳(うた)いあげ誇示しようとした。が、それこそ人皮の鬘が待っていた瞬間だった」

「まさか、君は――」

無妙はにこりと笑う。

「そうですよセンセ。金蔵さんを殺したのは人皮の鬘、その魂が残る女の怨念です」

満座の不満は、ここで一気に沸点を迎えた。

この難解極まる殺人事件を、悟性の光をもって解決するのを期待していたというのに、よもや怪談の世迷い言とは。怒号、溜め息、罵倒――。それを無妙は不思議そうに眺めていう。

「妙なことをおっしゃる。皆様は死霊を怖れ、神妙に金蔵氏の信仰に倣っていたではないですか。なのに、このような真相はお気に召しませんか？　死霊がいかに名無しの老人を祟り殺したか、わたしが創り上げた身の毛のよだつ番屋の怪について聴かず、大いなる怨恨が七代先まで匳家に祟ることを暗示して話の幕を下ろす陰惨な結末まで聴かないと？」

これは火に油を注いだ。先ほどの怒号が鳥のさえずりに聞こえるほどの悪罵が飛ぶ。誰もが馬鹿馬鹿しいとばかりに腰を上げて去っていこうとする。それを無妙は他人事のように眺めながら、こう水を向けた。

「では、このような真相は如何です？」

誰もが無妙を無視した。だが、彼女が次に放った一言は、雑踏で名前を呼ばれたように全員を振り向かせた。

「匳金蔵が存命している、とか」

満座はペテン師を睨みつけながら、しかし誰一人動かなかった。

彼女の言葉に、全員がその場に縫い止められているかのように。

「そもそも死に番という儀式自体、何の為に行われていたか。魂呼ばいにどのような意図があったか。もう一度考え直してみてはどうでしょうか？……おや、皆さん。頭が冷えたご様子。ええ座っていただいて結構ですよ。さて話は決して振り出しに戻るものではありません。さきほどの話に接ぎ穂させてもらうだけです。

金蔵氏は奥の間にやってきた。だがそれは別種の顕示欲のためだった。

公開自殺。やはり金蔵氏はあの奥の間で自殺を試みたのです。

変態というのは一種の歪んだロマンチシズムの発露であります。金蔵という変態は、殺した女を常に想い、その執着が信仰まで達し、この地、この池のほとりに棲み着いた。そのような彼がもはや余命幾ばくもない頃に、愛していた人物の手放した遺髪が手元に戻ってきたのです。歓喜に震えたでしょう。そして彼はただ老衰していくより、愛していた女と死にたい、殺した彼女に殺されたいという一種の破滅願望を、家族という観客の居る前で果たしたいと考えた。

かなり突発的な希死念慮だった。だから奥の間に来たとき、どうやって自殺すべきか悩んだ。切り落とした髪の綱もさして長くはない。綱をかける場所もない。女神の髪で死にたいにも拘わらず、その術が見つからない。

そこで彼が考えついた方法はあまりにも稚拙な方法でした。

彼はみずからの手でもって、髪の綱で首をしばり、絞めたのです。

首回りのふたつの索溝は、彼の試行錯誤の痕でしょう。最初は首吊りのように絞めてみて、それが意識を奪うことが叶わないとわかり、今度は絞殺のように絞めた。自分で自分を絞める、というのは馬鹿馬鹿しい話にも聞こえるでしょうが、事実、自絞死という例はあるのです。ただこの場合、絶命する前に、絞める力が緩むため、中々死に到れない。ですが逆に言えば、手を離しても結び目が緩まず、首が絞まった状態なら自絞死という死因もありえる。そして今回の場合、発見された金蔵氏の首には、蛇のように髪の毛が巻き付いたままだった。であれば、死に到ることはなくとも仮死に陥る原因にはなり得たはずです。それに脈も老体の、さらには仮死レベルの微弱さになれば、直治医師の診察も欺けたでしょう」

「じゃあ仮死から蘇生したのはいつだ。私が番屋に運んだあとか？」

私の問いに無妙は首を振る。

「おそらくずっと前に蘇生していたのでしょう。しかし言ってみれば、永いまどろみに揺蕩うようなもので、金蔵氏が完全に覚醒したのは、時刻にして翌日の午後六時三十五分頃。センセが離れの庵から出て、直治医師も外に出たあたりでしょう」

大広間に驚愕の声がひびく。

それを心地よいＢＧＭにして、無妙は話を進める。

「彼は仏間で目が覚めて、どう考えたでしょう。自分が仮死状態になっていたことに気づいた？　あり得るでしょう。なにせ彼は一度、仮死状態から蘇生した人物を目撃している。すぐに現状を理解できたと思います。ですが、金蔵氏ならむしろこう考えたのではないでしょうか。愛した女が自分の肉体に混ざり合って甦った。魂呼ばいが成功したと」

金蔵が当時思い描いた異常な心理が照らし出されていく。

家族に想い人の髪の毛を食べさせ、自己流の魂呼ばいを行い、想い人が家族の誰かに取り憑くことを願っていた男が最後に起こした倒錯。

それは愛した相手の髪で死に、そして殺した相手として甦ったこと。

つまり死霊憑き。

金蔵は念願叶って殺した女になりかわった。

「それから彼は離れの庵に向かった。そこは彼女として、取り返さなければならないものがある。人皮の蔓。謂わば魂の片割れだ。しかし誰も居ないはずの庵には、自分に成り代わった名無しの老人がいた。全く奇妙な光景と言ったらないでしょう。このとき、あの狭い庵には、殺した女に成り代わったと思い込んだ老人と、その老人の影武者となった老人がいたのです。このことで、金蔵氏の倒錯は更に深まった。だからこそ金蔵氏は御首を被って、偽物の金蔵に、自分を殺したことを糾弾した。『お前の為した罪を努々忘れるなよ』とね」

今度は小山田が息を呑んだ。

彼女は自分が見ていた人物が女ではないことを覚ったのだ。

「金蔵はいまや金蔵ではなく、想い人そのものだ。だから彼女を模したように、女のような甲高い声で罵ったのです。ですが、金蔵という人格がなくなったのではない。所詮は真似事。その精神性は金蔵以外の何者でもない。悪辣な思考はいまだその脳髄にある。彼は死んだ自分を敬うことなく、代替えの男を用意した子孫たちに並々ならない怒りを覚えた。しかし表だって面罵しても面白くない。そこでひとつの奸計を思いついた」

「奸計？」と私。

「自分をかたる偽物を殺し、思い上がった子孫たちを震え上がらせる企てです。彼はそのために再び死体として仏間にもどり、影武者には別の命令を与えた。――家の者の眼を盗んで、青の鉄扉の鍵と番屋の錠の鍵を回収してくるように、と」

千代は悲鳴をあげた。異常な妄執を抱えていた祖父のしもべが、自室で家捜しする光景を思い浮かべたのだろう。

「だが名無しの老人も異常な精神状態の金蔵の命令に唯々諾々と従うつもりはなかった。彼は告発を思い立った。そのために客間屋敷に向かい、センセに会いにいった。しかし、図らずもセンセはおらず、かわりにレコーダーを回収した」

「待て無妙」聞き役に徹していた私は口を挟む。「それは無理な推理だ。もしも彼が離れの庵から母屋を抜けて客間に向かったというのなら、居間の前を通ることになる。居間の扉は、ガラス戸で、人が通ればすぐに分かる」

「ええ、ですから抜け道を使ったんですよ」

「抜け道？」

「居間の前の廊下を通らず、離れの庵から中庭に到れる道です。これで誰にも気づかれずに行き来するはずだった。しかし帰り路で重大なミスを犯してしまう」

「ミス？」

「千代ちゃんに出逢ったことです」

怪談会（透明な幽霊について）

千代は丸々と目を見開き、口をぽかんと開けた。

「アタシが？　いつ」

「聞かれたでしょう？　大広間のほうから離れの庵に向かう姿なき跫音を」

「まさか、あれが⁉」

「そのまさかです。あの時、彼は縁側にいたのです」

「でもアタシ、老人なんて見なかったわ⁉」

「当然です。彼は縁側の『上』ではなく『下』を這っていたのですから」

謎めく言葉は一同を困惑させた。

だが無妙の言う通り、縁側の下を想像した途端、私はすべてを悟った。

「そうか、隙間を利用したのか！」

無妙はニヤリとする。

「そうです。池に面する縁側は池に向かって張り出している。そしてそこには、水面と床下との間に隙間があります。彼は離れの庵に係留されていた小舟をその隙間にすべりこませて、自らも舟の中で仰向けになり、床板を手と膝でぺたりぺたりと押しながら、縁側の『下』を行き来していたのです」

「じゃあ、アタシが聞いたのは、跫音じゃなくて」

「掌の音だったのです」

無妙はいう。しかし、私にはまだ疑問が残っていた。

「だが、それなら中庭まではどうやって」

「おや、お忘れですか、センセ。もうひとつの痕跡を」

「痕跡？……あ、まさか!?」

私は咄嗟に小山田を見た。

彼女もまた、私と同じ痕跡——足跡を思い出していた。

「もうひとつの抜け道を使ったんです」無妙はあとをつぐ。「ハトバというもうひとつの抜け道を」

食料庫の床板に残っていた奇怪な手形。

それもまた、怪異ではなく人の仕業であるのだ。

「さて、レコーダーを回収した彼は、一度、離れの庵に帰ると金蔵に言いつけられた本来の仕事にもどった。それは番屋の案内役である雪氏が帰ってきた後、居間の螺鈿簞笥にもどした二つの鍵を回収することです。彼は雪氏が帰ってきたのを確認すると、同じ手で中庭に出て、物陰に隠れて、居間から誰も居なくなるのを待った。

　だが、ここで番狂わせに遭った。千代氏が鍵を回収してしまったことです。彼は慌てて彼女が自室を離れた瞬間を見計らって侵入、鍵を回収した。とはいえ捜す手間などあってないようなものだ。札束でもない限り、一時的に保管する場所など限られたもの。子供が何の気なしに隠すなら机の抽斗(ひきだし)などおよそ想像はつく」

「それは有り得ん、怪談師」口を挟んだのは紀川警部だった。「匳千代が鍵をもって部屋にこもり、再度出たのは午後八時半頃。だが鍵を盗んだはずの影武者は午後八時半には死んでいる」

「そう、そこだ。わたしもそこで悩んだ。しかしどうでしょう？　彼女は鍵を抽斗に入れたあと、一度、居間にもどったと思うんですがねえ」

「だが、そんなことは――」

「……はい。おっしゃる通りです」

　千代は肯定した。

「なんだって⁉　聴取ではそんなこと言わなかっただろう！」

「些細(ささい)なことだったからでしょう」無妙は助け舟を出す。「ほんのひととき。それこそ忘れ物をとってもどるほどの時間だった」

「忘れ物？」

「渡部刑事」

無妙は正座のまま腰を浮かして奥に視線をやる。

渡部は大広間に面する廊下からにこりと顔をのぞかせ、綴じ紐がところどころ見え隠れするほど古い青色の大きな事典を両手で持ち上げた。

『広辞苑』ほどの大きさの事典は表紙に『家庭の医学』とある。

「これが彼女が居間に持ち込み、夕食前に部屋で呼んでいた『家庭の医学』です。こんな大きなものを居間に持ち込んでおきながら、彼女は居間の螺鈿簞笥から束になった二つの鍵を取り出すとき、金音がしないように両手で包みもったと証言している。はたして『家庭の医学』を小脇にはさんだまま、音を鳴らさずに鍵を部屋に持ち込めるでしょうか。あの大きさと重量だ。小脇に抱えるには無理がある。だから彼女は実に単純な発想をもった。一度事典をおいて鍵を運び、それから改めて事典を運んだ。そうでしょう？」

千代はおっかなびっくりの様子ながらも、しっかりと頷く。

「彼はおそらくその一部始終を窓から見ていたのです。そして千代氏が鍵を持っていったのに驚き、どこに持っていくのか、見逃さないため、すぐに母屋に入って、彼女のあとをつけた。そして部屋に入ったのを確認して、縁側の角辺りに潜んで、彼女が出てくるのを待った。かなり場当たり的な行動だったが、幸運にも鍵を回収する機会はすぐに訪れた。彼はすぐさま部屋に侵入、鍵を回収して、青の鉄扉をとおり、番屋を開けて、金蔵が内側からラッチ錠を開けた」

「失礼。質問が」律儀に手を挙げたのは渡部刑事だ。「なぜ彼は屋敷の住人たちに金蔵が生き返ったことを伝えなかったのですか。金蔵が生きていれば、晴れて影武者の任から解き放たれる。金蔵に脅されたからといっても、ここまで危険な橋を渡るものでしょうか」

「たしかに利害で見るなら、彼の行動は少々律儀すぎる。ですが彼もまた匳家一同に対して報復心があったとすれば？」

大広間にいた面々は、びくりと身を強張らせる。

「彼は当初義賊だった。多少おこぼれを貰うとは言え、困窮していく匳家のために一肌脱ぐつもりだった。にも拘わらず、それが徒労に終わったと分かるや、匳家一同に半ば監禁される形で匳金蔵の影武者にさせられた。おそらく懐柔というより半ば脅迫される形でその座に納まったのでしょう。

だから彼は匳家の面々を打ちのめしたかった。もしくは金蔵自身からそのように囁かれたのかも知れない。こうして彼は自ら金蔵氏を番屋から助け出した。が、中に居たのは妄執に憑かれた鬼だった。報復に燃えていた憐れな男は、老鬼に絞め殺されてしまった」

「睡眠薬はどうする。彼はいつ盛ったんだ」

「簡単なことです、センセ。金蔵は睡眠薬を処方されていた。薬は手元にあったのです。

あとは名無しの老人が食料庫下の水路をとおったとき、一度、食料庫の床下から炊事場に入り、水筒に睡眠薬を入れていたのでしょう」

　無妙は難なくいう。

「番屋に髪の毛が撒き散らされていたのも、金蔵の過剰な演出に過ぎません。匳金蔵がやったのではなく、美しき想い人がやったという演出です。あとは名無しの老人を背負子を使って持ち上げ、椅子に座らせた。なかなかの重労働だが、人外の妄執に燃えている。その仕事は鬼気迫るものであったでしょう。

　そして何とか椅子に座らせ、彼はもうひと工夫を凝らした。縒り合わせて長くした髪の毛をラッチ錠の把手にかけて、もう一方の端を扉の下の隙間に通して外に垂らしておく。あとは扉をしめて髪の毛を下から観音開きの中央の隙間にそって引き上げ、次に芯棒が掛け金に差し込まれるように横に引いたら、最後は下向きに勢いよく引くのです。

　そうすればラッチ錠の把手は下におりて、内鍵は施錠される。まさに古典的な針と糸のトリック——しかも今回は糸だけで事足りた。あとは錠前をしめて再び青の鉄扉を施錠して、屋敷にもどって元あった場所に鍵を戻す。こうして彼は完全犯罪を為し得たのです」

「で、で、では。父はまだこの屋敷の何処かに居ると言うことですか！」

　蔵子は金切り声をあげた。

　それに呼応して皆がざわめき、どこぞから金蔵が現れるのではないかと身をすくめる。

それを嬉しそうに眺めながら、無妙はいう。

「番屋に火を点けたのは彼かもしれません。そうすれば火事のどさくさに紛れて、屋敷から出られた。ですが、彼ですからね。或いはどこその床下や屋根裏に隠れつつ、復讐の機会を窺っているかもしれません」

「ふ、復讐!?」

幹久は頓狂な声をあげる。

そんな彼に、無妙は優しく頷いていう。

「ロマンチシズムからさめれば、老人にあるのは怨恨だけです」

無妙は、げげげげげ、と怖気立つ声で笑いながら、席をたった。

その姿を最後まで見送った者は居ない。みな恐慌に陥り、捜査員たちは失踪した匳金蔵の捜索手配に奔走する。

全員に恐慌を植え付けた怪談師は、素知らぬ顔でその場を去って、客間屋敷に行かず、そのまま禁足地のほうに歩いていく。青の鉄扉の鍵は捜査のために開いたままだった。

誘われているのは分かった。

私は暗闇坂を登り、十六角堂の中へ入っていく怪談師に続いて、板戸を開けた。

「おやセンセ。ストーカーですか」

そんな戯れ言など一顧だにしなかった。

言うべきことは、この道すがらずっと考え、どういうべきか逡巡した。

そして結局のところ、口にしたのは虚飾ない嫌悪だった。

「お前、真相を隠したな」

川赤子の錯覚

「センセ。あれが聞こえますか」

「無妙、俺は」

「シッ。ほら聞いて」

深いため息がもれた。憤りを感じているというのに、真摯に頼まれると怒りの矛を収める聞き分けの良さが、自分の不愉快な側面のひとつだった。

耳をすます。

たしかに獣の声だ。だが人のようにも聞こえる。

「赤ん坊の泣き声に聞こえませんか」

確かにそう聞こえる。揺り籠に横たわる赤子が泣いて親を呼ぶようだ。

しかし、ここは屋敷から通じる禁足地の森。幼児などいるはずもない。

「川赤子という妖怪をご存じですか」

「……水辺などに現れる妖怪だろう。姿は見えないが、どこからか赤子の泣き声がする。そういう妖怪だ」

「ご存じでしたか」

無妙はうしろで手を組み、博物館のキャプションボードを読むように話し始めた。

「江戸期の有名な妖怪絵師の鳥山石燕は『今昔図画続百鬼』で山川の草木の中にて、赤子の形をした異形として『川赤子』を描いています。時代を下って昭和平成に生きた妖怪漫画家水木しげるは、自身の体験談として海辺の材木置き場で、赤ん坊の泣き声を聞き、かけよるも姿が見えず、逆方向から聞こえた声に走り寄ると、また最初の場所から鳴き声が聞こえたという体験談を残しています。他にも様々な伝承がありますが、おおよそ共通するのは、水辺にあらわれて声で惑わすというところでしょう」

「ギリシャ神話のセイレーンみたいなものか」

「幽霊は人に憑き、妖怪は場所に憑くと言いますが――」まるで落語家が枕を話し終えたかのように、無妙は本題に入った。「この川赤子という妖怪は、特に山陰地方に伝承が多い。さてセンセ。この川赤子ですが、正体はなんだと思いますか」

「この状況で謎かけか」

「答えてください」

「分からん」

「『分からない』という詞は、真に熟考した人間のためのものです」

ふたたび鳴いた。どこか獣めいた声が。

そのとき、ふと実家で起きた奇妙な体験を思い出した。

ある日の深夜、ふと外から泣き喚く赤ん坊の声がした。

しかも赤ん坊の泣き声は私の家の、その庭からしていたのだ。

もしや庭に子供を捨てたのか。恐る恐る窓から覗き込んでみると、そこにいたのは二匹の猫だった。発情した猫の唸り声が不思議と子供の泣き声に似ていたのだ。

それだろうか。しかし山陰地方に頻発する妖怪であるなら、猫というどこにでもいる獣ではない。そうして考える内に、ひとつの答えにたどり着いた。

「うみねこか。たしか山陰にうみねこの一大繁殖地域があったはずだ」

「素晴らしい」無妙は満足そうに頷いた。「夜中の猫は赤子の声と似ている。そして山陰の海辺や川岸に現れる川赤子とそれと近い分布を示すうみねこ。これらを照らし合わせれば、妖怪の正体が現れる。否、現れたと思い込める」

「違うのか」

「ありえません」無妙は一蹴する。「名はうみねことあっても、その実、鳴き声は猫と大して似てない。他の鳥と比べれば幾分似ている程度だ。発情期の猫のがなり声や赤子の泣き声とは全く違う。川赤子の正体はうみねこではありえない。そこで考えてみて欲しいのです」

「なにをだ」

「真相を、ですよ。センセはわたしがうみねこと猫の鳴き声が異なることを伝えなければ、川赤子の正体はうみねこだと思い込んだままだった。このような錯誤が、我々のいう『真相』には多くあるとは思いませんか？」

「だが今、こうして正された」

「そうでしょうか」またしても怪談師は煙にまく。「わたしが嘘をついている可能性を加味しましたか？　嘘でなくとも勘違いかもしれない。うみねこのとある種は、猫のような声で鳴くかも知れない」

こちらの脳髄を掻き回すように、無妙は言葉を玩ぶ。

「はたしてわたしが示した情報が本当に正確なのか？　川赤子の分布地は山陰に偏っているのか。山陰がうみねこの繁殖地という情報は事実であるか。そこに錯覚や他人からの恣意性はないのか。どうしてわたしが偽証をしていないと言い切れるのか？」

「ないことを立証することはできない。それこそ悪魔の証明――議論でもっとも嫌悪されるべき詭弁だ」

「たしかにこれは詭弁だ。しかし我々は『川赤子の錯覚』から逃れる術をしらない」

怪談師の弁説に森がざわめいた。

梢が擦れ、鳥獣が鳴き喚く。騒がしい音のまざりは、論破された私を嘲笑う。

「センセ。これは以前話した『豆腐小僧の制約』と対をなす詭弁なのです。妖怪や怪異が起こす事柄には規則性が含まれるのに対して、人という種は、なんの理由もなく衝動的に動く。その最たるものが殺人でしょう。殺人の動機の九割は衝動的。つまり論理的な帰結によって導かれた行為じゃない。そんな非論理モデルに対して突きつけるべき明確な根拠と証拠、そして尤もらしい動機が、本当に存在すると？」

無妙はいう。経済学者が妄想した合理的経済人格がついに瓦解したように、複数の矛盾した証拠や証言もなく、犯人を名指しする唯一無二の証拠を手にする世界など、探偵が妄想するパノラマ島に過ぎないと。

「じゃあなんだ。真相などないというのか」

「いいえ、真相はある。ですが第三者が手に入れられる真相は、かぎりなく真相に近い推論にすぎない。歴史というのが現代に生きる私たちにとって個別の物証や書物から類推した蜃気楼であるように」

「だから真相を怪談で踏みにじったと？　お前だって分かっているだろう。自分の推理が欠陥だらけだってことを。鍵の返却ひとつとっても辻褄が合わない」

「聞きましょう」

「もしも金蔵が生きていて、高松篝を殺したなら、鍵束が千代の自室に戻っていたのはおかしい。金蔵ならば、いつも通り居間の螺鈿箪笥に収めた筈だ。匳金蔵はどうやって鍵の返還場所が変わったことを知った？」

私の摑みかかるような反論を、無妙はさらりといなす。

「高松篝は当初の予定より随分遅く番屋に辿り着いた。高松篝は遅刻の釈明を苦労譚としてこう語る。『あの千代という少女は厄介だったよ。床下を舟をつかって庵に戻っていたときに気づかれそうになった。それだけじゃない。あの娘は疑り深いから、自分の部屋に鍵を持ち帰ってしまってね』。――このように言ったとしても何もおかしくない」

「無茶苦茶だ。あまりにも無茶苦茶過ぎる」

「確かにこれは荒唐無稽な詭弁です。ですが、センセ。一見正しいように思える推理も結局は限りなく真相に近い推論なのです。だから一度、閉じざるをえない」

「閉じる？　諦めるの間違いじゃないのか」

「そうじゃない」

「じゃあ、犯人が分かったのか」

「言ったでしょう。推理はどこまでいっても推論の殻から出ることはできない。いえ、恰好つけすぎましたね。端的にいうなら犯人を立証できる証拠がありません」

「だが、それさえ見つければ」

「それが危ういのです」

「危うい？」

「それは――」

彼女の言葉を遮ったのは、いくつもの跫音だった。

十六角堂の戸をひらけば、捜査員の数人がこちらに気づいて、無妙を呼ぶ。

なんでも紙川がさきの推理の見事さに捜査会議の末席に参加して、今後の捜査方針について所見をよこせとの御要望だった。

「ではセンセも」

「いや、そこの物書きは無用だ。捜査内容を外部に漏らしたくない」

捜査員のひとりが、はっきりと私が戦力外だと告げる。

自覚がなかったわけじゃない。だが、そうはっきり告げられると向かっ腹がたつ。その一方で、げんに無妙は本当の真相を見つけているのだから反論の余地はない。

なかば連行されるように屈強な男たちにつれていかれる無妙は、何度も振り返り、まだ言い足りない台詞があるのだというように、眉根をしかめて、私が引き留めるのを待ったが、このときの私には無妙の意図を汲み取る思慮深さなどなく、かわりに思考を占有していたのは、無妙が隠した真相を詳らかにして、警察に認められた無妙に対する劣等感をいかに晴らすかという浅ましい執着だけだった。

丑寅の鬼門

私はもう一度匳屋敷と向き合うことにした。

まずは第一の殺人、匳金蔵の殺害である。

奥の間に赴き、その一切を取りこぼさぬように観察する。

北に床の間と押し入れ、北西に丸窓、東に出入り口の襖がある。あとは金蔵が食事に利用していた黒檀のテーブル。殺風景といったらない。ここで匳金蔵は首を吊られて浮遊していた。しかし、どう見ても老人を吊しておけるような引っ掛かりはない。

考えれば考えるほど、凡庸な推理が生み出されて、その全てに呆れかえる。それでも挫けず脳を絞ったが、一時間もの時間をかけて気づけたのは、無妙という天才と私という凡愚を隔てる大きな壁だけだった。

私は疲れ果てた脳に新鮮な空気を送るべく目鎹の廊下のガラス戸を開いて、ゆっくりと深呼吸をしたあと、欄干に腰を下ろしながら奥の間をにらんだ。

「俺は目蓋を閉じているのか？」

「どうされました？」

「うをあっ」

不意に現れた翠子に驚いた私は背中から開け放たれていたガラス戸の先に、真っ逆さまに倒れ込んだ。

「先生!?」

すんでのところで膝裏で欄干をとらえる。

再び放水されたとはいえ、池の水位はひくく、水面まで一メートルはある。目鎹の廊下は桟橋のような作りで、泥濘から延びた幾つもの柱は泥と藻にまみれていた。

「出雲先生、起き上がれますか！」

「ああ。頑張ってみる、よ」

貧弱な腹筋と脚力をフル活用して、無事廊下に立ち戻った私に、翠子は頬を膨らます。

「まったく急に慌てだしたと思ったら。何をしてるんですか！」

「あ、あれに気をとられていたんだ。ほらあそこ」

ひとまわり年下の少女に叱られた居たたまれなさから、私は咄嗟に言い訳になりそうなものを指さした。

それは池に面した北東の斜面に鈴なりに青い実をつけた南天の樹だった。

「なぜ、あそこだけ、矢鱈に南天が生えているのかと思ってね」

彼女はそんなことかと肩をおろした。

「鬼門封じですよ。ご存じありませんか」

「なるほど鬼門か」私は手を打った。「魔や厄のくる丑寅の方角。今の時代、風水に凝る人物の口からしか聞かなくなったが、流石かっての天文の地だ。まだ鬼門の観念が根強いとみえる。しかし鬼門封じを南天でやるとは余り聞かないが」

「小説家なら分かると思いますけど」

「ははん、言葉遊びか」

「難を転じて福となす。だから南天。勉強になりましたか？」

「学ばせて戴きました」

勝ち誇ったように鼻面をあげる翠子に苦笑しつつ、ガラス戸を閉めようとして、ぴたりと手が止まった。

何かが、頭の中で形を持とうとしている。

それは人によっては閃きと呼ぶもので、なのにいまこめかみ辺りでそれを伝える電流が行き場を失って、熱を発している。

なにか、もうひとつ。あと一つだけ、切っ掛けがあれば。

「ど、どうしました？」

私が取り憑かれたようにこめかみを拳で小突き始めるので、翠子はギョッとする。私がこのフラストレーションを訴えると、彼女は何でもいいなら、と一連の事件において、奇妙に思っていることを漏らした。

「死に番の夜に、禁足地から帰ってきた雪が妙なことを言ったんです」

「妙？」

「出雲先生の話は本当かも知れない、って」

「俺の？」

「ええ。というのも、番屋からの帰り途、雪は道に迷ったのです」

「迷う？　あの道を。ただの一本道じゃないか」

——いや、待てよ。

私はすぐに思い直した。あの道は厳密には真っ直ぐ進めないのだ。

十六角堂のある広場は、道のど真ん中を御堂が塞いでいる。道を直進するためには、御堂の周囲を迂回して進まなければならないが、その迂回する御堂は、どの面も同じ形をしているため、ひとつ数をかぞえ間違えると、まったく別の方向に直進してしまうのだ。

さらに悪いことに、御堂の周辺こそ、月明かりが差して見通しが利くが、広場のまわりは林冠に覆われて、夜はまったくの闇。どこに屋敷に帰る林道があるのか、見通しが利かないのだ。――そこでおや、と思った。迷うことは不思議ではない。それにも拘わらず、雪は迷ったことに困惑したという。

それには、こんな訳があった。

「なんでも、出雲先生が、跫音が聞こえたとか何とか言っていたのでしょう？　ああみえて、雪も臆病ですからね。先生の話を鵜呑みにして、迷わないように、十六角堂を抜けて、そのまま真っ直ぐ進んだそうなのです」

「なのに、迷ったと？」

「はい」

と、翠子も怪訝そうに頷く。

「十分ほど迷って、ようやく元の道を見つけたそうなんですが、あれは何だったのだろうと、ひどく不思議がっていて――」

「それだ！」

私の頭に、ようやく閃きの回路が出来上がった。

閉じた目蓋を押し開ける鋭い稲光。まばゆい発想が脳髄を駆け抜けていく。

「ど、どうしたんですか!?」

「分かったんだ」

「なにがです」

「匳金蔵の居場所」

「えッ!!」

茫然と立ち尽くした翠子をおいて、私は禁足地にむかった。

錬鉄細工の階段をくだり、いまだ捜査現場として解錠されたままの青の鉄扉を押し開けると、うしろから慌てて翠子が駈けてきた。

「先生。ちょっと待って下さい」

翠子の声のほかに、ついてくる跫音がふたつある。

「おい、三流文士。待たんか」

「出雲先生、ちょっと止まって下さい」

翠子を追うように駆けつけた来たのは、紀川と渡部だった。

狂乱の匳金蔵と遭遇する可能性をふまえて、翠子が呼びつけたのだろう。紀川は錬鉄細工の階段を下りてきただけで、ひふひふと息を荒げた。

「貴様、匳金蔵の居場所が分かったというのは本当か？　それが貴様の虚言でないなら、一人で行くのはどういう了簡だ。奴が逃げるではないか！」

「大丈夫。彼は逃げません」

「なぜ、そう言い切れる」

「彼は第一の事件で、すでに死んでいるからですよ」

翠子は「ひゃっ」と悲鳴をあげた。

それでも流石匳家の薫陶を受けているだけあって、すぐさま問いを発する。

「どういうことです。奥の間の事件は、お爺様の自殺未遂だったのでは？」

「あれは歴とした殺人事件だった。だから私たちが見つけるのは匳金蔵の死体だよ」

あっけらかんと答えてやる。

茫然とした三人の顔が、ひどく心地よい。私はある種の全能感を覚えながら、匳金蔵の墓標に到る道筋を語るべく、十六角堂に向かう。

蒼然とたたずむ十六角堂は、隠然たる光芒を放っていた。

私は雑木林で一本長い木の枝を拾ってくると、三人を外で待たせて御堂に入った。

私はひとつ、ちょっとした仕掛けを施したあと、彼等を御堂に招き入れ、彼等が十六角堂に入ったのをみとめると、南側の戸を閉めた。

途端、中は昼時というのに昏くなり、どこか物の怪の気配さえ感じる。

「古の昔、ここは方忌みの教場でした。しかし、時代はくだるにつれて信仰は廃れ、誰にも見向きもされなくなった。そして江戸の享保年間、ひとりの法師によって、十六角形の奇妙な拝み堂に改築された」

死に番の夜をなぞるように、奇怪な図形の建屋を歩く。

三人はそんな私の推理を聞き逃さないようにと、耳だけでなく目でも追った。

「だが、法師はここで奇妙なことをします。わざわざ方忌み信仰の名残であった方位神の天井画を残しながらも、方位神の中でも、もっとも恐ろしい金神という神が書かれた円環を、わざわざ四象の絵図に塗り替えたのです」

「ううむ」紀川は唸った。「まるで古い社を壊すようだ」

「ですが、これには意図があった」

「意図だと？」

「呪法ですよ」

翠子は悪意にさらされたように、ぶるりと震える。

私は目の前の乙女の怯えを堪能するように、さらにいう。

「実はすでに三人とも、今、法師の呪法にかかっているのです」

「何だって!!」

警部は天井を睨んだ。まるで天井に描かれた神々の悪意に怖れをなしたように、段々と肥えた顔を青ずませていく警部は、恐怖を悟られないように虚勢を張る。

「くだらん茶番は無用だ。ええい、そもそも、ここはうす暗くて不愉快だ」

「まあ、待って下さい。説明を終えたら、ちゃんと番屋に案内しますから」

「番屋だと？　そこに何があると言うんだ！」

「無論」私は微笑む。「偃金蔵の死体が」

「何だと！」

警部は目を白黒させたあと、番屋側の出口を指し示す玄武をみとめて、戸に手を掛けた。引かれた板戸から、さっと眩い光が差し込み、清廉な空気が吹き込んでくる。

爽やかな空気を一身に浴びた警部は、しかし、まるで透明な壁によって、外に出ることを妨げられたように立ち尽くした。

「……こいつは魂消た」

それから警部は何度も天井画と、自分が出てきた場所を交互に見やったが、しばらくして魔術師に降参するように、私のほうにその巨体をねじむけた。

「どういうことだ、小説家」

「どうもこうもありませんよ。これが法師の呪法なのです」

「あ、あのあたしには一向に何が起きたのか、分からないんですが」

好奇心旺盛な翠子が口をはさむ。

「……お嬢さん、見るがいい」

警部は戸口から身をずらして、翠子にその先を見せた。

「え？」

翠子も警部と同じように驚き、また同じように天井画と戸口の先を見やった。

「番屋の径がない？」

拝み堂の中心から戸口を覗けば、そこには只、木ノ下闇と茂る木々がある。

彼女は慌てて飛び出して、「あ」と声をあげた。径は消えたのではなく、そこから四十五度左に逸れていたのである。

「これこそが法師の呪法なんです」

　私はこぼれる微笑みを隠さなかった。

「死に番の夜、夜の十六角堂で、死体を背負いながら追弔和讃を唱い、その間に心許ない角灯の灯りだけを頼りにして方位神を拝む。すると密閉された十六角堂で、ゆっくりと方向感覚を狂わされて、入ってきた戸口の方角を失念してしまうのです。そうなれば夜空に北斗七星を探すように、頭上に書かれた四象の画に頼るしかない。此方、来た道には朱雀が舞い、彼方行く道には玄武が坐する。そうして彼等は導かれるように欺かれた方向に出る」

「まさか、この天井画――」

　警部の気づきに、私は○だと採点する。

「回転するんです。星座盤のように」

　気づいてしまえば自明だろう。十六角堂は方忌みの教場。そして方位神は星座のごとく移動するのだから、方位神の位置を指し示す天井画も、星々の運行を示すように動いて然るべきなのだ。

　ぽかんと口を半開きにした紙川は、はっと気を取り直し、私が手にしていた枝をとって、天井画を突っつくと、円板が擦れあって、すりずりとまわる。

「これは驚いた。たしかに動く！」

　奇術の種明かしに、ひどく感銘をうけたように頷く。

だが、それも束の間、今度は別の疑問が持ち上がったらしく、ふたたび眉間を狭めた。

「だが、やはり分からん！　これになんの意味がある」

「鬼門除けですよ」

「き、鬼門？」

素っ頓狂な警部の声が、禁足地の森に怪鳥のように響いた。

「鬼門をご存じではありません？　丑寅の方角は不吉であるという、あの——」

「しらいでか！」と警部の怒号が轟く。「だが、これの何が鬼門除けになるというのだ。むしろこの方角は鬼門じゃないか!!」

事実、錯覚によって開かれた戸口は丑寅の方角。

鬼門なのである。

「いえ、これこそ法師の鬼門除けなんです」

「なに!?」

「なぜなら法師には鬼門の方角を北だと錯覚させる必要があったんです」

「だが何の意味がある。鬼門の方角を北だと錯覚させても、目の前には何も……」

三人の視線が、北の坂道から、ゆっくり北東の丑寅の鬼門に移る。

そこには周囲と同じ鬱蒼とした樹木が、その先には何もないのだと騙る。

だが草木のベールをよくよく注視すれば、枝木が不自然に曲がり、また絡まって、規則性のある混沌というべき自然の中に、わずかな人為的な臭跡を残していた。

「意味はあった」私はいう。「なぜなら進むべき道は鬼門にあった」

紕川の目顔で促され、渡部が駆け出し、歪なベールを引き剝がす。

そこには踏みならされた、獣道が延びていた。

私は先導するように、その新たなる小径に足を踏み入れた。

「おそらく法師が居た頃は、この径だけだった筈です。番屋を作るに適した用地が、当時の建築技術では、鬼門にあたるこの先の丘にしかなかったのでしょう。現に十六角堂から北側に進む径は、暗闇坂と修験坂で足元がおぼつかない。一方で鬼門の方角にある坂はこの通り、修験坂より勾配が緩やかなんです。本来、この径が死に番に到る道だった。それを匳金蔵が聖地として塞ぎ、新たに偽りの径をつくった。――それが、皆さんの良く知る番屋の径だ。匳金蔵は本来の道を隠し、偽りの巡礼路をでっち上げた。つまり道はふたつあった」

もはや私の推理に口を挟む者は居なかった。

私はこの一言を、万感の想いで吐きだす。

「そして番屋もふたつある」

このとき、私はひどく有頂天だった。

漠然とながら期待していた才能が、やはり私にあって、誰もが舌をまく洞察眼と想像力で、昏迷をきわめる謎を快刀乱麻で解決したのだと。

「入れ替わったのは死体じゃなかった。本当に入れ替わっていたのは俺のほうだった！

犯人は事前に十六角堂の天井画を廻し、準備が整えてある新番屋から旧番屋に内装をごっそり移し変えておいたんです。そして俺が眠ったのを見計らって、旧番屋に侵入した」

「だが、どうやって侵入した」

「ここは金蔵の隠された聖地。犯人の他に知る人は居ない。斧などで扉や壁を破壊して侵入したとしても、何ら問題ない。犯人は戸口を破壊して中に入ると、俺を背負子で背負った。そして新番屋に運び込んだあと、名無しの老人を殺した。あとは無妙の言うとおり、髪の紐によって内鍵をしめて、外鍵は倉庫錠によって施錠する」

「その倉庫錠は旧番屋で使っていたものか？」

「いいえ、違うでしょうね。旧番屋で使っていたのは、本来使われる筈だった古びたものではなく、意図的に錆びつかせた同型でしょう。そして新番屋にかけた倉庫錠も、旧番屋のように施錠されていない状態で掛け金にぶら下げてあったのなら、施錠するにも鍵はいらない。南京錠のように、ただ芯棒のほうに押し込めば、鍵はかかる。こうして番屋の封印はあまりにも簡単に破れるだけでなく、難なく再封印が出来たんです!!」

「でも、それなら――」

坂を登っていた私は、その沈痛な声に振り返った。

ふたりの警察のうしろで、急勾配の坂をあがる少女が、震えながら立ち尽くしていた。怖々と私を見上げる瞳は、難問に打ち勝った探偵に対する称賛など一欠片もない。

あるのは、大いなる不安だけだ。

「犯人は……、犯人は誰になるのですか」

「犯人は――」

愚かしいことだが、私はこの時、犯人について一切考えを巡らせていなかった。

ただ自慢したい一心で、彼等を引き連れて、これを証明して見せたかっただけなのだ。

(――犯人は)

これは何も私が浅はかだったというより、直面すべき問題から目を背けた結果ではなかったか。当時、事前に禁足地に足を踏み入れて、犯行の下準備をこなせた人物など、ひとりしか居ないのだから。

私は愕然として翠子を見下ろした。

彼女もまた、鋭い恐怖に貫かれたように、その場で固まっていた。

匳金蔵を殺し、尚且つ、高松箏を出し抜いて殺しおおせた人物――。

「まさか、兄が犯人なんて、言いませんよね？」

祈るように問う彼女に対して、かける言葉はひとつもなかった。

そして私は卑怯にも踵を返すと、そのまま坂をのぼっていく。

(――雪が、あの雪が人殺しを)

自分が導き出した答えに、自分で震える。

今にして思えば、死に番の帰り途で迷ったという話ももっともらしい嘘ではないか。

あれは多くの偽装工作に費やした時間を隠すためにつくったカバーストーリーに過ぎなかったのでは、と。

（――でも動機は？）

自分はいま、雪を破滅させるために、坂を登っている。

殺人行為を擁護するつもりはない。だが、そこに至った動機も知らず、ただ暴くために坂を登っている。

探偵という行為が、今更ながら恐ろしく感じた。

私は雪に、引導を渡すために、進んでいるのである。

面白おかしく推理しておいて、今更ながら愚かしい葛藤だろう。

しかし、この葛藤さえも踏みにじる残酷な結末が待っていようなどとは、私は知る由も無かった。

「あ」

と、声が漏れた。ひどく間抜けな音だった。

頭上を烏が掠め飛んでいく。その一羽は、火の厄に見舞われていない、古色蒼然とした番屋の切妻屋根にとまった。そこは観音扉の奥から放たれる死臭を嗅ぎつけて、屍肉を漁ろうとする何十羽もの烏で埋め尽くされていた。

しかし烏は喪に服しているのか、不思議と声をあげない。

あがるのは、愚かな私の声だけだ。

「あ、ああ、あああ」

私は蹌踉とした足取りで、錠が破られ、開かれた番屋の戸口に立った。

烏が一斉に鳴く。

ともに泣くように、或いは嘲笑うように。

堂内には青黒く膨らんだ半裸の匳金蔵が、あの夜、私が座らせた椅子から突き飛ばされたようにして、片隅で無様に倒れ込んでいた。

椅子は、あらためて、御堂の中央で、寝転ぶように横転している。

そしてその椅子の真上に、ぶら下がる人影がひとつ。

私はそれを見上げた。

窓越しに見惚れた美しさは、そこにはなく。

かわりに舌を突き出し、屎尿を垂らし、異常なまでに目を見開いて。

匳雪が、首を吊っていた。

怪談師の推理

「渡部」

眼前の惨状に項垂れるしかない私のとなりで、紕川正は今、自分がすべきことを弁えていた。彼が目顔で許可を与えると、部下の渡部刑事が旋風のように番屋に駆け込んで、梁に掛けられた首縄をといた。

雪が抱えられながら番屋から運び出されると、翠子は雪に取りすがった。

「雪、雪、雪ッ!!」

少女の絶叫に、さしもの烏たちも飛び退いた。だが一群れの黒い怪鳥たちは、狼煙のように空に舞いあがりつつも、生来の意地汚さを発揮して、中空を旋回したあと、ふたたび番屋の屋根に降り立った。

刑事二人による決死の救命活動も甲斐なく、匳雪は明らかに絶命していた。

「首はどうなってる」

雪を死体として認知した途端、二人の刑事は冷淡な眼差しで雪を検視した。渡部が雪の首もとを覗き、下顎から外耳の下に刻まれた索条痕を確認すると、静かに「自殺と思われます」と告げる。

紐川警部は猛犬のような唸り声をあげて——

「なるほど、すべてヤツが見通したとおりだった訳か」

その一言は、私の魂を鞭で打った。

ヤツが誰をさすか、問わずには居られなかった。

「警部、誰のことを言っているんです」

「お前の連れの怪談師だ。ヤツが匳雪が犯人である可能性が高いと言っていた」

「……無妙は、どう推理したのですか」

心の何処かで、怪談師が虚勢を張り、根拠のとぼしい当て推量で、犯人を指名したのだと思っていた。

だが、無妙の推察は、その期待を見事に裏切った。

「そもそも番屋で起きた事件について、お前が説明したことは、あの女もおおよそ気づいていた。お前が死に番の夜、別の径をいき、そこで死に番をおこなったこと。そして入れ替えられたのは死体ではなく、お前であることも。だがそれだけじゃない。あの影武者がどうやって屋敷を脱したか、納得のいく推理も聞かせた」

「は？」

私は愕然とした。

死体の入れ替わりのトリックを見抜いて有頂天になっていたが、その実、高松篝がどのように抜け出してきたか、まったく分かっていなかったのだ。

「怪談師曰く、やつの脱出路を教えてくれたのは、影武者がお前宛てに収録したボイスメッセージだったそうだ」

「俺の？　だが、あのメッセージには、そんなこと一言も」

「怪談師が着目したのは、環境音のほうだ」

「環境音？」

たしか聞こえていたのは、騒々しいほどの葉擦れと水のせせらぎだった。

だが、あの音が何を指し示すというのだろうか。

「あの屋敷の中で、それが聞こえる場所は限られる」

「たとえば、中庭とか？」

「莫迦をいえ。屋敷の人間達を告発しようとしている時に、わざわざ中庭の、しかも物陰の少ない池泉の近くで収録すると思うか？　屋敷の人間が離れの庵を訪れたら、自分が居ないことがバレて、脱出が困難になる。現に匳金代、および匳千代が御首をさがすために、午後七時十分まで離れの庵に居ただろう」

「じゃあ、彼はどこで？」

「外階段の踊り場だ」

警部は出し惜しみせず、すっぱりという。

「あそこなら、禁足地の森と接している。下に流れているのは、池の水を排水するための疏水路だ。これなら環境音の要件に合致する」

「だけど、なんで、高松はそんなとこで」

警部は目を眇めた。

高松という名を出したからだろう。しかし、このような決着を迎えた今、箝口令など意味をなさない。警部も諦めたかのように名を出し始めた。

「無論、高松が屋敷から脱出するためだ」

「ま、待ってください!?」私は慌てて止めた。「もしも高松が午後七時十分過ぎに、外階段の踊り場に出たとしても、そこからは行き止まりだ。青の鉄扉は施錠されて、その先には行けない。それこそ、俺と雪がやってくるまでは。それにあそこに隠れられるところなど——」

そういった途端、あまりにも単純な場所を見落としていることに気づいた。

「まさか。ベンチの下!?」

「そうだ。あのベンチは通常より脚が長く、隠れるにはもってこいだ。それに加えて禁足地付近は己れの手さえ闇に没する世界だ。お前がベンチの横を通り過ぎても、気づかれることはまずない。ヤツはそうやってお前と匳雪が青の鉄扉を解錠したあと、お前のあとを尾いていった」

今なら鮮明に想像できる。雪が禁足地の森に向かう外階段をひとつ、ひとつと降りているとき、高松篝がベンチの下で息を潜めている様子を。

そして青の鉄扉が開くや否や、翠子が外階段にやって来る前に、そろりそろりと跫音を殺しながら、私のうしろを尾いてきていたのだ。

また一枚、怪異のベールが剝がされていく。

死に番の夜、禁足地で聞いた跫音の正体は高松篝だったのだ。そして雪は彼の存在を隠すために、禁足地の禁忌として『決して振り向くべからず』と厳命したのだ。

雪はあまりに危険な橋を渡っていた。

だが、それは功を奏して、完全犯罪の軌跡を描いていく。

「怪談師はこれは憶測だと言ったが、おそらく番屋の入れ替えを高松に手伝わせた上で、途中、不意をついて首を絞めて殺したといっていた。そして全てが終わったあと、死体に金蔵が身につけていた経帷子(きょうかたびら)を着せた」

「なぜ、着せ替えなんて面倒なことを」

「高松の手荷物を検(あらた)めるためだ。奴が何か事件に関するメモや記録をとっている可能性もあるからな。現に奴はボイスレコーダーで自分の心境を語っていた」

「だが、それならもうひとつ、意図のはかりかねるところがあります」

「髪の毛のことだろう?」

私は頷(うなず)いた。匳金蔵犯人説において、番屋の毛髪は殺した女を模したマーキングじみたものだった。だが、それを雪がやる理由が分からない。

「あれは偽装だ」

「偽装?」

「怪談会の時にも話していたが、内鍵(うちかぎ)をしめる方法として、縒(よ)り合わせた毛髪を用いる方法にはひとつ欠点がある」

「髪が、番屋に残ることですね」

「わかっているじゃないか」警部は頷いた。「髪を縒り合わせた糸を内鍵の把手(とって)にかける方法は、勢いよく引き下ろすために、髪の一部が把手や扉付近に残存する虞(おそれ)がある。

犯人はその痕跡（こんせき）を隠すために、あえて髪の毛を撒（ま）き散らしたのだろう。木をかくすなら森のなかというわけだ」

「だが、分からない。なぜあの老人は雪の手助けをしたんですか⁉」

三重封印の謎は、私も解明していた。だが、そう簡単に高松老が雪を手助けする理由は判然としていなかった。

だが、糺川は、否、無妙はそれを見抜いていた。

「怪談師曰く、高松は第一の事件の共犯者だった。だからこそ『お前の為（な）した罪を努々（ゆめゆめ）忘れるなよ』。そう脅迫されたと聞いてる」

私は、あっと言ったきり、言葉を失った。

小山田が盗み聞きした台詞（せりふ）は、そこに繋（つな）がるのだ。

「これは事件の発端になる話だが」代弁者たる糺川が説明する。「怪談師曰く、匳雪は遺産を分与しない匳金蔵に嫌気がさし、なにか打開策がないものかと心を痛めていたとき、あの匳金蔵に似た老人をみつけて、金蔵を殺し、彼に成り代わらせることで遺言を書き換えようという恐ろしい計画殺人を思いついた。

匳雪はすぐに頭を働かせて、どのように行動すべきか、必死になって考えた。そして狡猾（こうかつ）なる犯人は、高松には金銭的な報酬と匳一族を助けるという義侠心（ぎきょうしん）をくすぐるような口実を囁（ささや）き、家族にはその心理的脆弱（ぜいじゃく）さを突くことにした。つまりその心理を効果的に揺さぶるには、決してありえない怪事によって、匳金蔵が殺されなければならない。

匳金蔵が髪の毛によって殺されることによって、匳金蔵の忌まわしい因習を思い起こさせ、警察に通報せずに、死に番に固執するより恐怖意識を植え付ける。そして思いついたのが、あの奥の間の方法だった。匳雪は、まず老人を匳金蔵に扮させて、奥の間に行かせた」

「高松を!?」

「で、でも。それはおかしいです」

翠子が異をとなえた。

「あたしが見たのは、たしかにお爺様で――」

「……そうか」私は気づいた。「君は目蓋の裏の色を、とらえ損ねたんだな」

私は無妙が語ったであろうその先が、朧気ながら見えてきた。

「目蓋の裏の色、ですか?」

「先入観と言い換えてもいい。君はおそらく、ふたつの要素に囚われたばかりに、真実を見誤ったんだ」

「ふたつ?」

「ひとつは、大広間に訪れた人物の服装だ。無妙がその時の匳金蔵の様子を尋ねたことを覚えているかい? その時の君の証言は、お爺様の単衣をきて、背中を丸めて、大広間の真ん中を闊歩していったことを語ったにすぎなかった。さらに小山田さんや下田さんも、ろくに顔も見ていない。まったく似て非なる人物なら、それでも分かったはずだが、あのとき匳屋敷には、瓜二つの人間が居た。一瞥しただけなら誤解も生じるほど似ている、それこそ影武者になれる男だ」

「で、でも。それだけじゃ」

「そうだ。多分、君も下田さんも、これだけなら、この誤謬に囚われなかったかもしれない。だが、もうひとつの事実が、漠然とした記憶に、あらたな事実を書き加えた。

——奥の間で、匳金蔵氏が死んでいたことだ。

あの間、奥の間を出ていった人物はおらず、残っていたのは匳金蔵そのひとだった。その前提が、或いは微かにあった違和感を塗りつぶしてしまった。無妙なら矢張り、こういうだろう。君は前後の事実に惑わされて、目蓋の裏の色を捉え損ねてしまった。だが、ひとり、死体を見る前に、彼を匳金蔵と思わず、名無しの老人として、行動を起こした人物がいた」

「……父ですか」

私はうなずく。

「彼だけは、その疚しい心根から大広間を通る人物の顔色をつぶさに観察していた。彼は言うよ。顔色は血色がよく、目は興奮で炯炯としていた、と。つまり不倫を暴露されると恐れていた匳幹久だけが、まじまじ大広間を闊歩する老人の顔を検めていたんだ」

紕川警部は訂正を挟むことなく、推理のなぞり書きを傍観する。

沈黙は彼からの肯定だった。

私が無妙の代弁者を止めると、警部が大儀そうにあとをつぐ。

「匳金蔵に成り代わった老人は、配膳のあと、襖を閉めるように命令した。そして廊下側の戸をあける。向かい側は半間離れて、廊下のガラス戸だ。そこから匳金蔵を背負った匳雪が登ってくる、そういう算段だった」

「どうやって、兄がそんな」

しかし聡明である彼女はすぐにその方法に思い到った。

「まさか小舟をつかって？」

「そうだ。あの影武者の翁が、縁側の床下とハトバを行き来したように、目鎹の廊下を床下も行き来できた」

ついさっき翠子の登場に驚き、目鎹の廊下の欄干から落ちかけたとき、ぶら下がりながら見えた下側は、桟橋のような構造をしていた。つまり雪は離れの庵から縁側をくぐり抜け、奥の間の戸口がある窓辺まで、死体を運搬できたのである。

「窓側には死体を担いだ匳雪、そして奥の間の襖側には高松がいる。高松が廊下側の襖をあけて匳雪を招き入れる。窓と襖の間は幅にして九十センチ。跨ぎこすのも容易だ」

彼等は協力して、奥の間に死体を運び込み、高松が着ていた服を着せていく。

だが、そこで全てが破綻しかける椿事が出来する。

「残る謎はもうひとつ。浮遊する首吊りだが、これは二人が奥の間で、死体の金蔵を着替えさせているときに起こったらしい。あれにはこんな顚末があった。——金蔵の奥の間には、決して誰も足を踏み入れないであろうと踏んでいた匳雪だったが、父親の幹久がこちらに来ることを跫音で察した。

　更に都合の悪いことに、出入りしていた時に襖を閉じきっていなかった。わずかに開けられた襖を閉じる暇はなく、金蔵の死体を隠す時間もない。そこで匳雪が咄嗟に行った窮余の策は、あまりにも大胆な方法だった。死体を隠れ蓑に使ったのだ」

「隠れ蓑？」

「背負ったのだよ」紀川は淡々と答える。「死体の首に縄をまわして、それを絞って、持ち手にして背中合わせに死体を背負う。するとどうだ。死体は暗がりの中でマネキンのように立ち上がり、その背中に犯人を隠す。――唯一の欠点があるとすれば、この方法が首吊りの索条痕と非常に酷似した痕跡を残すことだろう。そのように人を背負うと縄目は顎の下から耳の下にまわってしまうのだ」

　私は「あっ」と声をあげてしまった。

　これこそ蓬荘でアヤメ老から聞いた事件の真相ではないか！　田んぼのど真ん中で、首吊り死体が現れたのには、このような殺人方法があったのだ。

　しかし、なんと綱渡りじみた犯行だろうか。

　襖を閉める訳にもいかない。かといって二人とも隠れてしまえば、幹久が不審におもって奥の間に足を踏み入れかねない。高松が金蔵に扮して姿を現そうにも、服はすべて金蔵に着せている。そこで突嗟に編み出したのが、この死体による忍法隠れ身の術だったというわけだ。

その滑稽ながら慄然とせずには居られない光景が、怒りを通り越して、紕川のあつく垂れさがる頬肉に、痛烈な失笑を引き起こした。

「だが、やはり窮余の策だ。これによって犯人は少なくとも二人であることが証明されたらしい」

「どういうことです？」

「死体が浮いてしまったことだ。名無しの老人は匳金蔵と同じ体格だ。だから身体を隠すように背負ったのなら、死体は決して宙に浮くことなく必ず反り返ってしまう。まるで背中あわせのストレッチのようにな。そうならないためには、金蔵よりも背が高い人物が背負わなければならない。あの怪談師曰く、ヤツはここから、名無しの老人ではない人物、つまり匳雪の存在を推測できたといっていた」

そういって、紕川正警部の、いや、無妙の推理は完了した。

怪談師の推理は、透徹した論理と洞察によって真相を示したが、それ以上に彼女が雪の衝動的な自死を防ぐべく、警察と連携しながら、一方で証拠をあつめて、確信をもって身柄を拘束しようとしていたことを、私に臓腑を抉るほど痛感させた。

そして私がそれをご破算にしたことも。

いくつもの言葉を紡いで、必死に諭そうとした名探偵を振り切り、何の信念も持ち合わせず、好奇心と劣等感で真相を嗅ぎ廻った挙げ句、私は犯人を死に追いやったのだ。

私は蒼天（そうてん）をみあげて、声なき慟哭（どうこく）をあげた。

しかし、口から洩（も）れたのは卑屈な嗤（わら）いだけである。

私を表現する全てがそこにあって、一切の弁明も許される筈（はず）がなかった。

真相究明

屋敷に戻ってきた我々を、屋敷の住人たちは胡乱（うろん）な目で見やった。

仏間のある廊下で、渡部の背中でぐったりした娘を心配するように駆け寄った蔵子夫人は、翠子の涙の轍（わだち）をみて、すべてを察したが、それを認めきれず、翠子の一連の嘆きの焼き直しのごとく、声にならない声をあげて、禁足地のほうに駈（か）けだした。

渡部はいまだ困惑する人々を掻（か）き分けて、背負っていた翠子を幹久に譲り渡すと、近くにいた捜査員にことの次第を耳打ちして、数人を現場に走らせた。

「なにがあったんだ」

「姉さんは、なんであんなにも声を荒らげて？」

騒ぎを聞きつけ、屋敷が騒がしくなる。そのなかに一人、ただ沈黙をもって、こちらを射貫（いぬ）く怜悧（れいり）な瞳（ひとみ）があった。私はそれを視界の端で捉（とら）えつつも、意識的に視線をそらして、送検される被疑者のごとく、紅川につれられて、その場を脱した。

「ここで、待っておけ」

あてがわれたのは、客間屋敷の応接室だった。

紀川は私をそこに押し込めて、また慌ただしく出ていった。

捜査員たちの荒々しい声と、屋敷のひとびとの鬼哭啾々たる嘆き。なかでも絶えず雪の名を呼ぶ翠子の声は哀切をきわめ、それを耳にする度に、こみ上げる自責の念が身を灼くようだった。

永遠かと思われる責め苦が止んだのは、時間にして二時間あまりあと。

丁寧なノックが応接室にひびいた。

「失礼するよ」

応接室に入ったのは、よれた白衣をまとった桂木直継だった。

彼も又、濃い疲労を顔にやどして、砂鉄のような無精ヒゲを生やしていた。医療従事者として、捜査人員の乏しい祝部村で、なにかと奔走させられたのだろう。

直継は正面にすわると、目をつむった。

憂いをおびた眉間は、それが雪にむけた黙禱であることを示していた。

自然と黙禱をしている自分が居た。

しばらくして目をあけると、直継は温かみのある眼差しを向けていた。

「落ち着きましたか？」

「……ありがとう、ございます」

「死体を発見したのだから無理もない。それに彼は貴方に懐いていた」

「そうなのでしょうか」

「だから気に病むことはない」

「気に病む？」

「これは僕の推測だが、彼の自殺の一因は、自分にあると思っているでしょう？」

不意に横っ面を叩かれたかのようだった。

「なぜ。それを」

「僕も同じだから」

「同じ？」

「彼の自殺の一因をつくったという意味です」

そういって直継は身をよじった。目は憂色を深くしていた。

「彼が養子であることはご存じで？」

「はい」

「その、理由も？」

「それも雪の口から」

「そうですか……」直継は奥歯をふかく噛む。「それならその理由にひとつ嘘がまじっていることもお気づきですね」

私はうなずく。

金蔵が雪を養子にしたのは想い人の女性の髪と似ているからだった。

しかし匳金蔵が執着していた人物は男性だった。

屋敷の池の底から発見された二体の白骨化死体。ひとりはゲートルの名札から小松景仁と分かったが、もうひとりは依然として不明で首がなかった。当初、金蔵が毛髪を得るために女人の首を切断して、髪ごと頭皮を剝いでいたことから、首無し死体は被害女性のものと見られていたが、性別同定の結果、その人物は男性であることが発覚している。

「匳金蔵は自分の想い人が男性であることを知っていたのでしょうか？」

「おそらく知っていた」直継はいう。「だからこそ、彼は幹久さんや雪くんに御首から切り分けた毛髪を食べさせていたんだと思う」

明らかに盲点だった。

たしかに匳金蔵は、御首の人物を憑依させるために、毛髪を食べさせるという魂呼ばいを行っていたが、その妄執の餌食となっていたのは男性だけだった。

金蔵は明らかに、御首の人物が男性であると分かった上で、幹久と雪に毛髪を食べさせていたのである。また直継はこうも言う。

「今となっては御首の彼がどのような人物であったか、知るすべはないけれど、金蔵さんが彼を彼女と称するところに鑑みて、御首の人物に女性的な美しさを見出したのかもしれない。あるいは男色的な嗜好を隠したいがために、女性だと述べていた可能性もある。ただ、僕はもうひとつの可能性を支持したい」

すべての辻褄が合うんだ」

「御首の男性の、その容れ物と中身が一致していなかった可能性だよ。そうであるなら、

「辻褄？」

「雪くんが、なぜ匳金蔵の養子に選ばれたのか、ということさ」

直継は雪の悲運を嘆くように言う。

「彼もその在り方が、御首の人物と同じだった」

彼もまた、彼女であった。

そのために、金蔵の魔手が伸びたのだ、と。

「金蔵さんの数々の所業を前にして、このような譬えは余りにも綺麗すぎるが」直継は苦り切った笑みを浮かべる「金蔵さんにとって、雪くんは『若紫』だったのだろう」

悍ましい写し絵がそこにある。

世に知られる『源氏物語』五十四帖の五『若紫』の巻で、瘧に病んで祈禱のために北山を訪れた光源氏は、通りかかった家で、恋焦がれる藤壺の面影をもった少女をみつける。源氏は彼女に執着し、一度は後見人を拒絶されるも、唯一の保護者であった尼が死んだと聞くや、これ幸いと連れ去り、愛しい藤壺の代わりに、理想的な女性として養育していく。それがのちに后のひとりとなる紫の上そのひとである。

金蔵もまた何かの折りに自分の運営する養護施設に立ち寄ったのだろう。

そこで暮らしている幼い雪の面影に、むかし執着した御首の君を重ね合わせた。奇しくも源氏に見初められた若紫も十歳、雪が養子に入ったのも十歳であった。

しかし光源氏が若紫にむけた愛情の十分の一も金蔵にあっただろうか。

「金蔵さんにしてみれば、未来の妻というより恰好の依り代だった。だから彼を引き取った。そして愛玩した」

愛玩という直継の響きには、つよい憤りが籠もっていた。

「彼が診療所にきたときの、その痛ましい素肌をみたとき、唖然としたよ。金蔵は彼に御首の毛髪を呑ませるだけでなく、たびたび嗜虐していた。それを家族も黙認していた。だからいつか、なにか恐ろしいことが起きるのでは無いか、そう思えて仕方なかった」

彼は頭を掻き毟ってみせる。

「ほかならぬ僕も金蔵さんの共犯者だ。雪くんの心が病んでいくなかで、医者として手を打てたにも拘わらず、屋敷の面々とおなじように見て見ぬフリをした。その結果、雪くんは匳金蔵の妄執を一身に受けて、やがてそれを体現した。否、するしかなかった。

雪くんは金蔵の語る女のように振る舞った。それが唯一苦痛を逃れる術だった。しかし、それはやがて雪くんの人格を蝕んでいった」

「胸くそのわるい」

「雪くんが延々とつづく金蔵の嗜虐に、それでも耐えられたのは、女性として扱われていることだった。だが、あるとき不意に告げられたのだろう。実は想い人は男で、雪くんも一度として女性として扱ったことはないと――。

老いた支配者に嬲られ、必死に媚びを売らされ、唯一、心の逃げ道として縋っていた女性としての心さえ踏みにじられる。均衡はくずれ、感情の行き場がなくなり、決壊寸前だった。そんな最中、東京の大学にいる間に、匳金蔵に瓜二つの高松篝という元講談師をみつけた。その瞬間、彼の脳裡に邪悪な企てが生まれた」

殺してしまおう、と。

その衝動に到る道筋は、けっして平坦な道ではない。石ころだらけの泥濘の悪路で、血と涙の轍が続いていただろう。雪はその果てで、みずからの命を断ってしまった。そのつまずきのひとつが、私であり、直継であった。

「元気をだせとは言いません。ですが、ひとりで背負い込むのは止めましょう。罪を贖うべきは、なにも貴方だけではないのですから」

直継はそういって、ゆっくり腰をあげて、会釈とともに応接室を出ていこうとした。しかし彼はドアノブを握れなかった。

突如、ドアの奥から轟いた声にすくみあがったのだ。私たちは顔を見合わせた。その荒々しい声には似つかわしくない乙女の顔が脳裡にうかぶと、それは単に吃驚したなどという生やさしいものではなくなった。

「兄さんを返せッ」

応接室から急いで出ると、声は渡り廊下から届いた。

すぐさま渡り廊下につづく扉を開けると、そこに捜査員たちが立ち往生していた。

「触るなッ！」

対して向こう岸で、ごうと吼えて、鼠色の収納袋にとりすがっているのは、本当にあの匳翠子なのだろうか。髪を振り乱して、他人に危害を加えることに一寸の躊躇いもない目をしている。

近づいていくにつれ、事の次第が知れた。

現場検証がおわって、司法解剖をすべく遺体収納袋におさめられた雪を担架で運んでいる最中、翠子が担架に飛びかかり、兄の死体を奪い返そうとしたらしい。

「君、落ち着きなさい！　彼の遺体は捜査に」

「黙れッ！」

遺体袋に覆い被さると、端をつかんで、じりじりと母屋に引きずる。

四肢を巧みにつかって、顔だけが昂然と睨む様子はまさに野獣で、それを十九歳の少女が、刑事にむかっておこなっている凄まじさは、ともすれば怪異に憑かれたとも思えるほどだ。

捜査員たちが少女ひとりを組み伏せるのは容易い。それでも尚、たじろいだままなのは、髪をふり乱す翠子の後ろで傍観している人影の異様さにあった。

蔵子や幹久、金代や千代、さらには小山田や直治にいたるまで、黒暗淵のような眼で母屋側の戸口にそろって、死体を持ち去る翠子を待っているのだ。

「貴様ら、これは捜査妨害だぞッ！」

紆川だけが臆さず大喝を轟かせる。これには屋敷の面々も突風にあおられたように後退りした。この時ばかりは虚ろな目にも、かすかな狼狽が見えたが、それもわずかばかりのことで、ふたたび闇黒にもどり、さらに憤懣をもらすように、口々に何か呟き始めた。

（……なんだ。何を言ってる？）

それは耳をすませても聞こえない程、小さな呟きだった。

それは音として一向に鼓膜を震わせなかったが、発話のたびに動く唇は、奇怪なほど同じ動きをしていた。

そしてそれがひとつの台詞の繰り返しであることが分かると、次第に口の動きから言葉を読みとけるようになり分かった瞬間、一斉に膚を粟立たせた。

「死に番をしなければ」

「死に番をしなければ」

「死に番を――」

口々に呟いていたものは憤懣でも哀願でもなかった。

迷信と知っても尚、すがりつかなければならないほど病みきった、匳屋敷の妄念だった。

　ぽたり、ぽたり、と。

　降り出した雨粒が庭石に染みをつくる。あつい雨雲がたれ込めて庭に陰翳を拡げる。念仏めいた繰り言は陰陰とひびき、ついには捜査員たちの目の前で、死体は母屋屋敷に引きずり込まれていった。

遣らずの雨

　客間屋敷の古時計が、午後六時を打った。

　小雨だった雨脚は、銀紗のベールをなびかせるほどの風雨に変わった。しろく烟るような雨である。刑事の威信をかけて死体を取り返そうと腕まくりしていた捜査員たちも、いまはこの雨の中、まだらに舗装された村の隘路をはしって、もよりの遺体安置所に向かおうという気はないらしく、意欲も挫かれていた。

　遣らずの雨が降る。

　因習の鎖にしばられた匳屋敷から、一歩たりとも逃がさぬとばかりに。

　屋根を叩いて、赤銅色の雨樋は溢れかえる。

「散歩ですか。この雨を前に」

　がむしゃらに爪弾くような雨音のなかで、その声は冷たく背中を撫でた。

言葉通りの問いかけではない。傘立てから一本、誰のものとも知れない枯葉色の傘を拝借して、篠突く雨を前にして三和土に出た私をみて、誰が気散じの散歩と思うだろうか。

「去る」

と、だけ言う。

「そうですか」

呼び止めた方も、これといって言葉もない。

私は傘紐をといて、傘を開いた。玄関の薄暗がりに、朽ちた葉の色がぱっと咲く。

「センセ」

袖ひく声を振り払い、雨滴の騒音に隠れるつもりだった。

でなければ、収まりかけた嫉妬心と自己嫌悪が、ふたたび鎌首をもたげてしまう。

「なんだよ」

それでも背中越しに応じたのは、怪奇なる屋敷と名探偵の光背から逃げさる惨めさより、無妙という探偵に対して、明確な決別をもって終わりにしたいという見栄に過ぎない。

身構えた肩は無妙の非難を待った。

だがいつまで経っても真相を踏み荒らした私に対する糾弾はやってこなかった。

「オレは、ひとの心を察するのが苦手です」

ようやく紡がれたのは、才気煥発の探偵から紡がれたとは思えない、弱々しい自己批判だった。嫌味や皮肉とは言わないまでも、私が犯した罪業を反駁の余地なく、言って聞かせると思っていただけに、ひどく動揺させられた。

「その上、さらに悪いのは、多くのことを語り、騙って、過多ってほど言葉を尽くすくせに、そのすべてを韜晦の膜で包もうとすることだ。そのくせ、他人には自分の本心は披瀝したと思い込み、それを見抜けない人に嘲弄を向ける癖がある。百の戯れ言で飾らなければ一の本音も言えない。他人に対する甘えた性根といわずして、何と言いましょうか」

「お前は」

なにが言いたい、と問う台詞も、まくし立てる戯れ言に遮られた。

怪談師は今、私を通して、殴りつけるような雨に、感情を投げつけている。

「いや、いやいや、これも違う。全く以て嘘偽りでしょう。結局のところ、オレがこれ程まで言葉を尽くさざるを得ないのは、とどのつまり――」

レコードの針が離れたように、声が止まった。

振り返れば、荒天の薄闇につつまれた廊下で、無妙がからくり糸の切れた人形のように立っていた。

「なにもないからです」

垂れた両腕を、力なくあげる。

そして重さのない空虚を大事そうに摑んだ。

「信念も理念も、熱意も、正義も、大儀も、猜疑も、好奇もなにもかもないのです。推理も、できるからやるのです。したいからでも、すべきと信ずるからでもない。ただ、新聞の片隅にあるクロスワードの一行が容易に解けたから、惰性で、手慰みに解いているに過ぎない。それが偶然上手くいっていただけ。だから、その――」

「正しいことをした」

「ちがッ」

「お前は正しいことをしたんだ、無妙」

彼女の朱く灯った頰を、張るように言う。

「お前は雪が不安定であることを見抜いていた。男性と、内なる女性と、そして御首の霊媒としての昏迷した精神の只中にある雪を、どうにかして安全に現場に押し止めつつ、証拠をつかみ、また自死させせないよう、苦慮した果てに怪談会をひらいた。

怪談会は一見有り得ない匳金蔵犯人説を提示しながら、その実、事件にひとまずの落としどころをみつけて、雪が犯人として嫌疑を掛けられる心配がないよう取り計らった。つねに見張られて、逮捕されるかも知れないという緊張は、雪を自死に走らせる危険性を孕んでいることを、お前は理解していた。あとは犯人として厳然たる証拠をみつけて、雪を逮捕すれば、金蔵から虐げられていた実情を明かすことによって、更生の道を歩かせられたかもしれない」

「買いかぶり過ぎです」

「お前は最善を尽くした」私は振り払うようにいう。「唯一の不安要素は、何も出来もしないのに、現場を荒らし回る俺だった。だからお前は言葉を尽くした。——無論、犯人の名前と手口を教える方法もあっただろう。だが真相を知っている人間の目と、それ以外は全く異なる。そしてその差異は、真相を知る者だけには有り有りと分かる。雪にも見抜かれる。

だからこそ、お前は言葉を尽くした。真相を探すことの無意味さ、危うさを。それを俺は資格もなく荒らした。その結果が、雪の自死だ」

「違いますッ」

叫びは廊下にひびく。

だが廊下を覗く者はない。

この数時間、幾度も木霊した屋敷の慟哭に、みな耳が慣れていた。

「あなたに罪はない。悪いのはオレです。オレがちゃんと犯人を特定できれば」

「そうだな。資格のない俺が首を突っ込むべきじゃなかった」

「あ。いえ、ち、ちが」

「無妙」私は必死で絞りださなければならなかった。「もう、いいだろう?」

これ以上、彼女の願いの重みに耐えられなかった。

必死に積み重ねた言葉の裏に、はたして何を言おうとしたのか。

悉く分かってしまうからこそ、その信頼を向けられることが苦痛だった。

「……わかりました」

いっそ罵倒してくれたなら心安らかに出て行けるものを、無妙はその一言にとどめた。

そして踵を返すと、今度は無妙のほうから背中越しにいう。

「今晩、死に番があります」

事件の夜を思い出して、怖気立つ。今度はまがい物の番屋ではなく、因習の始まりの地であり、妄執の主人と、それを引き継ぎ、狂乱の中で自死した青年の怨嗟が留まる番屋で執り行うのだろう。匳金蔵の妄執から生まれたものだったと知った今になっても尚、彼らは因習に、匳金蔵に囚われたままである。

そこまで考えが到って、はっと瞠目した。

「お前、もしかして」

「わたしから願い出ました」

私は呆気にとられた。無妙自身が名乗り出た意図が、まったく理解出来なかった。

「莫迦ッ。なんでそんなこと」

「あらためて真相を見直すためです」

「真相？　もう事件は終わっただろう」

「いいえ、まだ謎が残っている」無妙は一歩、暗闇の奥にすすむ。「なぜ匳雪は番屋を焼いたのか。というより、なぜ燃やさなければならないと気づけたのか」

「なんだって？　どういう――」

そう言いかけたが、無妙はもう推理に没頭して歩き始めていた。咄嗟に伸ばそうとした手を、戒めのために強く握り、踵をかえして、私も雨の奥へと踏み出した。

遣らず雨は、まだ止む気配はなかった。

雨と車

どれだけ歩いただろう。

車窓から眺めた風景だけを頼りに、村落から九十九折りの山道を行く頃には、幅広の傘から垂れおちた雨滴と、斜面から跳ね返る飛沫によって、頭以外すっかりずぶ濡れになっていた。

しかし、それ以上に難儀したのは、山の暗闇である。

都市に暮らしている人間は、夜を侮り、また侮っていることすら自覚しない。どうしても屋敷から離れたい一心で飛び出したのは良いものの、外は瞬く間に夜を迎え、荒天と濃密な山陰によって、山道は真っ暗闇で、もちだした携帯のライトも蠟燭のように心細い。

「まるで、死に番じゃないか」

苦笑する唇も、すぐに赤みを失って紫に凍えるだろう。

莫迦なことをした。この無様な有り様も、無妙に対する振る舞いも。

だが、光あるところに影は差す。卓越した才能を前にして厚顔にも横に立っているのは、生来懦弱な上に刻苦を厭う私にはあまりにもつらい。だからこそのこの有り様で、この境遇なのだから、いっそのこと肺炎を患い、粗末な畳の上で数多のダニに膚を喰われながら死んでしまったほうが、雪の溜飲も下がるというものだ。

傘を差す必要もあろうか。

閉じた傘を肩にして、丸めた背中に雨を背負う。

卑屈な笑い声がもれたが、夜のほかに聞くものはない。

この際、取りこぼしたものを数えるだけの虚しい人生に終わりを告げても良いかもしれない。そんな希死念慮が頭を過ぎったとき、背後から物凄い光量が迫って、水煙をあげながら通り過ぎていった。

私はそのとき、暗澹たる死に誘われて、谷底に近い下り斜面の、その境となるガードレールをなぞりあるいていた御陰で、運転手は自殺志願者を轢き殺さずに済んだという、なんともチグハグな結果になっていた。

私が乗用車が行き過ぎた曲がり角を見通すと、矢張りというべきか、テールランプを灯して、私が来るのを待っていた。

自動制御された助手席の扉が、ぱかりと羽根をひろげるように開く。

あれほど打ちつけていた遣らずの雨は、私が助手席に乗り込む頃には、不思議とぴたりと止んでいた。

車内はがらんとして、後部座席のフットスペースに黒革のダッフルバッグがひとつあるだけだった。

「歩いて帰っているとは思いませんでした」

「私も」と、額を袖で拭いながら言う。「失礼、タオルを借りても」

「え？」

「運転席のバックポケットにある白いタオル」

「あ、ああ」運転手はバックミラーを一瞥した。「いいですよ」

「死に番は」私は訊く。「どうしたんですか？」

「それは……」運転手はアクセルを踏んで、緩やかにハンドルを切っていく。私の横を過ぎた時の速度より随分と減速している。「雨で取りやめに」

にわかには信じられない話だった。匳金蔵に囚われた匳家、および桂木家、そしてその手伝いに到るまで、妄執に取り憑かれた者達は雨など意にも介さないように見えたというのに。

「あなたは、これから何処に？」

「……蓬荘に」と私は言おうとして、ふと頭の中で、妙なものが蠢いた。

それは些細なものだったが、決して無視できない違和感だった。

「ん？」

閃(ひらめ)きの戸口に手を掛けようとした瞬間、車内に携帯の着信音が鳴った。

私は運転手のほうだろうと見やったが、相手は私をちらりと一瞥する。

どうも私の携帯から着信が鳴っているようだった。濡れた画面をタオルで拭(ぬぐ)ってみれば、表示されているのは、登録されていない携帯番号であった。

「もしかして無妙か?」

『センセ、やっと繋(つな)がった』

「なんで俺の電話番号を知っている」

『そんなことより聞いて下さい』

電話口の無妙はひどく息が荒かった。外に居るのか、風の音が凄まじく、しかも周囲は雑踏のように人が喧(やかま)しい。

『事件は、まだ終わっていません』無妙は声を荒げる。『むしろ、さらに異様な形で加速している!』

「どういうことだ」

答えは返ってこなかった。押し黙ったのではない。ざっざっと小走りに駆ける音と草木に潜り込む葉擦れがして、押し殺しながら吐く息切れの音が聞こえる。

『センセが屋敷を出てから三十分も経たない頃、匳雪の死体が仏間から消えました』

「なに!?」

『気づいたのは、経帷子(きょうかたびら)を着せるべく仏間を訪れた翠子さんです。屋敷中捜したあと、十六角堂の中で匳雪が発見されましたが、死体は首が切断されていました。そして切断された頭部はいまだ行方知れずです』

私は、はっと息を呑んだ。

「それはまるで」

『ええ、匳金蔵のようだ』無妙はいう。『まるで彼の手口を、いいえ、彼の妄執を引き継いでいる人物がいる。警察は仏間から死体が消えた当時、もっとも怪しい行動をとった人物に目星をつけました』

「おい、まさか」

『追われているのは貴方です。センセ』

ふたたび無妙の声が遠くなった。

何処からか、怒鳴る捜査員たちの声がする。

『御陰で、こうして電話するのも刑事の目を掻い潜らなきゃならない』

もはやわたしも共犯者ですよ、と無妙は苦笑する。

無妙は電話口で、興奮を静めるように深呼吸をしている。そして三度目の深呼吸でふかく吸ったあと、何か重大なものを聞き取ったように、ふっと息を止めた。

『センセ、いま車内ですか？』

「ああ、そうだが」

『センセ、落ち着いて聞いてください』無妙はそう言ってぐっと声量を絞った『いま騒ぎに乗じて屋敷から居なくなった人物がいます。その人物は匳雪と同じくらい疑いを掛け、それでも尻尾を摑めない故に注視するしかなかった人物です。その人物の名は——』

無妙は、しかしその先を言えず仕舞いだった。

音声から切迫した気配が立ち上がり、ふたたび駈けだした足音と、それを追う声が轟く。雑音が交じり、すべての音が混然となって意味をおびなくなったが、それでも尚、無妙は携帯を持ち直して、必死に叫ぶ。

『センセ。なにか理由をつけて、車を降りて下さい。こちらも今すぐ向かいます！』

「……無妙」

『なんです！』

「有り難う」

『はあ？』

「お前は決して俺を見捨てなかったし、見限らなかった」

『なにを、言ってるんです？』

初めて無妙の戸惑う声が聞けた。

それでいい。それだけでもういい。

「認めるよ。俺は未熟で、だからお前に敵わなかった」

『変なことを考えないで下さい。ただ逃げることだけを考えてッ』

「だが、お前という名探偵と一緒に、この難事件に挑めて、本当に光栄だった」

『そういうのは――』

息を切らした無妙が立ち止まったのが分かった。

後ろから迫ってくる声を無視して、大きく息を吸い込む。

『面と向かって言えェッ！』

私は耳元から携帯を下ろすと、苦笑をもらした。

本当にどこまでいってもしまらない。

「通話、終わりました？」

運転手は何食わぬ顔で尋ねる。

電話の内容を、果たしてどれほど聞いていただろうか。

しかし、私を車に乗せたのなら、ただで帰すとは思えない。

だから私も、なんら気負いなく告げる。

「お前が犯人だな。桂木直継」

幽霊作家の推理（犯人の条件）

「何を言っているんですか？　出雲先生」

桂木直継はこの場に於(お)いて異様だった。

黒のシャツに、スリムな青のジーンズ姿という出で立ちはいつも通りだが、白衣ではなく、夜間迷彩のような熟したオリーブ色のレインパーカーに、泥濘を歩き回るような長靴を履いている。雨具の釦をぴったりとしめて、袖口はゴムバンドできつく締める念の入れようである。まるで、あり合わせの手術着だ。

「それより、行き先を訊きそびれたね。どこまで送ろうか。蓬荘かな、それとも触戸駅かい？」

「お前を示すヒントは幾つかあった」

偽りの笑顔を貼り付けている殺人鬼に、私は最後の推理を叩きつける。

「最初の違和感は、小山田さんの証言だ。お前は死に番の夜、桂木直治に急患の対応をして欲しいという伝言を小山田多恵に寄越した。憶えているか」

「ああ、君が屋敷に来た夜だよね。たしかに小山田さんに取り次いでもらった」

「なら、そのときわざわざ小山田さんに直治医師は『離れの庵にいるだろう』と言ったのも憶えているな？」

「それがどうした？」

「妙だと思わないか？　あの屋敷には桂木直治の待機所とも呼べる書斎が客間屋敷にある。にも拘わらず、お前は何故かあの時、彼女に離れの庵に行くように指示している」

「なんだ、そんなことか」

直継はせせら笑う。

「普通のことじゃないか？　なんたって君と匳金蔵との打ち合わせには父が同席していた。それが長引くと考えて、離れの庵を指定しても、なんら奇妙じゃない」

「それが本物の匳金蔵だったらな」

私はすぐに反駁する。

「だが、実際に居たのは影武者となった老人だ。そしてあの打ち合わせは、匳金蔵が生存していると思わせる狂言だった。加えて影武者を強いられている老人と、俺、そして監視役の桂木直治の三すくみの場でもある。そんな状況下で、桂木直治が離席すれば、影武者が正体を明かしてしまう恐れがある。だから彼が急患の対応ができるのは打ち合わせが終わったあと、書斎にいるときに限られる。――にも拘わらず、お前はなぜか小山田さんを離れの庵に向かわせている」

「僕が小山田さんを離れの庵に誘導した、と？」

「そのとおり」

「だが、それが何になる」

「無論、御首を被った人物を目撃させることで犯人が匳屋敷にいたのだという印象を植え付けるためだ。そのために共犯者である彼に一芝居打ってもらうことにした」

「彼？」

「名無しの老人だよ。あれは御首をかぶった彼だろう？」

高松は元講談師という、持ち前の話術を用いて、女性のように振る舞った。

小山田がみた幽霊は、その実、御首を被った高松篝だったのだ。

一気呵成にかたる。

矢継ぎ早の攻勢に、しかし、直継は小揺るぎもしない。ただ仮面のような微笑みを貼り付けて、カーステレオを聴くように、俺の糾弾を聞いている。

「だが、第二の事件は雪くんにしか出来なかったはずだ」

「青の鉄扉のことか」

「そうとも。あの扉は禁足地の入口。そこには君と雪くん、そして被害者の三人しか入れなかった筈だ。それ以降、禁足地に入ることは出来ないし、入れ替えトリックも不可能だろう？　まして十六角堂のこともある」

「随分、詳しいな」

「そういうのをゲスの勘ぐりというんだ。君が応接室で思い詰めていたとき、外ではてんやわんやの大騒ぎだ。勿論、十六角堂に捜査が入ったし、鬼門の径も詳らかになった。だからこそ分かるんだが、君はあの十六角堂で方向を狂わされていたが、その錯覚に誘導したのは、他ならぬ雪くんだろう？」

「ちがう。雪も十六角堂に入っている。俺と同じように錯覚させられたんだ」

「どうとでも言える。だが、あの晩、青の鉄扉から禁足地に入れたのは、事実、彼だけだ」

「はたしてそうかな？」私は不敵に笑ってみせた。「禁足地は、慥かに青の鉄扉からしか進入できない禁足地のように思える。だが実際は、青の鉄扉を経由せずとも、禁足地に侵入することは出来たんだよ」

舌鋒を緩めず、微笑みの牙城を崩す根拠を叩きつける。

「あの小川だよ。火災を消すために、水を汲んだ小川だ。あの河川は村の用水路まで続いていた。つまり、村の用水路から、新旧番屋、十六角堂を含めた禁足地は、いつでも出入り可能だった。だから第二の事件を起こせる人物は、厳密には禁足地に入った雪と、あの死に番のあいだ、匳屋敷に居なかった人物だけだ」

私は思い出していた。

最初に匳屋敷を訪れた時、桂木直継は早々に帰ろうとしていたことを。

彼の忙しない態度を、あの時は匳屋敷から逃れたい一心だと見て取ったが、それは逆だったのだ。むしろ彼はいち早く屋敷から出て、小川という迂回路を通って、十六角堂の天井画の細工と旧番屋の装飾をするために、すぐさま匳屋敷の禁足地に向かいたかったのである。

「そしてこの事実は、第一の事件の犯行の可能性も示唆することができる。――千代ちゃんの証言を思い出してほしい。禁足地の扉を開閉する鍵の在処は、匳屋敷を出入りしている誰もが知っている、と彼女は述べていた。つまりお前も鍵の在処は知っている。ならば、それを共犯者である名無しの老人に教えておけば、彼が人の目を盗んで螺鈿簞笥から鍵を回収し、お前を青の鉄扉から手引きして、屋敷に招き入れることも出来る。

畢竟(ひっきょう)、お前も第一の殺人をおこなえる」

「揚げ足を取るようで悪いが」

直継は尚(なお)も反駁する。

「それならば、今まで一度たりとも登場していない、つまり悪意ある第三者の可能性もあるじゃないか」

「せっかちだな。誰もこれだけが犯人の条件とは言っていない。あともうひとつだけ、重要な手掛かりがある」

私は直継の鼻っ柱をへし折るべく、最後の条件を提示する。

「番屋の火事だ。あれこそが、お前を示す決定的な証拠となった」

幽霊作家の推理（犯人の過失）

「犯人はなぜ番屋を燃やさなければいけなかったのか。

名無しの老人の死因は絞殺。検視をされたところで、血中から薬剤や、特殊な状況を示すものはない筈だ。それなのに犯人は死体が語るといわんばかりに火を点(つ)けて燃やした。

——事実、死体は語った。レコーダーという証拠に魂を吹き込んでいた。犯人は名無しの老人が残したレコーダーに気づき、それを隠蔽(いんぺい)するため、線香と油をつかった時限式発火装置で番屋を炎上させた」

「それが何で僕につながる。線香をあげた人なら他にも居る。その時に気づいて、燃やしたのなら、あの場に居た誰もが容疑者じゃないか」

「いや、有り得ない」私は断言する。「なぜなら、ボイスレコーダーは右足のアキレス腱側に差し込んであった。つまり焼香の時、死体の右足の裏の、さらに靴下の膨らみを確認できることが犯人の条件となる。この箇所に気づけるのは、そして、気づいても回収できなかった状況に置かれたのは、アンタとその父親だけであり、現場保存の為に番屋に入ったときしかない。

――つまりだ。死に番のとき、屋敷に居らず、かつ、あのボイスレコーダーに気づけた人物は、桂木直継、お前しかいないんだ」

「君は――」

桂木直継は、苛立ちと不安を示すように、握っているハンドルを指で叩く。

雨滴とハンドルの細かな打音が、とつとつと、車内に生じる。

「面白い人だ。フィクション作家の面目躍如というべきか」

「気が早いな。とっておきはこれからなのに」

「とっておき？」

「莫迦が莫迦だと思い知らされるところさ」

二人は同時に、吐き捨てるように笑った。

車はゆっくり速度をあげていく。

「俺がお前だと確信したのは、なにも俺の探偵からの電話があったからじゃない。明白な証拠があったからなんだ。それはお前の口から出てきた、たった一言だった。――お前が応接室で、雪の抱えているものをかたり、それをもって雪に罪をなすりつけたあの時だ」

私は犯人を見据えた。

「お前言ったな。雪が『東京の大学にいる間に、匳金蔵に瓜二つの高松篝』を共犯者に仕立てた、と」

「それが、なんだと？」

「なんで高松篝の名前を知っている？」

直継は、くすりと笑った。まるで滑稽であるかのように。

「それは、彼女に聞いた。翠子ちゃんにね」

「ほう」

「君は彼女に推理を蕩々と語ったらしいじゃないか」

「良く知ってるな。あのとき禁足地に隠れていたかのようだ」

「疑うことはできる。でも証明にはならないよ」

「本当に、そう思うか？」

「ああ」

「なら彼女は、高松篝の前職まで言っていたのか？」

「はあ？」

直継は、まったく理解できないとばかりに、胡乱げな視線を飛ばした。

それを目で受け、返す刀で斬りつける。

「お前はあのとき、こう口を滑らせたんだよ。『東京の大学にいる間に、匳金蔵に瓜二つの高松篝——という元講談師をみつけた』とね。よしんば名前を知っていたとして、なぜ前職まで知ってる。名無しの老人の名前とその経歴を知っているのは、焼却し損ねたレコーダーを聴いた俺と無妙、そして刑事二人だ。箝口令は捜査員にも敷かれている。どこにも漏れるはずはない。だから、あらためて言わせてもらうよ、桂木直継」

私は、ようやくこの事件の終わりを告げる。

「お前が匳屋敷の惨劇を起こした真犯人だ」

真犯人の妄言

殺人鬼たる桂木直継は、まっすぐ前だけを見ていた。

車輪が路面の水を弾き、蛇行する山道を巧みにハンドリングしていく。

「見事だったよ、君の推理は」

「認めるんだな？　匳金蔵と高松篝、そして雪を自殺に見せかけて殺したことも」

「認めるもなにも分かっているのだろう？　後部座席のダッフルバッグに、なにが収められているか。それを所有している限り、どんな弁明も意味を成さない」

バックミラーで後部座席をみやる。

そこに在るのは、骨壺を収めるような、ひと抱えは有る黒革の鞄。

そこに雪の首が収められている。

因果めいたものを感じざるを得ないのは、戦後、匳金蔵も同じく、殺した相手の首を持ち去っている。因果は巡る小車の、と詠うように、今またひとりの男によって、新たな御首が作られようとしている。

「極めつけはこれだな」直継は肩をすくめる。「車で来るなと言ったのに、老人は人の話を聞かないな。奴はのうのうと、この車で祝部村まで来やがった。だから処理に困って、この村から出るついでに、処理しようとしたら、このザマだ」

桂木直継から深い嘆息がもれる。

しかし、諦観した殺人鬼から語られたのは、懺悔や苦悩ではなかった。

「君は推理を語った。それはすべて的を射たものだった。これが推理小説ならば、ここで僕は自白するのだろうね。動機をかたり、怨みをかたり、同情をさそい、非難をうける。そして事件は幕を閉じる。永遠に、区切りがついたものとして」

「なにが言いたい」

「自白はしない。動機も語らない。だけど、ひとつ問いかけたい」

と、殺人鬼はいう。

「もしも求めていた真相が、誰かが望んだ結末だとしたら、どうする？」

殺人鬼の胡乱な問いかけを、私は極力無視しようとした。

だが、犯罪者は沈黙を是として、さらに邪論を撒く。

「自白っていうのは免罪符だと思うんだ。僕側に対してじゃない。君たちに対してだ。それさえあれば納得できる。真相が常識の埒外から投げつけられたものだったとしても、それとは別の耳ざわりのいい代替の推論が提示されれば、君たちはそれをこぞって真相だと祭りあげる。逆に納得できなければ、それが仮令真相であったとしても、決して認めない」

殺人鬼の世迷い言として、私は一顧だにしないつもりだった。

しかし、それが浅はかな人生観の浮き出たアルカイックスマイルから出てきたものではなくて、至極真っ当な青年の、切羽詰まった恐怖の顔貌から語られたとあって、私は段々とこの男の戯れ言に呑まれていく。

「そもそもの話だ。馬鹿げていると思わないか？」

「なにがだ」

「殺人の動機だよ。人が殺されたとする。その犯人と方法は、なるほど、明確なものがある。だが動機に於いてはどうだ？　人が人を殺す理由が、本当に明確なものとして立証できると思うか？」

　私の脳裡に、無妙の詭弁が掠めた。

　川赤子の論理。人間という存在の不確かさ。

「僕がここで罪の自白をしたとする。だが、それは事実だろうか。本人が動機だと思っていたものが、改めて振り返ってみれば、まったく違うものだったと言うことなど、裁判の判例にいくつも残っているというのに」

「何が言いたい」

「人の心を推し量ることの無意味さだ。フーダニットには真実がある。ハウダニットにも真実はあるだろう。だがワイダニットはどうだ？　どこまでいっても憶測にすぎないじゃないか。探偵においても、そして犯人においても」

「人を殺すつもりなど、なかったと？」

「ちがう。僕は怪談師の賛同者なんだ」

「無妙の？」

「『豆腐小僧の制約』。素晴らしいじゃないか。たしかに怪異には、人とは異なる厳格なルールが備わっている。人のように気分次第で変わることもない。彼等は嘘をつかない。彼等には明確な動機がある」

「だから、何が言いたい！」

　直継は急に笑い出した。

　しかし、その笑みは操り糸で吊られているように、恐怖に引き攣っている。

「僕ではなかったんだ。僕は僕だと思っていたけど、彼女が選んだのは君だった。だから僕も同じように、君たちに納得される形で死ぬだろう。真相がそうだからじゃない。それが望まれているから、そう死ぬんだ！」

　発作めいた口吻（こうふん）に、流石の私も異変に気づいた。

　彼の顔色は青白く、指先は震え、怯（おび）えている。

「落ち着け！　お前がいま感じているのは、ただの不安や根拠のない恐怖感だ。車をとめて、警察の指示に従えば――」

「じゃ、じゃあさあ」

　震える直継は、自分の足元を指さした。

「僕が今の今まで踏んでいたペダルはどっちなんだ？　アクセルか？　それともやっぱりブレーキなのかい？」

「おい、しっかりしろ!!」

　明らかに直継はパニック症状を来していた。

　ハンドルを奪おうと乗り出すと、直継は強い力で払いのけて、泣き、そして笑い始めた。

「わからない。僕にはさっぱり分からない。ただひとつ言えるのは――」

　そういうと、直継はハンドルまで手放して。

　引き攣った貌（かお）を、こちらにねじ向ける。

「君だけには、決して納得のできない結末が待っている、ということだけさ」

瞬間、凄まじい衝撃が襲った。

明滅と空転、衝突。火花の如き刹那に生じる、濃密な死の予感。

ふたたび空転。浮遊はながく途方もなく。

瞬間映る紅殻の帯。指さし。斜面に——。

ふたたび衝撃と侵襲——。

そして、

——、意識は煙のように拡散していく。

後日談

煙のような意識が、ようやく脳の形に固まったとき、私は見慣れない病室にいた。

覚醒にともなって滞留していた痛みが、突沸したように表出する。

じくじくと痛む。それでも尚、指先が動くのは僥倖だった。

首を撫で、顔を撫で、指先を握り込む。

総じてまともに動く。関節にコリもなく、ゆっくりだが、以前と同じ可動域まで曲げられる。どうやら寝たきりになった訳じゃないらしい。

病室は個室で、静寂に満ちていた。

「起きましたか」

首を傾けると、窓辺に無妙が座っていた。

覚えのあるパンク・ファッションではなく、喪服のようなダークスーツに、暗めの紫の地に毒毒しい蛾が飛んでいるネクタイをしている。静謐な病棟に似つかわしくない、周囲に違和感を与えることに余念がないスタイルは、無妙らしいと言うべきか。

「どれだけ寝てた？」

「一日半ぐらいでしょうか。具合は？」

「……悪くない」

「でしょうね。致命的な外傷はなかった。というより怪我らしい怪我がなかったのです。センセはガードレールに衝突した車のフロントガラスから弾き出されて、運良く樹木が根上がりしたところの、落葉の堆積箇所に落下するという奇跡の受益者だ。それがなければ、命が助かったとしても、重度の後遺症が残っていたでしょう」

「奇跡か」

私は目を瞬かせた。意識がなかったときのことを奇跡として揶揄されても、まったく実感はなく、他人事のように聞き流してしまいそうになる。

「その奇跡というヤツは、俺だけか？」

「……桂木直継は、即死でした」

「それは」

「はい？」

「本当に事故で良いんだよな？」

私は、事故直前の彼の言動が気になっていた。

『僕ではなかったんだ。僕は僕だと思っていたけど、彼女が選んだのは君だった。だから僕も同じように、君たちに納得される形で死ぬだろう。真相がそうだからじゃない。それが望まれているから、そう死ぬんだ！』

あの言葉が事実なら作為的なものがあったと見るべきだろう。

しかし、無妙はかぶりを振った。

「ありえません。詳しくは憚りますが、彼はフロントガラスを突き破った樹木の枝に頭部を、その——」

無妙は当時を思い出して、一度咳払いをした。

この怪談師は事故現場で桂木直継の死体を目撃したのだろう。

頭蓋骨を見るも無残に陥没させ、あきらかに曲がるべきではない方向に曲がった首か、或いはそう、凄まじい衝撃で引き千切られて、首を失った胴体だけの直継の姿を。

「センセに起きた奇跡というなら、もうひとつあります」

「それは？」

「大破した車から被害を免れたドライブレコーダーです。事故当時の会話だけじゃなく、高松篝が祝部村に訪れたときの様子や、桂木直継が匳雪の首をいれた鞄を後部座席にのせていたであろう音声や、その映像が録画されていました。御陰でセンセは無罪放免。こうしてわたしとお話ができるというわけです」

「どうりで、警察が見舞いに来ないわけだ」

「それと再捜査の結果、匳金蔵の爪から、抵抗したときに引っ掻いたとみられる皮膚組織が検出されました。鑑定の結果、桂木直継のDNAと一致しました」

「金蔵の最後っ屁としては上等だな」

「あと警察はこの一日半のあいだに桂木医院と、福岡市に桂木直継が借りていたアパートを捜索しています。その御陰でいくつか分かったことがあります」

「動機か」

無妙は頷く。

「桂木直治が証言しました。彼の御首を呑ませるという魂よばいは、桂木直継にも及んでいました。なにせ彼の父親は金蔵の金で裁判をしていた引け目もある。金蔵が望めば、息子の直継もそれに従わざるを得なかった」

「……ずっと妙だと思っていたことがある」

「聞きましょう」

「第一の殺人で、桂木直継は小舟を使ったトリックを使ったことだ。彼が高松を使って脅迫しようとしていたところから考えて、金蔵殺しは、さらにいえば奥の間の偽装は計画に入っていなかった筈だ。そんな彼が咄嗟に、あのトリックを思いつくとは思えない」

「以前、行き来している人物を目撃していた、と？」

「翠子ちゃんが目撃した中庭の幽霊の話、覚えているか？」

「吸い込まれるようにハトバに消えていった幽霊の目撃談ですね」

「あの夜、直治医師のかわりに、直継が客間屋敷に逗留していた。だからこそ、翠子ちゃんは客間屋敷に向かったわけだが――」

「なるほど。もともとは金蔵が利用していた秘密通路だったという訳ですか」

縁側からハトバへ。妄執の老人が涎を垂らしてやって来る。

おそらくこのような不気味な夜這いは度々起こっていた。あるいは、金蔵という怪物に与える贄として、直治から送り出されていたかもしれない。――直継は、逆にこの秘密通路をつかって、金蔵の死を偽装したのだ。

「その他にも、金銭的な理由もあったようです」

「借金か」

「どうやら、いくつか消費者金融を利用していたようですね。総額は三千万。おそらくこの二点が、高松篝をつかった脅迫につながったのでしょう。だが、金蔵に見抜かれ破綻。逆上した彼は金蔵を殺し、そして口封じに高松も殺した。そして――」

無妙は言い淀んだ。

この怪談師は自分で言うより、ずっと人の心を見抜く。

「……匳雪さんが自室で飲んだとみられる珈琲のコップから睡眠薬が検出されました。おそらく桂木直継が渡し、昏睡したところで、首に縄をかけ、背中合わせに背負い込んで絞殺。どさくさにまぎれて屋敷から番屋に運び出したのでしょう」

私の脳裡に、悍ましい光景が流れる。

怪談会のあと、私が奥の間で推理に悪戦苦闘している姿を睨み、もうひとりの犠牲者を創り出すことを決めた殺人鬼の横顔。机に伏した穏やかな寝顔が、一瞬の内に、苦渋にかわり、そして絶命する瞬間。

それから殺人鬼は、真昼の死に番のごとく、雪の死体を背負いながら番屋に運んでいくのだ。

（……すべては、俺の浅はかな虚栄心が生んだ殺人だった）

探偵は時として、その在り方で、殺人鬼の新たなる動機となり得る。

疑いを晴らすための更なる殺人。その引き金を引いたのは、どう言い繕ったところで、俺である。

「センセ。それは貴方が背負うべき罪じゃない。それに、あの男は匳雪に罪を着せながらも、最終的に首を切断している。行動が破綻しているんだ」

「……それについて、理由らしいものはあったか？」

「そのことなんですが」無妙は膚を粟立たせたように腕を撫でる。「桂木医院に勤めている二人の看護師からの聴取で、彼が匳雪に好意を寄せていたことがわかる話がいくつか出てきました。また彼の好意というには、やや行き過ぎた執着をうかがわせるように、彼の私室から匳雪の私物と思われる櫛や歯ブラシ、下着のほか、かなりの量の頭髪が見つかりました」

「それは、まるで……」

「ええ。若い頃の匳金蔵そっくりです」

戦慄がぞわりと走った。

なにか因縁めいたものが背筋を這い上ってくる。

「彼は匳金蔵による魂よばいという名の、性的被害を受けていた。虐待された経験が、また新たな虐待を生むように、匳金蔵からつけられた爪痕が隠然たる効力をもって、妄執が彼に遺伝したとも思える」

「随分と納得できる結末だな」

「センセ」

無妙は眉根をよせた。ドライブレコーダーの内容を全て聞き知っているのだろう。

そして私の脳裡に生まれた迷いの痕跡も。

「殺人鬼の妄言に耳を傾ける必要はありません。それに彼はあのとき、かなり錯乱していた」

「だからこそ、本音が言えたとも言える」

「莫迦なことを言っちゃいけない。窮地に陥った人間が本心を見せるという考えは暴論だ。窮地のときは、窮地に応じた発言に変わる。まとまりのない混沌じみたもので、投げられるものを投げただけの、とらえどころのない、雑多な思念のひとつ。それが意図のありそうな形をしていたとしても、ただの偶然にすぎません」

一刀両断の裁決に、私はすこしばかり安堵した。

私が笑うと、怪談師もくすぐったそうに笑った。

怪談師の正体

「それにしてもセンセは、わたしと出逢えて良かったでしょう。なんたって、わたしに負けて、わたしに感謝して、全てに於いてわたしに屈服したんですからね」

と、揶揄するように言う。

犯人との差し迫った状況の中で、電話口の無妙にむけて、感情にまかせて語ったいくつかの台詞が、いまとなってこそばゆくなる。

「窮地の状況だったからな。お前がいうように、雑多な思念のひとつでしかないわけだ」

「ああいえば、こういう」

「小説家は読者を言い負かしてナンボだからな。駄作を厚顔で刊行して、まるで傑作のような面をするのが、小説家を小説家たらしめる能力だと言える」

「一冊しか出せなかった作家がいうと、説得力ありますねえ」

二人してからからと笑った。

無論、私の目は三角のままだ。

「さてセンセ。これからどうしましょう」

「どうってなんだ。私と君とはこれっきりだ」

「それはどうでしょうね？　それより原稿の方は順調ですか」

「ふふふ。それなんだがね。実は祝部村に行く前から秘蔵の作品をちくちくと書いていたんだよ。これは出来が良いから、ちょっと文芸賞に送ってみようと思うんだ。今の担当にはちと荷が重い傑作だぜ。まず手始めに横溝正史ミステリ＆ホラー大賞に出してみようと思う。これで出雲秋泰、捲土重来だ」

「へー」と無妙はさして期待してなさそうである。「その自信作読ませて下さいよ。ちゃんと誤字脱字に赤線を引いて、簡単な書評もつけて、ご自宅にお送りしますよ」

「結構」

「十万」

「おう？」

「十万払います。結局、今回の収入はないでしょう。文芸賞に出して運良く受賞しても、賞金が入るまで一年以上先ですよ。それまで食べて行けるんですか？」

「もうこれっきり会わないと約束できるか？」

「わたしからは」

「よし売った。俺のリュックのなかにメモリースティックが、ああそれだそれ。うん。誤字脱字を見直そうと持ってんだ。それで十万、十万よこせ」

「あれ、センセ。電話なってますよ。ほら、これ」

と、リュックに押し込めていた携帯が渡される。

「おう、噂をすれば影だ」

『お疲れ様です。K社編集部の神田です。いままさに決意を新たにしたばかりだ。なんとタイミングがいいのだろう。なんか大変だったみたいですねえ』

今度こそ担当編集との縁をすっぱりと切り、新たな門出を——。

「なにか御用ですか。私はいま入院中で、あまり長話は」

『そういや最後の挨拶してなかったと思いましてね』

「え、最後?」

『あれ聞いてません? おれ先生の担当辞めますよ』

寝耳に水である。絶縁状を叩きつけようとした矢先、離婚届で顔を叩かれた気分だ。さっきまでの強気もすぼみ、あわてて状況を把握する。

『言ってなかったけな。ま、いま伝えたからいいですよね』

良い訳ねえだろう。と、喉まで出掛かったが、三流小説家など一編集者にも敵わない。靴を舐める一歩手前でどうにか出版のお伺いを立てる零細業者にしか過ぎないのだ。

「ひ、引き継ぎは？　他に担当者がつくんじゃ」

『え。それも知らないんですか!?』

　言ってもねえし、聞いてもねえ！

　と、言いたかったが、売れない三流作家には以下略である。

　これはもう干されたか、そう思っていた矢先、思いがけないことを言い出した。

『もう新しい担当とは会ったでしょ？　メール来てましたけど』

「は？」

『なんでも先生のファンらしいですよ。鍛え直すとか言ってましたし。駄目な男に燃えるタイプですね。それにかなり頭回るタイプですよ。いやあそれにしても役得ですな』

　厭（いや）な予感がした。

　陽気にわらっている神田に、私は絶対に聞き間違えられないような丁寧な言葉遣いで尋ねた。

「ところで神田さん。以前、会ったという無妙という怪談師の話なんですが」

『なんですか急に。えらい丁寧にしゃべりますね？』

「その怪談師、どんな人でした？」

『は？　この先生、頭どうしたんかな。え？　あ、はいはい。無妙さんですね。どんな人って陰陽図（おんみょうず）の描かれたベール付きの黒子頭巾（ずきん）をかぶった、只の中年男性ですよ』

　ぎゃっ、と悲鳴をあげて電話を切った。

そういえば、思い出したことがある。

この怪談師と会った時、果たして彼女は名乗っていただろうか。

否、慥か私が言ったのだ。お前が無妙か、と。

コイツはそれにまんまと乗っかったのだ。なんと巫山戯たヤツだろう。あのとき教えていない電話番号にかけてきたのも、私の新しい担当として引き継ぎをしていたからだ。

私は目の前で、喜悦に歪みきった笑みで立っている新しい担当者を睨みつけた。

「と、いうことで、これは貰っていきますね。げげげげ」

不気味な笑い声を残して、名無しの権兵衛は去っていく。

私は新しいパートナーにまんまとしてやられたことを悟って、小説家として、語彙が尽きるまで悪罵を垂れ流したのだった。

偶然、或いは想い

無妙が去って一時間ばかりあと。

あの二人の刑事が、床を踏み鳴らしながらやってきた。

比較的傷は浅いが目覚めたばかりということもあり、三十分という区切りで聴取をしにきた二人だったが、詰問されることはなく、いわば消化試合というべきもので、淡々と聴取は進んでいった。――雲行きが変わったのは、大方聴取が終わった二十分後のことだ。

まるで、その質問だけが主目的だったように、二人は居住まいを正した。

「最後にひとつ、訊きたいことがあります」

渡部刑事が手帳にメモをとりながら、ふと険しい眼差しをむけた。

「事故のあと、ふたたび車に戻りましたか」

「いいえ」と、言って、少しばかり蛇足を加える。「とは、言い切れないでしょう。私はあのときの記憶がない。主観的には『なかった』と断言できますが」

「では、倒れている貴方に近づいた者は？」

「いえ、それも。……いや、ただひとつだけ、あるといえば、あったのか」

「なんです」

「多分、髪の毛のようなものを撫でた気がした、のです、が――」

なんの含みもなく言った言葉が目の前の二人の顔をみるみる青くする。あの傲岸不遜な紅川でさえ、指を強張らせ、胸元のポケットをまさぐる。

あそこにあったのは、たしか十字架ではなかったか。

「なにか、あったんですか」

刑事たちは顔を見合わせた。まるで医師に止められている行為を強行するか、悩んでいるかのような面持ちで、しばらく目交ぜした彼等は刑事の本分を優先することにした。

「落ち着いてきいてください」渡部は厳かな声色でいう。「貴方が放り出されて、斜面に倒れている姿が発見されたとき、貴方はとあるものを抱いていました。それは——」

彼は唾を飲み込み、からからに渇いた口でいう。

「篋雪の首です」

私はポカンと口を開いたまま、なにも言えなかった。

雪の首を、なぜ私が抱いているのか。

そもそもアレは鞄に収められて、後部座席にあった。

「困惑するのは、もっともだと思います。ですが、我々も同じなんです。生首が収められていた鞄は、ファスナーこそ開かれていましたが、たしかに車の後部座席にありました。そしてその——」渡部は目眩を覚えたように頭を抱えた。「血が、たしかに、そこから点々とつづいて、貴方の方まで延びていた。血だけじゃない。髪の毛も、その、まるで降りるために触手のように伸ばしたかのように、付近に散らばっていました」

「誰かが、置いた可能性は」

「誰がそんなことをする！」紀川が吐き捨てる。「事件の関係者で、もっとも早く現場にたどり着いたのは我々と、あの怪談師だ。赤の他人が、今にも斜面に落ちそうな事故車両の後部座席から、何が入っているか分からない鞄をあけて、血と髪を撒き散らしながら、お前に抱かせると思うのか？」

そう吼える声は、紀川自身の混乱が投影されていた。

それから彼の声はみるみる萎み、やや懇願に近い声でいう。

「お前しかおらんのだ。あの場で、斜面をのぼり、車内から生首を取り出して、後生大事そうに抱きしめて、木の洞を背にして眠れるのは。別に逮捕しようとは思わん。犯人は見つかり、動機も判じられた。だから、これは事件とは直接関係ない。それでも尚、お前は自分ではないというのか？」

あまりに有り得ない状況下で、唯一納得のいく結論はそうだろう。

「ちがいます」

だが、否定する。身に覚えのない話に頷く趣味はない。

「……次は署で訊く。渡部、帰るぞ」

彼はそう捨て台詞を吐くと、部下をつれて早々と出ていった。

私はしずかになった病室で、桂木直継の言葉を思い出していた。

『君だけには、決して納得のできない結末が待っている、ということだけさ』

あの男はこの結末を知っていたのだろうか。

それとも別の視点から、この怪奇な顚末を予期できる事柄を知り得ていたのだろうか。

（もしもこの事件が本当に、御首の祟りによるものだったら）

私と無妙が積みあげてきた推理は、なんの意味があったのだろう。

推理など、とどのつまり大層に勿体ぶった戯れ言で、結局、歴史のように誰かが選び取ったものの堆積物でしかないのだろうか。それならば、直継自身も哀れむべき犠牲者であり、積みあげられた死も、抗えない運命だったのだろうか——。

感情が、くらく沈みこんでいく。

そんな私を暗がりの淵から引き上げたのは、私の探偵の台詞だった。

（――それが意図のありそうな形をしていたとしても、ただの偶然にすぎません）

虚妄を裂くように、無妙の言葉がリフレインする。

彼女のいうとおり、それが寓意めいたものであったとしても、必ずしも全てに意図があるとはいえないのだ。偶然は必ずしも偶然の顔をしていない。まるで必然のような振る舞いをする偶然もあるのだ。

だから雪の首もまた明白な解釈などとどかない偶然の領域にあるのかもしれない。

分からない。

いまだ私は逡巡のなかにいる。

「お加減どうですか？」

女性の看護師が配膳台をひいて、個室に入ってきた。

かぐわしい香りに、諸々の煩悶が一旦棚あげされる。

「御飯、食べられます？」

「勿論。ずっと寝ていたので、お腹がぺこぺこで」

ベッドにオーバーテーブルが用意され、そこに粥とポテトサラダ、アジの照り焼き、そしてパックの牛乳がおかれる。量が少ないのは、いただけないが、一日半と意識がなかった人間には、これくらいが良いのだろう。

「慌てず、よく嚙んで下さいね」

「そりゃあもう」

箸が渡されると、私はポテトサラダに手をつけた。

頭では時間的空白は漠然としか感じられないが、胃袋は指折り数えてこのときを待っていたらしく、唾液は牛のように垂れ、どんどんかっ込むように平らげていく。

そして粥を啜ったとき、ふと口内に違和感を覚えた。

なにか口腔に嚙み切れていない繊維がある。私は馴染みのある異物感に、ゆっくり口の中に指を入れて、それを抓み出した。

ぞろりと。

唾液にまみれたそれが、ぬるりとでた。

ゆうに三十センチを超すだろうか。

私のものとは比較にならないほどながく、一本が絡みあっているそれは――。

見知った毛髪だった。

参考文献

『鳥山石燕画図百鬼夜行全画集』鳥山石燕　角川ソフィア文庫　２００５年
『死体は語る』上野正彦　文春文庫　２００１年
『死体は語る2』上野正彦　文春文庫　２０２０年
『水木しげる　日本の妖怪　世界の妖怪（別冊太陽 太陽の地図帖０３４）』
平凡社　２０１８年
高野山 金剛峯寺 Koyasan Kongobuji 「金剛流御詠歌『追弔和讃』」（動画）
２０１８年11月5日 https://youtu.be/CfWJaXZvLzc

本書は、第44回横溝正史ミステリ&ホラー大賞〈読者賞〉を受賞した作品を大幅に改稿し、文庫化したものです。

この物語はフィクションです。実際の人物、団体等とは一切関係ありません。

敷地イラスト/星来

間取り図/鈴木 勉（BELL'S GRAPHICS）

死に髪の棲む家

織部泰助

角川ホラー文庫　24383

令和6年10月25日　初版発行

発行者――山下直久
発　行――株式会社KADOKAWA
〒102-8177　東京都千代田区富士見2-13-3
電話 0570-002-301（ナビダイヤル）
印刷所――株式会社暁印刷
製本所――本間製本株式会社
装幀者――田島照久

●お問い合わせ
https://www.kadokawa.co.jp/（「お問い合わせ」へお進みください）
※内容によっては、お答えできない場合があります。
※サポートは日本国内のみとさせていただきます。
※Japanese text only

ISBN978-4-04-115380-2　C0193

角川文庫発刊に際して

角川源義

第二次世界大戦の敗北は、軍事力の敗北であった以上に、私たちの若い文化力の敗退であった。私たちの文化が戦争に対して如何に無力であり、単なるあだ花に過ぎなかったかを、私たちは身を以て体験し痛感した。西洋近代文化の摂取にとって、明治以後八十年の歳月は決して短かすぎたとは言えない。にもかかわらず、近代文化の伝統を確立し、自由な批判と柔軟な良識に富む文化層として自らを形成することに私たちは失敗して来た。そしてこれは、各層への文化の普及滲透を任務とする出版人の責任でもあった。

一九四五年以来、私たちは再び振出しに戻り、第一歩から踏み出すことを余儀なくされた。これは大きな不幸ではあるが、反面、これまでの混沌・未熟・歪曲の中にあった我が国の文化に秩序と確たる基礎を齎らすためには絶好の機会でもある。角川書店は、このような祖国の文化的危機にあたり、微力をも顧みず再建の礎石たるべき抱負と決意とをもって出発したが、ここに創立以来の念願を果すべく角川文庫を発刊する。これまで刊行されたあらゆる全集叢書文庫類の長所と短所とを検討し、古今東西の不朽の典籍を、良心的編集のもとに、廉価に、そして書架にふさわしい美本として、多くのひとびとに提供しようとする。しかし私たちは徒らに百科全書的な知識のジレッタントを作ることを目的とせず、あくまで祖国の文化に秩序と再建への道を示し、この文庫を角川書店の栄ある事業として、今後永久に継続発展せしめ、学芸と教養との殿堂として大成せんことを期したい。多くの読書子の愛情ある忠言と支持とによって、この希望と抱負とを完遂せしめられんことを願う。

一九四九年五月三日

火喰鳥を、喰う

原浩

これは怪異か——あるいは事件か。

信州で暮らす久喜雄司に起きた2つの異変。久喜家の墓石から太平洋戦争末期に戦死した大伯父・貞市の名が削り取られ、同時期に彼の日記が死没地から届いた。貞市の生への執念が綴られた日記を読んだ日を境に、雄司の周辺で怪異が起こり始める。祖父の失踪、日記の最後の頁に足された「ヒクイドリヲ　クウ　ビミ　ナリ」の文字列。これらは死者が引き起こしたものなのか——第40回横溝正史ミステリ& ホラー大賞《大賞》受賞作！

角川ホラー文庫

ISBN 978-4-04-112744-5